고양이와 여자

김은정 지음

고양이와 여자

초판 1쇄 발행 2021년 12월 01일

지 은 이   김은정
발 행 인   권선복
편   집   오동희
디 자 인   노유경
전 자 책   노유경
발 행 처   도서출판 행복에너지
출판등록   제315-2011-000035호
주   소   (157-010) 서울특별시 강서구 화곡로 232
전   화   010-3267-6277
팩   스   0303-0799-1560
홈페이지   www.happybook.or.kr
이 메 일   ksbdata@daum.net

값 15,000원

ISBN 979-11-5602-932-8 (03810)

Copyright ⓒ 김은정, 2021

도서출판 행복에너지는 독자 여러분의 아이디어와 원고 투고를 기다립니다. 책으로 만들기를 원하는 콘텐츠가 있으신 분은 이메일이나 홈페이지를 통해 간단한 기획서와 기획 의도, 연락처 등을 보내주십시오. 행복에너지의 문은 언제나 활짝 열려 있습니다.

고양이와 여자

김은정 지음

'자연은 자연이었고
인간은 인간이었고
나는 고양이었다'

삶은 모두에게 단 한 번씩 주어진 공평한 무대이다. 한번도 경험하지 못했던 삶이기에 해결 방법도 아마추어일 것이고 난관에 부닥치는 일도 많다. 하지만 어렵고 힘든 세상에서 죽을 만큼 힘든 일을 당해도 나를 위로해 주고 이해해 주는 단 한 사람이 있다면 (아니, 그것이 동물이어도 괜찮다.) 우리는 포기하지 않을 것이다.

그 존재로부터 힘을 얻을 수 있고 다시 일어설 수 있는 계기를 마련할 수도 있다. 하지만 삶이란 혼자 가야 하는 외로운 길이기에 마지막에 여자와 노니는 본연으로 돌아간다. 이는 곧 상처의 치유와 홀로 섬을 의미한다. 어디선가 새로운 노니를 찾는 이들에게 이 책은 상처받은 존재의 치유와 정체성 확립에 대한 해답을 제시해 줄 것으로 기대한다.

코로나 팬데믹 속을
살아가는 우리에게
고양이와 여자가 주는 삶의 위로

고양이 노니와 여자 보라가 처했던 것처럼 죽을 만큼 힘들 때 우리에게 가장 필요한 것은 무엇일까 생각해 보았다. 그것은 내가 가고자 하는 최종의 목표가 무엇이고 지금 어떠한 과정 속에 있는지 돌아보는 시간을 가져보는 일 같다. 목표가 뚜렷하다면 죽을 만큼 힘든 과정이 있더라도 이 과정만 넘기면 다시 순조로워질 수 있다는 희망이 생기게 된다. 그 희망에 기대면 지금의 힘든 것을 경험하고 겪으며 스스로를 위로해 볼 수 있을 것이다. 노니와 여자처럼 말이다. 피하기보다 마주쳐서 이겨내는 힘을 고양이와 여자에게 배워본다.

– ㈜엘포트 대표 김민호

고양이와 여자

이 책은 조금 독특한 구조를 가지고 있습니다. 고양이 노니는 의인화된 또 다른 자아로 스토리 속에 빠져드는 매력이 있고 보라의 삶은 현재를 살아가는 사람들에게 사실적 공감을 일으킵니다. 그중 가장 가슴에 와 닿았던 것은 삶과 죽음에 관한 철학적 자세입니다. 루루 할머니는 죽어가면서 말합니다. "노니야, 슬퍼하지 마라. 죽음은 슬픈 게 아니라 누구나 거치는 과정일 뿐이란다."라고 하면서 추억을 얘기하고 노니는 고양이 울음소리로 노래를 불러 줍니다. 이는 초월과 체념의 자세로 죽음 앞에 선 사람들의 모습과 흡사하며 책 속에 빠져드는 묘미를 선사합니다. 루루 할머니와 노니처럼 우리는 서로 소통할 수 있는 누군가가 있을 때 삶과 죽음의 어려움을 극복하고 직면할 수 있는 용기를 갖게 될 것입니다.

– 솔바람놀이센터장,
광운대학교 대학원 교육학과 상담교육전공 박사과정 김지애

고양이 로미오와 순덕이, 루루 할머니, 새로 입양된 멋쟁이 진구는 노니가 힘들어할 때 위로하고 도와주는 성숙한 친구들입니다. 이들로 인해 노니는 부모를 죽인 원수 검은 마스크를 눈물을 흘리며 용서하고 자연에 순응합니다. 그리고 여자는 인내와 기다림으로 반항하고 헤매는 두 아들을 응시합니다. 고양이와 여자의 모습은 막막한 삶을 견디는 청년 취준생들에게 작은 울림과 희망의 빛

을 바라보게 합니다. 아기 때 모진 경험을 하고 어른이 되어가는 고양이의 모습은 파랑이와 초록이의 모습과도 닮아 있습니다. 이들이 견뎌내는 삶의 모습은 코로나19로 경제적 어려움과 취업난에 처한 우리들에게 당당히 이겨낼 수 있는 힘을 불어넣어 줄 것이라 생각합니다.

- 대학생 김관식

목차

1부 만남과 이별

1. 궁정산 들고양이 시절

2. 뮤의 가족사

3. 들개의 습격

4. 새로운 생활

2부 그늘진 가족

4부 화해와 통로

1부
──
만남과 이별

1

궁정산 들고양이 시절

만남

붉은 해가 내려앉을 무렵 빠르게 걸어오는 누군가의 발소리가 들렸다. 반 묶음 머리에 가벼운 패딩을 입은 40대 중반의 여자가 산 위에 모습을 드러냈다. 소나무 잎이 겹겹이 쌓여 그늘진 산길에는 그녀의 발소리만이 산의 정적을 깨뜨렸다. 발소리에 예민해진 나는 고개를 돌려 그녀를 쳐다보았다. 순간 나무들 사이로 섬광이 번뜩였다. 들개였다. 검은 마스크의 얼굴이 뇌리에 스치자 나도 모르게 여자를 보며 다급하게 울었다.

"냐아옹! 냐아옹!(위험해요!)"

울음소리를 들었는지 여자가 고개 돌려 나를 보았다. 하지만 옅게 미소만 지을 뿐 다시 빠른 걸음으로 언덕을 향해 올라갔다. 그녀가 자리를 벗어나자 덜컥했던 마음이 놓였다. 천천히 몸을 돌려 비탈길 아래로 발을 내디디려는 순간 되돌아오는 여자의 발소리에 다시 귀가 쫑긋해졌다. 고개를 돌려 주위를 살피자 섬광도 조용히 움직였다. 다급해진 나는 더 크게 소리 질렀다.

"**캬르릉 크아앙!**(어서 도망가요. 들개가 있어요!)"

하지만 여자는 내 울음소리에도 아랑곳하지 않고 오히려 내게 말을 걸어 왔다.

"배고픈 모양이구나! 어머, 이 눈 좀 봐. 회색바탕에 진한 초록색 눈, 몸도 온통 회색이네. 어쩜, 신비해라!"

여자는 주머니를 뒤적이더니 육포를 꺼내 코 잔등 앞으로 들이밀었다. 내가 고개를 돌리자 들고 있던 육포가 땅에 떨어졌다. 순간 번뜩이던 섬광이 떨어진 육포를 향해 침을 삼키며 천천히 발을 내딛었다. 난 여자의 바짓부리를 잡고 내리막길로 있는 힘껏 끌어당겼다.

"나비, 이거 놔!"

움직이지 않고 버티던 여자의 몸은 잦게 달음박질쳐 아래로 내달렸다. 짧은 비탈길을 미끄러지듯 달음질쳐 내려온 그녀는 공원으로 이어지는 산책로 앞에서 발을 멈춰 섰다. 나는 능숙하게 여자의 뒤를 따라 내려와 공원 한쪽 길모퉁이에 서서 그녀를 쳐다보았다. 숨을 헐떡이며 곁눈질하던 여자는 반쯤 몸을 일으키더니 어이없는 표정으로 말했다.

"나비야, 갑자기 왜 그랬니? 다음엔 그러면 안 돼!"

산행을 체념한 듯 옷을 몇 번 털어낸 여자는 아래로 내려갔다. 산 위에서 '왕~크아웅! 컹컹' 하는 들개 울음소리가 엉키며 섬뜩한 기운이 맴돌았다. 내려가던 그녀가 문득 걸음을 멈추고 뒤돌아서

서 산 쪽을 쳐다보더니 이내 걸음을 재촉했다.

"**캬아옹!**(다음엔 이 시간에 오면 안돼요!)"

멀어져가는 여자의 뒷모습이 보이지 않자 난 뒤돌아 비탈길로 올라갔다. 뭔가 일어날 것 같은 불안함에 발걸음이 무거웠다.

다음 날 우려하던 일이 일어났다. 50대 여성이 청바지를 입고 산행을 하다 들개에게 물려 질질 끌려가는 일이 발생한 것이다. 다행히 그녀는 마침 산행 중이던 할아버지가 휘두른 지팡이 덕에 간신히 살아남을 수 있었다. 산길을 오가던 순한 들개 멍구가 들려준 얘기를 듣고 난 섬뜩한 일이 시작됐다는 걸 느낄 수 있었다.

아침나절 산을 오가던 사람들은 뉴스에서 떠들던 들개 사건을 얘기하며 몸서리를 쳤다. 구청 직원들은 경찰까지 동원해 대대적인 들개 소탕 작전을 벌였다. '산에 들개가 있으니 늦은 시간 출입을 금합니다. 산에 올라갈 때는 각별히 주의하시기 바랍니다.'라는 현수막이 여기저기 나붙었다. 위급한 상황에 112로 전화하라는 표시와 가까운 지역 방위대 번호도 눈에 띄었다. 여자도 그 소식을 들었는지 한동안 모습을 보이지 않았다.

어둠이 내려앉자 나무들이 잎을 접고 작은 동물들은 보금자리를 찾아 빠르게 움직였다. 나도 산책로를 벗어나 경사가 심한 좁은 샛길로 내려갔다. 조금 있으면 들개들이 자리다툼하느라 시끄럽게 울어 댈 테니 안전한 곳에 자리를 마련해야 했다. 떡갈나무 뒤쪽 넝쿨진 가시나무 사이로 눈여겨보았던 깊은 웅덩이가 있었다.

난 그곳에 겹겹이 나뭇잎을 깔고 들어가 누웠다. 낮 동안 캣 맘들
이 놓고 간 사료로 배를 채울 수 있어서 허기지지는 않았다. 오늘
은 유난히 개 짖는 소리가 크게 울렸다. 그때 산 아래 어디선가 낮
고 굵직한 목소리가 들렸다.

"에잇! 시끄러워! 저놈의 들개들 다 잡아서 유기견센타에 보내버
리든지 해야지 어디 시끄러워서 잠을 잘 수 있나! 에이 퉤, 퉤!"

가래 걸린 듯 걸걸한 목소리로 침을 내뱉으며 그 인간은 연속해
서 담배를 피워댔다. 몽글몽글한 담배 연기는 들개만큼이나 무서
웠다. 담배꽁초를 휙 던져버리고 뒤돌아가는 뚱뚱한 인간의 그림
자가 눈에 그려졌다. 들개 소리에 무뎌진 귀를 닫으며 조용히 눈을
감았다. 어릴 적 기억들이 아득히 떠올랐다.

천궁동 궁정산

궁정산으로 올라가는 산자락 아래에는 무거운 슬레이트 지붕을
올린 집들이 산발적으로 흩어져 모습을 드러냈고 그 아래 좁은 골
목엔 오래된 빌라들이 촘촘히 늘어서 있었다. '하늘 아래 궁전'이라
는 뜻에서 유래된 이곳은 구로구 천궁동이다. 이름과 어울리지 않
는 집들이 여기저기 자리했지만 궁정산만큼은 이름에 걸맞아 보였
다. 두 팔로 마을을 감싸 안은 듯 높게 마을을 둘러싼 이곳은 화려

고양이와 여자

하게 수놓은 수많은 나무들이 굵고 멋지게 서 있어 멀리서 보면 궁전처럼 고상한 모습이 품위 있게 보였다. 하지만 이곳에서 내 엄마, 아빠는 들개에게 죽임을 당했다.

엄마 아빠가 들고양이 생활을 시작하기 전 이곳은 가을이면 풍성하게 자란 벼들이 바람에 휘날려 금빛 물결이 일렁이던 아름다운 곳이었다. 하지만 3년 전부터 그 넓은 들판은 폐허가 되었고 재개발로 묶여 버려진 농지는 말라비틀어져 바삭거리는 지푸라기로 남아 있었다. 아직 이사 가지 않은 인간들은 산기슭에 허름한 집을 짓고 밭을 일구며 하루하루를 연명해 갔다. 그들이 키우는 닭은 새벽녘이 되면 어김없이 '꼬끼오'하면서 궁정산 주위의 아침을 깨웠다. 산 아래쪽 집에선 하나 둘 불이 켜졌고 나도 눈을 껌뻑이며 부스스 일어났다.

최근 궁정산 근처에 공원이 조성되면서 산을 찾는 인간들이 늘어갔다. 하지만 들개 포획 문제로 민원이 쇄도하며 구청은 골머리를 앓고 있었다. 산자락을 무리지어 뛰어다니는 들개들의 모습은 붉은 해가 내려앉을 무렵 공원을 내려가는 인간들의 눈에 자주 띄곤 했다.

"어머, 저 개들 좀 봐. 다리 근육이 장난 아니네. 헉, 저 굵은 이빨 좀 봐요. 어휴, 무서워! 어서 빨리 내려갑시다."

먹다 남은 음식 찌꺼기를 찾아 과감하게 공원 쓰레기통을 뒤지는 들개들을 보면 인간들은 몸서리를 치며 걸음을 재촉했다. 어둠이 내리고 산 위에 오른 들개의 눈빛은 달빛에 반사된 흰 눈처럼 번뜩였다. 바람이 불 때마다 눈을 털어내는 소나무 사이로 그들은 낮과 밤, 비탈이나 언덕을 가리지 않고 종횡무진 쏘다녔다.

얼굴은 금방이라도 달려들 것 같은 험악한 조합원의 모습처럼 딱딱하게 굳어있었다. 그들이 지나가는 발자국 소리만 들어도 난 온몸에 털이 곤두서며 분노가 일었다. 그들 중 검은 마스크는 들고양이 시절 내 부모를 죽인 원수였기 때문이다.

그놈이 나타나기 전까지 우리 가족은 평화로운 날들을 보냈다. 아빠 융은 산길로 오가는 인간들을 가리키며 구별하는 법을 알려주었다.

"저 인간은 노랑이야. 겉모습은 가볍고 흥분된 것처럼 보이지만 속은 매우 침착하고 온화하지. 하지만 생각과 고민이 깊어지면 병이 되어 죽을 수도 있어. 쯧쯧! 파랑색 인간은 차가워 보이지만 알고 보면 부드럽고 여린 마음을 가졌을 거다. 저런 인간은 외로움을 많이 타는데 그 외로움을 달래려 엉뚱한 행동을 저지를 때도 있단다."

"정말 신기해요. 아빠는 어떻게 인간을 색으로 구분하나요?"

"인간들에게는 각자 독특한 자기만의 기운이 있지."

"그럼 보라와 초록은 어떤 인간인가요?"

"초록색 인간은 매우 신중하고 이성적인 인간이야. 리더십과 판단력이 있지만 조금 나태해질 수도 있어. 하지만 보라는 밝고 활달하면서 마음 가는 대로 행동하는 자유로운 영혼이란다. 고양이 세

고양이와 여자

계엔 영험한 고양이가 있는데 그들과 가장 잘 통하는 인간이 보라이기도 하지. 하지만 무언가에 쉽게 빠지고 정신과 육체의 불균형이 올 수도 있으니까 조심해야 돼."

"전 보라색 인간이 어떨지 궁금해요."

들고양이 시절 나는 아빠 융이 인간을 색으로 구별하는 것이 신기해서 빠져들며 그의 얘기를 들었다.

잠들기 전 아빠가 들려준 얘기를 회상하며 여러 색깔의 인간을 떠올리는데 얼마 전 산에서 본 여자가 떠올랐다. 나는 그녀가 보라일 거라 확신했다. 밝고 활달해 보이면서 마음대로 행동하는 자유로운 영혼의 기운이 느껴졌다. 그런데 그녀를 떠올리자 이상한 기운이 엄습하면서 털이 곤두서는 걸 느꼈다. 기분이 싸했다. 그날은 보라에 대한 생각으로 검은 마스크에 대한 분노를 잊은 채 잠을 잘 수 있었다.

회색빛 아기 고양이

낮에 성인 일본어 과외를 끝내고 아이들이 학원 간 틈을 타 오후 5시쯤 궁정산에 올랐다. 산행을 하면서 복잡한 생각을 정리하고 싶었기 때문이다. 최근 남편 사업이 흔들리면서 사업 자금 문제로 자주 다투다 보니 머리가 무거웠다. 요 며칠간 남편은 늘 분주

해 보였고 정신이 나간 사람처럼 눈빛이 흔들렸다.

친정 오빠한테 돈을 빌려 여행사를 차린 남편은 돈이 부족할 때마다 내게 무언의 말로 압박을 가했다. 더 이상은 어렵다고 단단히 못을 박았지만 나를 볼 때마다 달달 볶는 통에 내 머릿속은 온통 뿌연 안개가 가득 차 있는 것처럼 무거웠다.

중2를 앞둔 둘째 아들 유진이가 최근 들어 학원에 자주 빠지며 집에 들어오지 않는 날이 잦아지면서 난 매일 불안한 하루를 보냈다. 이제 겨울이 지나고 몇 달 후면 고1이 되는 첫째 아들 유빈이는 성실한 아이였다. 하지만 남편과 둘째 아들이 만날 때마다 소리 지르고 싸우는 것을 보면서 유빈이의 낯빛은 점점 어두워져 갔다.

"도대체 당신은 집구석에서 뭐 하느라 애가 저 모양이야! 어? 허구헛날 늦게 들어오고 공부는 아예 뒷전인 데다 아빠 말은 귀퉁이로도 들으려고 하지 않잖아! 이제 집안에 무서운 사람도 없는 거야?"

벌겋게 달아오른 얼굴로 눈을 치켜뜨던 남편 얼굴이 떠오르자 매스꺼움에 속이 울렁거렸다. 산으로 연결된 아파트 쪽문을 나와 위쪽으로 빠르게 발을 움직였다.

한참을 오르니 평평하게 다져져 걷기에 좋은 산길이 나타났다. 차가운 공기가 얼굴에 닿으며 거짓말처럼 머릿속이 개운해졌다. '들개가 출몰하니 산행할 때 조심하십시오'라는 글귀가 눈에 들어왔다. 들개에 대한 두려움도 있었지만 무거운 머리를 비우는 것이 두려움보다 컸기에 산행을 할 수밖에 없었다. 얼마 전 바위로 뛰어 올라가는 들개의 찰진 허벅지를 본 순간 만약을 대비해 고추 스프레이를

고양이와 여자

만들어 육포와 함께 넣어 다니기 시작했다.

산 위는 아직 눈이 녹지 않아 사람들의 발걸음이 뜸했다. 평평한 산길을 걸어서 독수리 바위까지의 거리는 3km쯤 되는데 두 바퀴를 돌면 만 보를 걸을 수 있었기에 마음먹고 천천히 걷기 시작했다. 걷다보니 몸에 열이 오르고 탄력을 받아서인지 걸음이 빨라졌다.

독수리 바위까지 와서 숨을 고른 후 되돌아가려고 발걸음을 내미는데 문득 뒷덜미에 세한 한기가 느껴졌다. 고개를 돌려 이리 저리 살펴보았으나 아무 것도 없었다. 이제 마지막 한 바퀴만 더 돌고 가자는 생각에 속도를 내어 걷는데 비탈진 곳에서 고양이 울음소리가 났다.

'냐아옹! 냐아옹!'

'어? 웬 고양이지?'

말라비틀어진 추운 겨울에 들개는 한두 마리 봤어도 고양이를 본건 처음이었다. 소리 나는 쪽을 자세히 보니 더러워진 회색 털에 초록 눈동자를 가진 아기고양이가 수풀더미에서 웅크리고 있었다.

'얼마나 배가 고팠으면……'

나는 다가가 주머니 속에 있던 육포를 꺼내 고양이에게 내밀며 말을 붙였다. 추웠는지 아니면 낯선 사람에 대한 경계 때문이었는지 고양이는 육포를 밀어내며 받아먹지 않았다. 콧잔등 앞에서 신경질적으로 고개를 돌리는 바람에 육포가 땅에 떨어졌다. 다시 그것을 주우려고 손을 내미는 순간 아기 고양이가 갑자기 내 바짓부리를 물고 잡아끌었다.

"어? 나비, 왜 그래? 이거 놔! 앗!"

나도 모르게 발은 언덕 밑을 향해 뛰어 내려가고 있었다. 비탈진 산길이라 잘못하다간 넘어지거나 다리를 접지를 수 있기에 뛰면서도 신경을 곤두세웠다. 정신없이 치달려 내려와 공원으로 이어진 구석에서 멈춰 섰다. 가쁜 숨을 몰아쉬며 주위를 둘러보았다. 공원을 거니는 할머니 두어 명이 눈에 띄었다. 허리를 숙여 거친 숨을 내뱉으며 곁눈질로 옆을 보니 바짓부리를 잡아끌던 고양이가 다리를 곤두세우고 물끄러미 나를 쳐다보고 있었다. 가서 안아주고 싶을 정도로 작고 여린 고양이었다. '왜 그랬지?' 하는 마음이 스치며 말을 걸려 했지만 나도 모르게 다른 말이 나왔다.

"나비야, 다음엔 그러면 안 돼!"

나는 아기 고양이를 바라보며 눈을 한 번 찡긋해 주고는 가볍게 옷을 털고 아파트 쪽문을 향해 내려갔다. 들개들이 엉켜 울부짖는 소리에 문득 뒤돌아보니 고양이는 그 자리에 없었다. 들개 소리가 섬뜩하게 울려 퍼졌지만 시선은 쭉 아기 고양이를 찾느라 귀에 들어오지 않았다.

'왜 그랬지? 참 귀여운 고양이인데. 만약 내가 저 고양이를 데려다 키운다면 이름은 뭐라 지을까? 노나, 누나, 도나, 두나, 도니…… 하니, 노니! 아 노니가 좋겠는데? 노니야, 노니? 흐흐'

긴장되었던 순간을 잊은 채 고양이 이름을 생각하며 걷느라 입가에 미소가 지어졌다. 아파트 쪽문으로 들어서니 겨울 하늘은 금방이라도 어두워질 듯 잔뜩 찌푸리고 있었다. 고개를 들어 산 위를

고양이와 여자

쳐다보니 마른 나무들이 추위에 몸을 떨 듯 가지를 흔들어 댔다. 쓸쓸한 모습이 아기 고양이 같았다.

2
뮤의 가족사

버려진 고양이 이유

엄마는 짧게 밀착된 하얗고 부드러운 털을 가진 온순한 고양이었다. 궁정산 밑에는 별장 같이 화려한 두 동짜리 빌라가 있는데 엄마는 그곳으로 입양됐다. 입양해 오던 날 30대 중반의 여자 집사는 엄마를 안고 감탄을 연발했다.

"아유 귀여워! 이 부드럽고 하얀 털 좀 봐. 아기 같아."

귀한 아기를 얻은 듯 집사는 엄마를 고이 안아들고 현관에 들어섰다. 넓은 거실 가득히 들어오는 따스한 햇살과 다정한 집사의 모습에 엄마는 마음이 놓였다.

베란다를 쳐다보니 커다란 고양이 집과 타워, 모래더미가 마련돼 있었다. 하지만 그날의 감격은 그리 오래 가지 않았다.

집사에게 엄마는 그저 전리품에 불과했다. 누군가 엄마를 보고 칭찬하는 것을 즐기며 과시하길 좋아했던 집사는 시간에만 맞춰 밥을 주었고 사료 외에 다른 것은 일체 먹이지 않아 늘 배고팠다고 했다. 그녀가 엄마를 안고 밖으로 나가면 오가는 인간들은 발을 멈추고 그녀 품에 안긴 엄마를 보며 말했다.

"어머, 고양이가 참 예쁘네요. 이렇게 짧으면서 부드럽게 물결치는 하얀색 털은 흔하지 않은데 잘 고르셨네요."

"뭘요, 고양이들이 다 똑같죠. 하지만 제가 봐도 우리 이유가 좀 특별하긴 해요! 호호호"

"이유라고 했어요? 이름도 참 특이하네요."

"네, 그렇죠? 우리 집에 존재하는 이유, 내게 존재하는 이유가 너무 많아서 그렇게 불렀어요. 호호호"

집사는 뿌듯하게 말했고 이유는 엄마의 이름이 되었다. 오랫동안 아기가 없었던 집사는 고양이를 아기처럼 키우려고 입양했기에 엄마는 아기를 대신한 존재의 이유가 되었다. 또한 오고가며 집사를 돋보이게 하는 존재였고 가족에게는 대화를 이어가게 하는 존재이기도 했다. 하지만 그사이 엄마는 점점 배고픈 생활에 지쳐갔고 부드럽게 빛나던 털도 조금씩 푸석해져 갔다. 그렇게 두 해가 지난 어느 가을이었다.

인간 세상의 경제가 바닥을 치면서 도산하는 기업이 늘어나자 전자 부품을 납품하던 집사의 남편도 부도로 집을 처리하게 되었다. 이제 집사에게 이유는 골칫거리가 되었고 화풀이 대상이 되어버렸다. 엄마도 점차 신경이 예민해져서 집 안에 있을 땐 집사 눈에 띄지 않게 고양이집 안에 있거나 타워 꼭대기에 올라가 있곤 했다. 그러던 중 집사에게 안 생기던 아기가 들어서면서 그들은 다른 곳으로 이사를 계획했고 엄마는 버려졌다.

집사 가족이 이사 가던 날 그녀는 세상 다 귀찮다는 표정으로 이유를 바라보더니 엄마를 안고 빌라 밖으로 내려와 화단 옆 벤치에 사료 통을 놓고는 거기에 통조림 참치를 가득 부었다. 통조림 참치가 채워지는 것을 본 순간 엄마는 눈이 휘둥그레져 코를 벌룽거렸고 먹으라는 말을 듣자마자 오로지 먹는 데만 집중했다. 처음 맛보는 통조림 참치의 맛은 그야말로 환상적이었다. 그때 시동 걸리는 소리가 나면서 이삿짐 트럭과 집사를 태운 자동차가 빌라 정문을 빠져나갔다.

배가 채워지자 엄마는 '야옹'하고 울면서 빌라 밖 현관을 맴돌며 집사를 찾았다. 그러나 어디에도 그녀의 모습은 보이지 않았다. 참치통조림에 눈이 멀어 집사가 떠나는 것도 몰랐다니 엄마는 자신이 너무 한심하다고 여겼다. 파란 하늘이 잿빛으로 물들어 어둑해질 때까지 그녀는 야옹거리며 빌라 주위를 맴돌았다. 가을로 접어든 날씨는 제법 추웠다. 지금까지 집사 품에 안겨서 승강기를 타고 올라갔기에 엄마 혼자 출입문 안으로 들어설 용기가 없었다. 오로지 바깥에서 승강기 문이 몇 번이나 열리고 닫히는 것을 보면서 혹시나 집사가 나타날까 오랫동안 자리를 떠나지 못했다.

어둠이 깊어지며 한기를 느낀 이유는 몸을 움직였다. 언젠가 베란다 창문에서 내려다봤을 때 차 밑에 누워 잠을 청하던 다른 친구들의 모습이 떠올라 자신도 모르게 검정색 자동차 안쪽으로 기어 들어가 바닥에 누웠다. 맨땅에서 올라오는 차가운 기운에 몸을 웅 크리자 스르르 눈이 감겼다.

　그 후 이유는 산으로 올라가 공원 근처를 떠돌다가 고양이 융을 만났다. 들고양이 생활을 시작한 지 서너 달이 될 무렵 그날도 공원 근처 흙더미 사이로 조심스럽게 걷고 있을 때 뒤에서 고양이 한 마 리가 따라오는 기척을 느꼈다. 하지만 그녀는 신경 쓰지 않고 보금 자리로 향했다. 며칠 동안 이유는 자신을 바라보는 고양이가 있다 는 걸 감지했다. 그 고양이를 처음 봤을 땐 깜깜한 밤이라 각지고 튼실해 보이는 몸을 가진 것 외엔 특별히 다른 고양이와 다르지 않 다고 여겼다. 하지만 다음 날 저녁 보금자리로 향하던 엄마는 가로 등 밑에 서 있는 융을 보았다. 각진 몸매를 드러내며 꼬리를 말아 세운 그를 보았을 때 처음으로 그녀는 떨리는 잠을 청했다.

　새벽에 닭 우는 소리를 듣고 서너 시간이 흐른 후 이유는 공원을 벗어나 산 위로 올라갔다. 겹겹이 포개진 소나무 잎이 그늘을 드리 운 사이로 햇살이 스며들어 반짝거렸다. 그 아래로 시선을 돌리니 회색 비로드를 몸에 깐 듯 윤기 나는 털을 가진 아빠가 어제처럼 꼬 리를 치켜들고 서 있는 게 눈에 들어왔다. 진한 회색빛깔 눈동자와 윤기 나는 회색 털을 가진 러시안 블루를 떠오르게 하는 고양이와 마주치는 순간 이유는 숨이 꼴깍 넘어갔고 이후 둘은 늘 붙어 다니 는 한 쌍의 고양이 부부가 되었다.

고양이 융의 탈출

불행히도 아빠는 허영심 많고 돌아다니는 걸 좋아하는 여자에게 입양되었다. 아빠를 돌보았던 무속인은 늙어 산속으로 들어가면서 고양이 입양 센터에 아빠를 맡겼다. 그녀는 아빠가 입양되면 이름을 '융'이라 불리게 해달라며 돈을 더 지불했다. 양심적이었던 주인은 중년 여자가 아빠를 입양할 때 융이라는 이름으로 부르면 돈 5만 원을 깎아 주겠다고 했다. 돈을 굳힌 여자는 그 이름으로 아빠를 불렀다.

아빠의 엄마 이름은 '인'이었다. 무속인은 인에게서 영감을 받아 점을 쳤는데 그녀는 시간 날 때마다 칼 구스타프 융의 '분석 심리학'에 빠져 있었다. 그녀는 무의식의 세계에 깊게 빠져서 매주 월요일에는 점사를 치지 않고 칼 융이 말한 무의식 세계를 탐구하고 깊이 수양하곤 했다. 칼 구스타프 융은 "나의 생애는 무의식적 자기실현의 역사다. 무의식을 탐구하는 일은 사람을 만들고 그에게 변환을 일으키기 때문이다."라고 했는데 그녀는 '변환'이라는 말에 심취해 있었다.

무속인은 '인'을 영험한 고양이라고 여겼기에 인의 아들 역시 영험함을 전수받았을 거라 여겼다. 그래서 '융'이라는 이름으로 불리며 무의식 세계에서 변환하기를 바랐다. 하지만 그 변환은 융이 아닌 그의 딸에게 전수되고 말았다.

고양이와 여자

아빠를 입양한 여자 집사는 러시아산 블루라는 종을 자랑하며 여기저기 융을 데리고 다녔다. 숨이 막힐 정도로 답답한 시내나 커피숍, 버스, 택시, 심지어 숨쉬기조차 힘든 술집까지 융은 늘 그녀 옆에 있었다. 그러던 중 인간들의 손을 탄 융의 털에 진물이 나며 부스러기가 생겼고 피부병이 심해지자 집사는 아빠를 베란다에 방치하고 문을 잠가버렸다. 병원은커녕 베란다에서 살게 된 융은 제대로 먹지 못해 윤기 나던 털은 푸석해졌고 몸은 점점 말라갔다. 베란다 아래를 내려다보면서 하루를 보내는 것이 그의 유일한 낙이 되어 갔다.

그날도 10층 베란다에서 아래를 내려다보던 융은 아파트 외벽 위로 이어진 산줄기를 쳐다보다 울타리 벽 위에 앉아있는 고양이들을 발견했다. 그중 풍성한 하얀 털로 뒤덮인 여자 고양이가 햇볕을 쬐며 반쯤 누워있는 게 눈에 띄었다. 그 모습에 매료된 융은 당장이라도 내려가 그녀를 만나고 싶다는 강한 유혹에 이끌렸다.

여자 집사는 남편이 없었고 남대문에서 장사를 하느라 저녁에 집을 나가 새벽에 들어왔는데 낮에 가끔 시집간 딸이 놀러오곤 했다. 어느 날 오전 집사 딸이 돌 지난 아기를 데려왔다. 거실에서 놀고 있던 아기는 베란다 밖에서 안을 쳐다보는 융을 발견했다. 아기는 빠른 속도로 기어가 베란다 창문에 바짝 몸을 붙인 채 융을 가리키며 중얼거렸다.

"워워, 꼬꼬고고"

"안 돼, 욜로! 고양이 털 날리면 '에취' 해요."

집사 딸이 아기를 떼어놓자 아기는 바닥에 데굴데굴 구르면서 크게 울어댔다.

"우우 왕와왕, 꼬고고 꼬양 꼬양이"

아무리 달래도 소용없자 그녀는 베란다 문을 살짝 열어 주었다. 아기는 금방 울음을 멈추고 욜을 만졌다. 딸을 위해 집사는 부엌에서 음식을 만들고 있었는데 그때 '딩동' 하며 벨 소리가 울렸다.

"택배요."

"엄마, 택배 시켰어?"

"어, 네가 좀 받아줄래? 곧 동창회 모임이 있는데 양가죽 베스트가 있어서 주문했어. 엄마가 요즘 바빠서 백화점 갈 시간이 없잖니!"

"알았어."

딸은 아기를 번쩍 안아들고 택배를 받으러 가느라 거실 문 닫는 것을 깜빡했다. 그 순간 욜의 눈빛이 반짝이며 좁은 문을 나와 잽싸게 현관으로 돌진했다. 택배 아저씨와 눈이 마주치자 그가 말했다.

"고양이가 멋진데 너무 말랐네요."

"네?"

집사 딸이 뒤를 돌아보는 사이 옆을 스쳐간 욜은 빠르게 현관문을 통과해 밖으로 달음질쳐 나갔다.

"악! 욜! 엄마, 욜이 밖으로 나갔어!"

"뭐야? 그게 얼마짜린데! 빨리 잡아! 교배하고 버리려 했더니 도망을 가?" 하는 소리가 택배아저씨의 귀에도 들렸나 보다. 아저씨는 모른 척하고 승강기로 향했다. 딸을 밀쳐내고 주인아줌마가 손에 주걱을 들고 뛰쳐나왔을 땐 이미 승강기 문이 닫히고 있었다.

"융!"

찢어질 듯 앙칼진 목소리가 들려왔다. 승강기를 타기 전 계단에서 떨고 있던 융과 눈이 마주친 택배아저씨는 들어오라는 듯 그에게 손짓하며 휘파람을 불었다. 그 소리를 듣고 융은 승강기에 빠르게 올라탔고 집사가 뛰어나오며 승강기 문이 닫혔다. 승강기 안에서 그는 융을 쳐다보면서 말했다.

"쯧쯧, 너 그 집에서 많이 학대당했나 보구나! 세상에 너처럼 신비한 눈을 가진 고양이 몸 상태가 이 정도면 심했네!"

아저씨는 주머니에서 치즈를 꺼내 껍질을 까서 내밀었다. 경계하던 융은 아저씨가 한 번 더 손을 내밀자 허겁지겁 받아먹었다. '땡!' 하며 문이 열리자 그는 융을 번쩍 안아들고 층계를 내려간 후 아파트 입구 문이 열리자 그를 내려놓았다.

"난 바빠서 이만 간다. 네 스스로 탈출했으니 잡히지 말고 잘 살아."

그는 택배차로 향했다. 그때 뒤에서 소리 지르며 뛰어오는 집사가 보였다.

"융!"

그 소리를 듣자 융은 필사적으로 뛰었다. 택배 아저씨가 내려놓았던 짐을 싣는 사이에 잽싸게 차에 뛰어올랐다. 택배 물건이 많아서였는지 그는 융을 보지 못했다. 융은 짐 칸 구석진 곳으로 가서 누

왔다. 덜커덩거리는 차 안에서 입양된 후 처음으로 깊고 편한 잠을
잘 수 있었다.

집을 나설 때 환하게 비추던 태양은 어느덧 사라지고 한참을 달
려온 차가 멈추었을 때는 이미 어둑한 밤기운이 차 안으로 스며들
어 왔다. 문이 열리고 아저씨가 마지막 물건을 내리고 있을 때 융
은 얼른 뛰어내렸다.

"야옹!"

"어? 넌 아까 SH 아파트에서 봤던 고양이? 여기까지 따라왔어?"

그는 한 손으론 택배상자를 안고 다른 한 손으로는 융을 쓰다듬
으며 말했다.

"조금만 있어 봐, 이것만 배달하면 끝나니까 올 때까지 기다려."

그는 빠르게 현관으로 들어갔다. 융은 잠시 서서 깜깜한 밤하늘
에 총총히 박힌 별을 쳐다보았다. 상쾌한 산 공기가 코끝을 스치자
정신이 말똥말똥해졌다. 고개를 들어 주위를 살펴보니 산 밑에 자
리한 두 동의 아파트가 산의 정기를 가득 받고 서 있었다. 오래된
아파트라 여기저기 벗겨진 외벽과 녹슨 베란다 창틀이 가로등 밑
에 몸을 드러냈다. 그때 베란다 앞으로 툭 튀어나온 난간들이 눈에
띄었다.

'저 정도면 옆집으로 쉽게 통과할 수 있겠는걸?'

한참을 바라보며 서 있는데 어디선가 '야옹' 하는 소리가 들렸다.
융은 무엇에 홀린 것처럼 소리 나는 쪽으로 발길을 옮겼다. 한참
후 내려온 택배아저씨는 이리저리 뛰어다니며 융을 찾았으나 보이

지 않자 그대로 차에 올라탔다. 시동 거는 소리에 뒤돌아본 아빠는 내려가는 택배차를 오랫동안 바라보았다.

무속 고양이 인

들고양이 시절 기품 있게 각진 얼굴로 꼬리를 치켜세우며 여기저기 뛰어 다니던 융과는 달리 이유는 포근하게 마련된 참나무 옆 보금자리에 조용히 누워 가지런히 털을 다듬곤 했다. 그들이 먹을 것을 찾아 산기슭을 돌아다닐 때면 잘 다듬어진 이유의 털은 금방 푸석푸석해지고 빳빳해졌다. 보금자리로 돌아온 그녀가 날카롭게 울어 대면 아빠는 넓은 혓바닥으로 그녀의 털을 가지런히 빗겨주었다. 그러면 이내 이유의 앙칼진 목소리는 가라앉고 눈을 감은 채 엎드려 그것을 즐겼다. 평온한 일상이 이어졌고 둘 사이에 아기가 태어났다.

그들 사이에 태어난 나는 엄마처럼 털이 짧고 아빠처럼 반질반질한 회색 비로드 털을 가진 암컷 고양이었다. 나를 포근히 감싸 안은 엄마는 회색 바탕에 진한 초록색 눈동자를 가진 나를 바라보면서 부드럽게 말하곤 했다.

"뮤, 넌 특별한 엄마, 아빠의 딸이란다. 언제 어디서든 너의 가치를 잊으면 안 된다."

내가 태어나고 사계절을 보낸 어느 가을 융은 진지하게 말했다.

"뮤, 아빠가 너한테 꼭 할 말이 있단다."

"뭔데요?"

"너의 할머니 인에 관한 얘기야."

"엄마 같은 아빠의 엄마요?"

"그래."

이유도 그윽한 눈으로 아빠를 바라보며 그의 말에 집중했다.

"아빠의 엄마 인은 무속인 집에 살던 고양이었단다. 인은 특별한 능력을 가진 영험한 고양이었지."

"영험한 고양이요?"

"그래, 고양이들 세계에서 한두 마리 나올까 말까 한 비범한 고양이란다. 그들은 인간과 고양이를 영감으로 이어주는 특별한 존재였고 우리는 그들을 '영험한 고양이'라고 불렀지."

나는 고개를 갸우뚱하며 아빠에게 물었다.

"그들은 어떤 능력을 가졌나요?"

"영험한 고양이는 고양이나 인간에게 영감으로 이어져 그들의 고통이나 아픔을 감지하고 치유하는 법을 알고 있었지. 할머니 인도 그런 고양이었단다. 지금부터 아빠 말을 잘 새겨 두어라. 사실 네게도 그런 할머니의 영험함이 잠재해 있단다. 할머니 인은 앞으로 태어날 내 딸에게 그녀의 능력이 이어질 거라고 말하곤 했단다."

"네?"

어리둥절한 나를 잠시 바라보던 아빠는 다시 말을 이어갔다. 할

고양이와 여자

머니 인에 대해 아빠가 들려준 얘기는 이러했다.

인간들의 고충을 들어주고 기도해 주던 무속인이 어느 날 산속 동굴 앞에서 촛불을 켜고 치성을 드린 후 동굴 안으로 들어갔다. 그런데 그 안에 신비한 고양이가 바위 위에서 눈을 감고 고요히 앉아 있었다. 그 고양이가 눈을 떴을 때 회색빛 털과 카키색 눈동자에서 나오는 눈빛을 본 순간 무속인은 갑자기 무릎을 꿇고 엎드려 신령님이라고 외쳤다. 산을 내려올 때 무속인은 인을 집으로 데려왔다. 그녀는 인이 인간들과 연결되었다고 여겼고 그를 떠받들었다. 생각대로 인의 영감은 무속인에게 전해졌다.

인을 데려온 후로 무속인의 점발은 더욱 좋아졌고 인간들 사이에서 유명한 점집이 되었다. 어느 날 고양이를 데리고 점을 보러 온 고위급 정치인의 아내에게 무속인은 그 고양이와 인을 교배시켜야 남편이 정치 생활을 더 잘 이어갈 수 있을 거라고 했다. 그 말에 정치인 아내는 순순히 교배를 허락했고 인은 아빠를 낳았다.

"그 후 어떻게 되었어요? 아빠는 왜 그 여자 집사에게 입양되었나요?"

아빠는 하늘을 한 번 쳐다본 후 다시 고개를 떨어뜨리고 말을 이어갔다.

"무속인에게는 자식이 없었단다. 늙어 점발이 떨어진 무속인은 근근이 살아가다 자신이 죽을 때를 점친 후 인과 함께 다시 그 동굴로 들어갔지. 동굴로 가기 전 무속인은 고양이 입양 센터에 아빠를 보냈고 잘 돌봐달라고 돈까지 쥐어주었단다. 그리고 아빠의 이름을 '융'이라 불리게 조처를 취했지."

"그럼 동굴에 들어간 인은 어떻게 되었나요?"

"인이 어떻게 됐는지는 아무도 모른단다. 하지만 인은 아빠를 키우며 늘 이렇게 말했단다."

"어떤 얘기였어요?"

"너는 인간들과 가족처럼 지내는 딸을 낳게 될 거야. 그런데 명심해야 할 게 있어. 그건 너의 딸이 스스로 그 영험함을 깨닫게 해주어야 한다는 거다. 그래야 인간을 구할 수 있고 네 딸도 그들과 가족이 되어 살아갈 수 있게 될 거다."

"그럼……그 딸이 저인 건가요?"

"그렇단다. 뮤야, 이 산은 들개도 많고 위험해서 언제 무슨 일이 생길지 몰라. 혹시라도 엄마, 아빠에게 일이 생기면 너는 인간 세상에 가서 그들과 함께 살며 영으로 교감할 수 있는 영험한 고양이가 되어야 한다."

"어떻게 하면 영험한 고양이가 될 수 있나요?"

"그건 아빠도 알 수 없단다. 하지만 확실한 건 그 영험함을 네 스스로 깨달아야 한다는 거야. 이해할 수 있겠니?"

"……네."

그때는 너무 어려서 아빠의 말을 다 알 수는 없었다. 인간 여자와 내가 만나 내 안에 숨겨진 영감이 어떻게 발휘될지 그때는 전혀 깨닫지 못했다.

고양이와 여자

3
들개의 습격

홀로 남은 고양이

들개의 우두머리였던 검은 마스크는 교활하고 사나운 놈이었다. 그놈은 융과 이유를 죽인 내 원수였다. 툭 튀어나온 주둥이는 검은색으로 물들어 눈까지 길게 이어졌고 눈 주위는 진한 갈색으로 뒤덮여 무표정하고 심드렁했다. 매섭게 쏘아보는 교활한 눈빛은 쳐다보기 싫을 정도로 나쁜 기운이 돌았고 스치기만 하여도 메스꺼움이 올라왔다.

나는 아빠와 엄마가 만난 지 8개월 만에 태어났다. 내가 태어나면서 융과 이유는 더욱 친밀해졌고 보금자리를 마련해 애지중지 나를 키웠다. 그런데 선두에 서서 다른 들개들과 함께 무리지어 다니던 검은 마스크는 자신의 영역에서 신고식도 하지 않은 채 보금자리를 만들고 늘 뻣뻣하게 구는 아빠, 엄마를 눈엣가시처럼 여겼다.

"크르릉~ 어디서 조그만 것들이 감히 인사도 하지 않고 고개를 쳐들고 다녀! 재수 없는 것들! 꼭 한 번 맛 좀 보여 줄 때가 있을 거야. 계속 그렇게 뻣뻣하게 굴다간 큰코다칠 줄 알아!"

그는 산길을 지날 때마다 비탈진 곳에 있는 우리 가족을 보며 험악한 표정으로 엄포를 주곤 했다. 그럴 때면 아빠는 이유와 내 앞을 막아서며 눈에 잔뜩 힘을 주고 소리쳤다.

"왕~~크웅, 그냥 가지 어디서 행패야! 이 산이 네 것은 아니잖아!"

"후후, 그러다 언젠가 후회할 때가 있을 거야. 조심해!"

그는 엉덩이 아래로 굵고 단단하게 튀어나온 허벅지 근육에 힘을 주며 바위로 뛰어올랐다. 살얼음 같은 날들을 보내며 계절은 바뀌었고 우리 가족의 추억도 겹겹이 쌓여갔다. 하지만 그날 이후 행복은 산산이 부서지고 말았다.

그날은 적막하고 차가운 겨울의 그림자가 천천히 사그라질 때였다. 참나무는 바삭거릴 듯 말라비틀어진 잎을 달고 서서 이따금 낙엽을 떨구었다. 곳곳에 눈이 괴인 겨울 땅은 바짝 말라 팍팍한 바닥을 드러냈다. 앙상한 나뭇가지 사이로 주황빛 태양이 내려앉으며 이따금 불어오는 서늘한 바람소리만이 산의 정적을 깨뜨렸다.

그때 검은 마스크와 들개 두 마리가 모습을 드러내며 땅바닥 이곳저곳에 코를 들이대고 콧잔등을 씰룩대며 땅을 파헤치고 다녔다. 바닥에 나뒹구는 나뭇잎 사이로 흙냄새를 맡으며 그들은 점점 우리 가족의 보금자리로 다가왔다.

고양이와 여자

저녁나절 아빠와 나는 몸을 부비며 한참을 놀고 있었다. 그 때
갑자기 등 뒤에서 '퍽' 하는 소리와 함께 내 몸이 붕 뜨는가 싶더니
이내 수풀더미로 나동그라졌다. 허기진 배를 채우려 우리가 있는
곳까지 냄새를 맡으며 나타난 그들은 우리 가족의 보금자리를 순
식간에 헤집어 놓더니 나를 발견한 순간 앞발을 들어 내동댕이쳤
다. 순간 아빠는 잽싸게 그의 다리를 물었고 검은 마스크의 오른쪽
앞다리에서 피가 뿜어져 나왔다. 분에 못 이긴 검은 마스크는 순식
간에 달려들어 아빠의 귀를 물어뜯고 둘은 엉키고 싸우다 피를 흘
리며 마주섰다.

"**크르렁 컹**, 너희들 오늘 잘 만났다. 끝장을 내 주겠어!"

"**캬르릉**, 어딜 감히 건드려? 이 비겁한 들개 놈들아!"

수풀에 던져진 나는 간신히 정신을 차린 후 고개 들어 앞을 바라
보았다. 검은 마스크와 아빠가 서로 크르렁거리며 이빨을 드러내
고 마주하고 있었다. 검은 마스크는 한쪽 다리에 피가 흘렀고 아
빠의 귀에서도 피가 줄줄 흐르고 있었다. 검은 마스크 뒤로 나머지
두 놈이 이빨 사이로 침을 흘리며 둘러서 있었고 엄마는 아빠 뒤에
서 발톱을 드러내고 노려보았다. 순간 아빠와 검은 마스크가 동시
에 뛰어올라 달려들더니 이내 아빠는 땅바닥에 패대기쳐 졌다. 그
것을 본 엄마는 내게 달려와 소리쳤다.

"뮤, 빨리 도망가! 너라도 꼭 살아야 해. 밑으로 내려가서 사람들
있는 곳으로 가. 얼른 뛰어!"

엄마는 비탈길로 세게 나를 밀었다. 그 힘에 나는 중턱까지 나뒹

굴어졌다. 뒹굴던 몸이 멈추자 다시 고개를 들어 언덕을 보았다. 눈물이 앞을 가려 희미한 그림자만 어른거렸다. 눈을 껌뻑이자 다시 시야가 또렷해졌다. 피를 흘리며 쓰러진 아빠 앞에서 엄마는 이글거리며 벌겋게 충혈된 눈을 위로 치켜뜨고 매서운 이빨을 드러내며 발톱을 세웠다. 그녀는 단숨에 점프하여 검은 마스크의 오른쪽 눈을 앞발로 할퀴었다. 그의 한쪽 눈에서 피가 철철 흘러내렸다. 순간 그는 검은 주둥이 사이로 날카롭게 삐져나온 이빨로 엄마를 사정없이 물고 흔들더니 아빠 옆으로 패대기쳤다. 엄마는 아빠 위로 맥없이 쓰러졌다. 주위에 있던 두 마리의 들개가 으르렁거리며 엄마, 아빠가 쓰러진 곳으로 다가갔다. 그 모습을 본 나는 뒷걸음질 치며 정신없이 아래로 달음질쳐 내려갔다.

검은 어둠이 장막을 치던 밤, 들개 무리들이 하나 둘 모여들더니 커겅대는 소리가 소름끼치게 울려 퍼졌다.

"저 들개들 또 소란이야? 에이! 다 죽여 버리든지 해야지. 시끄러워서 참!"

동네 어귀에선 어김없이 굵직한 인간의 목소리가 들렸다. 나는 공원 구석에 자리한 화장실 옆모서리 안쪽으로 깊이 들어가 사잇길 한쪽 풀숲에 몸을 웅크렸다. 덜덜 떨리는 몸을 들썩이며 하염없는 눈물을 흘렸다. 산 위에선 엄마 아빠의 주검을 즐기는 사악한 무리들의 파티가 이어지며 들개 울음소리가 검은 산 위에 울려 퍼졌다. 시뻘건 눈빛들이 검은 장막 속에 번쩍이며 이빨을 드러내고

고양이와 여자

낄낄거리는 모습이 아른거렸다. 앞발로 귀를 막고 흙바닥에 엎드려 울며 밤을 지새웠다.

다시 만난 여자

혼자 남겨진 나는 하루하루 들고양이로 사는 법을 배워갔다. 후미진 나무 뒤로 엉켜진 가시 넝쿨 사이에 보금자리를 만들고 해가 뜨는 낮에는 산길 모퉁이로 슬금슬금 다녔다. 인간들이 던져주는 간식이나 땅에 떨어진 부스러기, 벌레, 나뭇잎으로 배를 채우며 하루하루를 버티고 살아갔다.

중년의 여자가 들개에게 위협을 당하며 물리는 사건이 일어난 이후로 궁정산 일대에선 다시 대대적인 들개 소탕 작전이 벌어졌다. 대여섯 마리의 들개가 마취 총에 맞아 죽거나 옮겨졌고 작은 들개는 산 채로 잡혔다. 하지만 검은 마스크와 그의 무리는 조롱이라도 하듯 몸을 숨기며 포획되지 않은 채 여기저기 쏘다녔다. 낮에는 사람이 지나다니지 않는 곳에서 지능적으로 몸을 숨기고 밤이 되면 늑대 울음소리 같은 기괴한 소리를 내며 산중의 기선을 잡았다.

그날은 태양이 머리 꼭대기에서 비추던 때였다. 저 멀리서 마르고 큰 키에 파란 색 챙 모자를 눌러 쓴 늙은 인간이 팔을 휘휘 저으며 걸어오고 있었고 맞은편에선 장년의 남자 인간이 다람쥐처럼 날쌔게 뛰어오고 있었다. 그들은 잠시 마주쳤다가 서로 다른 방향으로 등을 보이며 사라졌다. 이어 낯익은 발소리가 들렸다. 전에 보았던 여자 인간이었다. 그녀가 오늘도 육포를 지니고 있다는 건 냄새로도 충분히 알 수 있었다. 나는 산길에 마련된 소나무 의자 밑에서 그들을 쳐다보며 무료한 시간을 달래었다.

털을 가다듬으며 반쯤 엎드린 채 앞쪽에 있는 떡갈나무를 바라보는데 순간 산길 옆 가파른 언덕에서 몸을 숨기고 오가는 인간들을 훔쳐보는 검은 마스크의 눈빛을 보았다. 그는 코를 실룩거리며 여자를 주시했다. 남자 인간들이 사라지고 여자 혼자 걷고 있을 때 그는 비탈진 곳에서 슬금슬금 올라와 모습을 드러냈다. 입가에 침을 흘리며 그녀 앞을 가로막는 순간 나는 벌떡 일어나 부들부들 떨리는 다리에 힘을 주었다.

"헉!"

검은 주둥이를 본 그녀는 온몸이 굳어진 채 그대로 서 있었다. 거리는 4m 정도로 떨어져 있었다. 그녀는 검은 마스크의 눈빛을 피하지 않고 눈이 튀어나올 정도로 노려보았다. 검은 마스크는 그 모습에 당황했는지 한동안 발을 떼지 않았다. 그녀는 옆으로 난 샛길을 곁눈질하며 발을 옮기려 했지만 딱딱하게 굳은 발은 좀처럼 떼지지 않았다. 검은 마스크는 간을 보는 것처럼 천천히 발을 떼며 한 발자국씩 그녀 앞으로 발을 내밀었고 그녀는 뒷걸음질 쳤다. 눈을 떼지 않고 앞을 주시하던 그녀는 오른손으로 휴대폰 비상버튼을 살며시 눌렀다. 휴대폰 너머로 남자의 목소리가 들려왔다. 그녀

고양이와 여자

는 작고 또렷한 목소리로 다급히 소리쳤다.

"여기 궁정산 산책로인데 들개가 나타났어요. 도와주세요!"

그녀가 휴대폰을 입가에 대고 작고 낮은 목소리로 소리치자 검은
마스크는 조금씩 빠르게 그녀 앞으로 다가갔다. 그들은 서로를 주
시하며 쏘아보았다. 난 후들거리는 앞발을 내밀며 빠르게 달음질
쳐가 그놈 뒤에서 날카롭게 울어대며 소리쳤다.

"크아옹 크아옹(다른 쪽 눈은 멀쩡하냐? 이놈아!)"

"커거겅(뭐야!)"

그가 뒤돌아보자 나와 눈이 마주쳤다. 나는 눈을 부릅뜨고 그를
쳐다보며 크르렁거렸다. 이미 내 앞발은 발톱을 내밀어 잔뜩 힘을
준 상태였다.

"크아악! 크아옹!(회색 고양이놈의 딸? 아직 안 죽었던 거야?
많이 컸네. 죽기 싫으면 방해하지 말고 꺼져!)"

"크우웅! 크아옹!(죽는 한이 있어도 지옥까지 널 따라다닐 거
다. 내 부모를 죽인 원수 놈아!)"

그와 동시에 나는 시선을 돌려 그녀를 보며 소리쳤다.

"캬아옹 캬아옹!(육포를 다른 곳으로 던져요!)"

멀리서 다람쥐처럼 날쌔게 뛰어오던 늙은 인간이 그녀 뒤에서 모
습을 드러냈다. 검은 마스크는 인간 남자의 모습에도 아랑곳하지
않고 그녀에게 더 가까이 다가갔다. 여자는 뒷걸음질쳤고 나는 계
속해서 크게 울어댔다. 다람쥐 아저씨의 발걸음이 빨라짐과 동시
에 검은 마스크와 여자의 거리도 좁혀져만 갔다.

"이놈, 저리 안 가!"

멀리 여자 뒤에서 뛰어오던 아저씨가 돌을 던졌다. 하지만 검은 마스크는 눈도 깜빡하지 않고 그녀에게 달려들었다. 나는 잽싸게 달려가 검은 마스크의 뒷발을 물었다. 그가 고통스럽게 뒷다리를 들어 세게 흔들자 내 발톱이 풀리며 수풀로 나뒹굴어졌다.

순간 그녀가 한 손으로 무언가를 뿌리며 다른 손으론 육포를 던졌다. 검은 마스크가 '윽'하며 비틀거리자 그녀는 무언가를 더 뿌렸고 검은 마스크는 제자리에서 빙글빙글 돌며 괴로워하더니 육포를 물고 비탈길로 달음박질쳐 내달려갔다.

"나비야!"

그녀의 목소리를 들었지만 정신은 혼미해져 갔다.

여자 뒤에서 허겁지겁 뛰어오던 아저씨가 커다란 돌을 던져 검은 마스크의 몸을 맞추자 기우뚱거리며 정신없이 달음박질치는 들개의 모습이 눈앞에 아른거렸다.

〈번외 1〉 다시 만난 아기 고양이

궁정산에서 50대 여자가 들개에게 물렸다는 사건을 뉴스에서 본 후 나는 산행을 주저하며 한동안 산에 오르지 않았다. 뉴스에선 들개를 모두 포획했다고 했지만 공원 근처에서 쓰레기통을 뒤적이는 근육질 다리의 들개를 두어 번 본 적이 있기에 두려움이 컸다. 하지만 그날은 대낮이었고 낯익은 사람 두어 명도 산을 오가며 운동을 하고 있어서 괜찮을 것 같았다. 행여 대낮에 들개가 나타날 거라곤 상상도 하지 못했다. 그들과 거리를 유지하며 한참을 걷자 쫄깃해진 마음이 사라지고 난 정해진 코스를 돌았다.

정오의 산은 고요하고 한적했다. 유진이가 학교에서 오기 전에 얼른 운동하고 내려가려고 빠른 걸음을 재촉했다. 독수리 바위까지 갔다가 되돌아 내려와 걷는데 비탈길에서 들개 한 마리가 불쑥 올라오며 나와 정면으로 마주섰다. 순간 너무 놀라 심장이 멎는 것 같았다. 도망가고 싶었지만 땅바닥에 발을 붙인 채 움직이지 못했다. 주둥이가 검고 눈빛에 교활함이 묻어있는 들개는 쳐다만 봐도 역겨웠다. 감히 인간과 대적하려 마주하고선 한 치의 두려움도 없이 쳐다보는 것에 왠지 모를 반감이 솟구쳤다.

들개와의 거리는 4미터쯤 떨어져 있었다. 행여 뒤돌아 뛰어가면 근육질의 두 다리로 빠르게 달려와 나를 덮칠까 봐 등을 보이지 않은 채 눈을 크게 부릅떴다. 아니 온몸에 힘을 주고 노려보았다. 사람이나 개나 모두 동물이기에 들개의 눈에 비친 사람도 동등한 크기로 공포의 대상일 수 있다는 생각에 도달했다. 눈빛으로 대항하여 기선을 잡으면 함부로 달려들지 못할 것 같았다. 속으론 겁에 질려 바득바득 이가 부딪쳤지만 살아남기 위해 조처를 취해야 했다. 한 손으로 빠르게 휴대폰 비상벨을 눌렀다. 신호가 가자 남자의 목소리가 들렸다.

"여기 궁정산 산책로인데 들개가 나타났어요. 도와주세요!"

내 목소리를 들었는지 순간 들개가 빠르게 내딛으며 발을 움직였다. 나는 뒷걸음질 치며 휴대폰을 넣고 다른 주머니를 뒤적였다. 육포와 분사기가 만져졌다. 떨리는 손으로 간신히 꺼내들고 앞을 보니 들개 뒤에서 아기 고양이가 뛰어 오는 게 보였다. 그와 눈이 마주치는 순간 조력자가 나타났다는 생각에 용기가 솟았다. 들개가 빠르게 달음질쳐 오자 나는 오른손에 들고 있던 고춧가루 스프레이를 더욱 꽉 쥐었다. 그리고 다른 한 손으론 육포를 움켜쥐었다. 그때 들개 뒤에서 뛰어온 아기 고양이가 그의 뒷다리를 물었다. 순간 들개는 날카로운 이빨을 드러내며 뒷다리를 물고 있는 고양이를 흔들어 수풀로 내동댕이쳤다. 다시 나를 보며 달려오는 들개와의 거리가 가까워오자 난 빠르게 오른손에 들고 있던 스프레이를 그의 눈에 사정없이 분사했다. 그리고 그 옆에 육포를 던졌다. 눈을 감고 깨갱거리면서 제자리를 뱅글뱅글 돌던 들개는 내 뒤에서 소리치는 남자의 목소리가 더 크게 들리자 육포를 물고 비탈길로 내달려갔다.

"이 나쁜 놈!"

뒤에서 다람쥐 같이 뛰어오던 날쌘 아저씨가 돌을 던져 그놈의 등을 맞추었다. 그는 한쪽으로 몸을 기울이며 더 빠르게 달음질쳐 내려갔다. 아저씨가 뒤돌아서서 내 몸 이곳저곳을 살펴보면서 물었다.

"어디 다친 데 없어요?

"네, 괜찮아요. 죽는 줄 알았어요."

"아줌마 정말 큰일 날 뻔했어요. 그놈도 돌에 맞았으니 멀쩡하진 않을 거예요. 얼른 신고해야겠네."

"……제, 제가 했어요."

어디서 왔는지 산행하던 사람들이 하나 둘 몰려와 아저씨와 수근거렸다. 긴급 전화를 받고 온 사람들도 눈에 띄었다. 빨간 챙 모자에 마취 총을 멘 남자들 몇 명이 뛰어 와 아저씨의 말을 듣고 들개를 찾아 비탈길로 내려갔다.

순간 퍼뜩 하는 생각에 고개를 돌리니 수풀 사이에 쓰러진 고양이가 눈에 들어왔다. 나는 급히 뛰어가 고양이를 안아 들었다. 죽었는지 눈을 감고 있었다.

"나비야! 정신 차려!"

"아저씨, 이 고양이 죽은 거예요?"

날쌘 다람쥐 아저씨에게 다가가 물으니 그가 고양이 목에 손을 갖다 대었다.

"죽지는 않았어요."

그 말을 듣고 마음이 놓였다. 얼른 가서 치료해 줘야겠다는 생각이 앞섰다. 아저씨에게 감사하다는 인사를 한 후 발길을 옮기는데 다리가 후들거렸다. 하지만 고양이를 안고 따스한 심장소리가 전해지니 안정을 찾을 수 있었다. 검은 주둥이의 들개와 마주쳤던 섬뜩한 기운이 떠올라 숨이 멎는 것처럼 두려웠지만 내 팔에 잠잠히 기댄 아기 고양이의 체온을 느끼며 다급히 집을 향해 걸어 내려갔다.

보라의 집

검은 마스크에게 머리를 맞고 튕겨져 나간 순간 '픽' 하고 정신이 나갔다. 하지만 여자 인간이 나를 안아들었을 때 점차 의식이 돌아왔다. 몸이 붕 뜨며 누군가의 팔에 안기어 이동했던 건 처음 있는 일이었다. 융과 이유는 인간 집사와 살다가 산으로 왔기에 인간의 품에 안겼던 일들이 많았지만 나는 산을 오가는 인간들의 눈에 띄지 않게 이리저리 피해 다녀서 여자의 품에 안긴 건 처음 있는 일이었다. 산을 내려와 아파트로 이어지는 쪽문으로 들어가니 길게 늘어진 태양의 그림자가 적막한 오후의 정취를 그려냈다. 살며시 실눈을 뜨고 커다란 건물을 바라봤다.

산 밑에 자리한 두 동짜리 낡은 아파트가 눈에 들어왔다. 외벽은 군데군데 벗겨져 회색빛 속살을 드러냈고 시멘트 벽 위에는 '미리네'라는 글자가 희미하게 그려져 있었다. 여자가 아파트 모퉁이를 돌자 녹슨 철창으로 둘러싸인 베란다 앞으로 툭 튀어나온 난간이 눈에 들어왔다. 다른 집들은 그곳에 실외기를 놓았지만 유일하게 커다란 화분이 놓여 있는 곳이 있어 한참을 쳐다보았다. 굵고 반질반질한 잎을 가진 붉은 꽃이 높다란 곳에서 희미하게 보였다. 유일하게 눈에 띈 그곳은 여자의 집 베란다였고 이후 여자와 가족이 되어 살면서 옆집고양이 할머니를 만나러 가는 중요한 통로가 되었다.

햇볕이 강하게 내리쬐자 나는 실눈을 감고 여자의 팔 아래로 숨어들었다. 길을 걷는데 몸집이 큰 여자가 지나가며 말을 붙였다.

"유빈 엄마, 웬 고양이야?"

"아, 산에서 데려왔어요."

"들고양이 키우려고?"

"네, 동생 유진이가 좋아해서요."

"쉬운 일이 아닐 텐데……."

몸집이 큰 그녀는 고개를 저으며 지나갔다.

승강기를 타고 9층에 내린 여자는 나를 안고 있던 반대 손으로 문을 열고 들어갔다. 여자가 신발을 벗고 거실로 들어가니 나뭇잎이 수놓인 초록색 투명 커튼 사이로 햇살이 파고들어와 산 위의 정취가 느껴졌다.

'인간이 사는 집인가?'

인간이 사는 공간에 들어서니 낯선 공간이 주는 이상한 기운에 심장이 빠르게 요동쳤다. 여자는 신문지를 깔고 그 위에 나를 조심스럽게 내려놓았다. 난 아직 다리에 힘이 들어가지 않아 종이 위에 누운 채 눈만 멀뚱히 뜨고 있었다. 그녀가 무언가를 가져와서 말했다.

"노니, 우유 먹자."

'노니? 노니가 뭐지? 융과 이유가 나를 부를 땐 뮤라고 했는데 이 여자 인간은 왜 나를 노니라고 부르지? 이 하얀 액체는 언젠가 산을 오가던 인간이 준 고소한 액체와 냄새가 비슷한데?'

내가 움직이지 않자 여자는 나를 일으켜 안으며 그릇에 있는 하얀 액체를 가까이 대 주었다. 달콤한 냄새에 이끌려 나도 모르게 혀로 그것을 핥았다. 잠시 맛을 보았다고 생각했는데 이미 그릇은 바닥을 드러냈다.

"노니, 잘 먹네. 우유 대장이구나!"

'우유라고? 노니라고?'

그런데 이상한 건 여자가 하는 말을 느낌으로서가 아니라 간혹 들리는 단어로 알아들을 수 있다는 것이었다. 그녀의 감정이나 웃음, 말 등이 형체 없는 영감으로 전해졌다. 이상한 기분이 들어 여자를 물끄러미 쳐다보니 그녀가 웃으며 말했다.

"노니야, 이제 네 이름은 노니야. 엄마가 산에서 내려오면서 생각했던 이름이지. 노니, 이제 씻자. 이따 오빠들이랑 아빠 오면 예쁘게 보여야지."

눈만 말똥거리며 내가 움직이지 않자 여자는 나를 번쩍 안아 올리며 다른 곳으로 데려갔다. 습기 가득한 곳으로 들어간 지 얼마 되지 않아 차갑지 않은 물이 내 몸에 닿았다. 갑작스러운 물벼락에 놀라 캬르릉거리자 여자는 자꾸 괜찮다고 말했다. 그녀가 뿌리는 물은 산에서 비를 맞았을 때와 비슷한 감촉이었지만 더 부드럽고 따뜻했다.

"어휴, 이 땟국물 좀 봐. 이게 몇 년 묵은 때니?"

여자는 이상한 물건으로 거품을 만들더니 내 털 여기저기를 닦았다. 그녀가 나를 씻기고 열이 나오는 기구로 털을 말려 빗으로 촘촘히 빗겨주었을 때 난 살포시 눈을 감았다. 어릴 적 융이 이유의 털을 핥아주면서 따스한 햇볕을 쬐던 그때의 기분이 스쳤다. 눈을 감은 채 여자의 손길에 나를 맡겼다.

〈번외 2〉 노니의 말

여자가 사는 아파트는 아빠가 탈출해 택배차를 타고 와서 내렸던 곳이란 걸 난 허름한 난간을 보고 쉽게 짐작할 수 있었다. 그리고 아파트 위쪽 지대에 자리 잡은 별장같이 화려한 빌라는 엄마 이유가 집고양이로 살았던 곳이었다. 이곳에 살게 되면서 집사들이 집을 나간 후 난 아파트 밖을 오가며 고양이 친구들을 만나러 다녔다. 그들과 산을 오를 때 별장 같은 두 동짜리 빌라를 눈여겨보았고 어릴 적 엄마의 얘기를 떠올릴 수 있었다.

산 밑 인간들이 사는 곳으로 입양되어 오니 엄마 이유와 아빠 융이 집고양이로 살던 때가 그려졌다. 순간 그들이 당했던 아픔이 떠올라 눈물이 왈칵 솟아올랐다. 도망쳐 내린 곳에서 어두운 밤 여자 인간의 집 난간을 바라보던 아빠의 황망한 눈빛을 되새기니 쓸쓸했던 그의 마음이 전해져 가슴을 적셨다.

〈지금까지도 그랬지만 앞으로 난 인간의 언어로 모든 것을 이야기할 것이다. 내가 느끼는 생각만으로 여자와 얽힌 일을 얘기하기에는 한계가 있기 때문이다. 그리고 여자의 이름은 내가 느낀 그녀만의 색 '보라'라고 칭할 것이다.〉

4

새로운 생활

옆집고양이 루루

샤워를 해준 보라는 드라이기로 털을 말린 후 베란다에 마련된 바구니에 부드러운 천을 깔고 그곳에 나를 뉘였다. 난 바로 깊은 잠에 빠져들었다.

해가 뉘엿뉘엿 넘어갈 무렵 눈이 번쩍 떠졌다. 무의식적으로 다리에 힘을 주고 일어서서 낯선 공간을 둘러보았다. 거실로 이어진 부엌과 방 3개, 욕실 그리고 인간에게 필요한 가구들이 잘 배치되어 있었다. 낡은 아파트였지만 내부는 깨끗하고 아담했다. 눈에 뜨인 건 소파였다. 길고 커다란 크림색 소파는 어서 올라와 쉬라며 손짓하는 것 같았다. 나는 발걸음을 내딛어 소파 앞으로 갔다. 소파 위에는 사진을 확대한 것 같은 커다란 액자가 걸려 있었다. 하얀 자작나무 숲에서 네 명의 인간이 서로 기대어 활짝 웃고 있었다. 여자는 보라였고 그 옆에 서 있는 키 큰 남자는 노랑, 형인 듯 보이는 인간은 초록, 형에 기대어 웃고 있는 인간은 파랑이었다.

'인간이 색으로 느껴지다니……'

산에서 융이 했던 말이 떠올라 한참을 바라봤다. 그러다 문득 이곳으로 날 데려온 보라가 떠올랐다.

'여자 인간은 어디 있지?'

뒤돌아 냄새를 맡으며 거실 여기저기를 돌아다녔다.

'냐아옹, 냐아옹~'

잿빛으로 물든 하늘이 어둑해질 무렵 텅 빈 공간에 홀로 남으니 갑자기 두려움이 몰려왔다. 적막한 공간을 두리번거리며 인간의 흔적을 찾아 이곳저곳 냄새를 맡았다. 그래도 두려움은 여전히 가시지 않았다.

다시 베란다로 돌아오니 바구니 앞에 놓인 그릇이 눈에 들어왔다. 한쪽에는 물, 다른 한쪽에는 동글동글한 사료가 보였다. 냄새에 이끌려 물을 핥아 먹은 후 옆에 있는 사료를 먹으니 빠르게 뛰던 심장이 조금은 안정되었다. 베란다 밖으로 발을 내딛었다. 쭉 뻗은 난간에 놓인 커다란 화분에 동백나무가 피어있었다. 산에서 본 것과 같았지만 일부를 가져온 것 같이 작았다. 들고양이 시절 엄마는 빨갛게 핀 동백나무 잎을 뜯어 먹이며 나에게 말했다.

"뮤, 겨울에 꽃이 피니 신기하지 않니? 꽃잎을 먹어봐. 피를 맑게 해 줄 거야."

"웩, 너무 써요. 이렇게 쓴 게 피를 맑게 해 준다고요?"

"그럼, 이 나무는 진실한 사랑을 위해 꽃을 피운다는 전설이 있단다. 이 잎을 먹으면 너도 진실한 사랑을 하게 될 거야."

"네? 진실한 사랑이요?"

그땐 엄마 말을 잘 듣는 아기이기도 했지만 '과연 그럴까?' 하는 호기심에 그 잎을 입으로 따서 질겅질겅 씹어 먹었다. 그런데 그때 본 것과 같은 작은 크기의 동백나무가 여자의 집 베란다에 있는 게 신기했다. 나는 베란다로 나가 꽃을 보며 소리 내어 울었다. 갑자기 엄마 이유가 떠올랐기 때문이다.

'캬뜨릉, 캬뜨릉.'

그때 어디선가 낮고 컬컬한 고양이 목소리가 들렸다.

"냐아옹 캬아아옹?(거기 베란다 난간에서 울고 있는 게 누구냐?)"

깜짝 놀라 소리 나는 쪽을 쳐다보니 옆집 베란다 난간에 나이가 지긋한 할머니 고양이가 앞다리를 쭉 펴고 서 있었다. 양쪽 입가로 길게 뻗은 하얀 수염과 눈가에 겹쳐진 주름은 포근하면서도 엄숙해 보였고 희고 노란 털이 섞이어 잔물결이 출렁이듯 잘 빗겨져 있었다. 그녀의 동그랗고 진한 눈동자와 마주치는 순간 동족 고양이를 만난 기쁨에 울음을 멈추고 말했다.

"전 산에서 들고양이로 살다가 오늘 이 집에 왔어요. 여자 집사가 날 데려와서 먹여주고 씻겨주었는데 자고 일어나니 아무도 없고 다시 혼자가 되었어요."

"울지 말고 기다려라. 기다리는 법을 익히는 게 우리가 사는 방식이지. 이제 너도 집고양이가 됐으니 인간들의 삶에 익숙해져야 한다. 네 집사는 서너 시간 후면 돌아올 거니 다시 산에 버려지지 않으려면 조용히 하렴."

옆집에서 문 여는 소리가 나자 할머니는 어디론가 사라졌다. 그녀가 보이지 않자 난 다시 난간을 긁으며 울었다.

"캬르릉? 캬아르릉(할머니, 어디 있어요? 무서워요.)"

한참을 울어대니 그녀가 다시 나타났다. 그녀는 단호하고 엄중한 목소리로 말했다.

"집고양이로 살려면 규칙을 지켜야 해!"

"이곳이 너무 답답해요. 혼자 있으니 무서워요."

"너를 데려온 인간 집사를 실망시키지 말거라. 참고 기다리면 너의 새로운 본성이 발휘되는 날이 올 거다."

"네? 그게 무슨 말이에요?"

"차차 알게 될 거다. 네 이름이 뭐지?"

"집사가 노니라고 했어요."

"음, 노니! 부르기 좋은 이름이구나. 난 이제 우리 집 집사에게 가야 한다."

"할머니는 뭐라고 부르나요? 다시 보고 싶으면 이름을 부를게요."

"루루라고 불러라."

"알겠어요. 루루 할머니."

말을 마친 그녀는 되돌아가서는 다시 나타나지 않았다. 불안감에 털이 곤두섰다. 붉은 해가 내려앉으며 7시를 넘어섰다. 어둠이 내리는 창밖으로 차가운 겨울 하늘이 나를 무심히 내려다보고 있었다. 문득 이곳에 있으면 더 이상 들개로부터 공격당할 위험이 없을 거란 생각이 스쳐 지나갔다.

보라와 초록이

"삐삐삐 철컥!"

쇠 소리가 나며 보라가 문을 열고 들어왔다. 반가운 마음에 앞발을 내밀고 거실로 들어서려는 순간 무표정한 얼굴로 터벅터벅 걸어와 소파에 주저앉는 그녀를 보고 다시 발을 거두었다. 초점 없는 눈으로 넋이 나간 듯 앉아있는 그녀 옆으로 난 조심스럽게 다가갔다.

"냐아옹!"

울음소리를 들은 그녀가 풀렸던 눈에 힘을 주고 나를 내려다보았다.

"아 노니구나! 노니가 있었지? 이리 와."

그녀는 나를 들더니 안지 않고 소파 위에 올려놓았다. 한 번쯤 누워보고 싶은 곳이었기에 오히려 다행이었다. 부들부들 포근한 감촉을 느끼려 소파에 얼굴을 묻고 비볐다. 그때 어디선가 중얼거리는 소리가 들려 고개를 쳐드니 보라가 혼잣말을 하고 있었다.

"노니야, 둘째 오빠가 어디론가 사라졌어. 흐흑, 영어학원에 빠졌다는 연락을 받고 무작정 가서 학원 주변을 둘러보는데 후미진 빌라 구석에 오빠가 숨어 있는 거야. 오빠는 나와 눈이 마주치는 순간 그곳에서 빠져나와 도망갔어. 어떻게 그럴 수 있니? 흑흑……엄마를 보고 어떻게 도망을 가냐고!"

그런데 순간 이상한 일이 일어났다. 울먹이는 그녀의 말과 감정이 내게 느껴지며 마음이 저릿하고 아팠다.

'왜 이러지? 난 그저 고양이일 뿐인데. 왜?'

"냐아옹, 냐아옹(괜찮아요. 너무 슬퍼하지 말아요.)**"**

난 위로하는 소리를 내 보았다. 하지만 골똘한 생각에 빠져 내 울음소리를 듣지 못한 그녀는 나를 쳐다보지도 않고 휴대폰을 꺼내 들었다. 어디론가 전화를 했지만 신호만 갈 뿐 받지 않자 포기한 듯 다시 막막한 눈빛으로 허공을 응시했다. 산에서 우리 가족은 항상 붙어 다니며 위험이 있을 땐 서로 지키려고 애썼는데 여자네 가족은 이렇게 깜깜해지도록 집에 들어오지도 않고 아들은 엄마를 보고 도망갔다니 어이가 없었다.

동그란 달이 노랗게 퍼지며 베란다 너머 하늘에 떠 있었다. 밤 9시가 지나자 그녀는 시계를 한 번 쓱 쳐다보더니 눈물을 훔치며 현관문 밖으로 나갔다. 내겐 어떤 말도 하지 않았다. 나가는 그녀의 손가락에서 찰랑거리는 열쇠고리 소리가 들려왔다. 텅 빈 거실에는 주황색 스탠드가 암울한 불빛을 뿜어내며 서 있었다. 난 소파에 앉아 몸을 핥으며 시간을 보냈다. 배고프면 내려와서 사료를 먹고 물을 핥았다. 집안을 몇 번 왔다 갔다 하다 다시 바구니에 들어가 누웠다. 얼마 지나지 않아 다시 현관문 열리는 소리가 났다.

고양이 집사가 입을 법한 옷을 입고 넥타이까지 맨 앳된 얼굴의 남자 인간이 들어왔다. 그는 들어오자마자 돌덩이가 든 것처럼 무거워 보이는 가방을 바닥에 털퍼덕 내려놓았다. 얼굴을 자세히 보니 자작나무 숲 사진에서 웃고 있던 초록이었다.

"냐아옹"

난 작게 내 존재를 드러냈다.

"유빈아, 아까 엄마가 고양이 데려왔다고 했지? 한번 볼래? 이름은 노니야."

"그래요?"

초록이가 웃으며 내게 다가왔다. 균형 잡힌 얼굴이 안정돼 보였고 순하고 편안한 인상이었다. 그의 목소리는 대나무 숲에서 바람이 불 때처럼 작은 울림이 있었다.

"와, 우리 집에서 고양이를 키우다니 정말이에요? 엄마는 개나 고양이 만지는 것도 싫어하잖아요. 저번에 유진이가 개나 고양이 키우면 말 잘 듣겠다고 했는데도 안 사주시더니 어떻게 된 거예요?"

"그렇게 됐어. 생명의 은인인데 어떻게 그냥 놔두겠니? 처음이 어렵지 엄마도 마음먹으면 잘 돌볼 수 있어. 너무 예쁘지 않니?"

그때 그녀의 휴대폰이 울렸다. 그녀가 통화하는 동안 초록이는 내 머리를 만지고 이름을 부르며 눈을 마주치고 웃었다. 하지만 오래지 않아 언제 그랬냐는 듯 일어서서 방으로 향했다. 손길을 거두는 그를 한참 바라보는데 통화를 마친 보라가 말했다.

"유빈아, 유진이 PC방에 있는데 노니 보러 들어온대. 걱정했는데 한시름 놨다. 너도 간식 먹고 쉬어."

"네."

그는 영혼 없는 대답을 하며 보라에게 쓴 웃음을 짓더니 이내 한숨을 내쉬며 자기 방으로 들어갔다. 초록이는 군더더기가 없어보였다. 하지만 그의 표정 뒤로 어두운 그림자가 드리워지는 걸 느꼈다. 이 집에 온 후 감각이 살아 꿈틀대는 것처럼 이상한 기운이 올라오면서 인간들 마음속 깊은 곳에 감춰진 내면의 감정을 느낄 수 있었다. 초록이는 씻고 나와 자기 방으로 들어갔다.

자작나무 사진을 다시 보며 노랑이와 파랑이는 어떤 인간일지 궁금했다. 난 소리에 민감한 귀를 꿈틀대며 바구니로 들어가 누웠다.

노랑이와 파랑이

깜깜한 밤의 기운이 가득 차오른 자정 무렵 현관 밖에서 발소리가 들렸다. 나는 본능적으로 일어나 현관 앞으로 나갔다.

"유진이니?"

보라가 내 뒤에서 빠르게 걸어오며 말했다. 그런데 현관문을 열고 상체를 들이민 건 키가 크고 마른 인간이었다. 턱선이 드러난 하얀 얼굴에 어울리지 않게 눈에는 잔뜩 힘이 들어가 있었고 열이 오른 것처럼 붉게 상기된 얼굴을 하고 있었다. 사진에서 본 노랑이 었다. 그가 들어서자 그녀는 풀죽은 목소리로 말했다.

"왔어?"

"다녀오셨어요?"

언제 나왔는지 초록이가 인사하고는 다시 자기 방으로 들어갔 다. 그가 들어가자 노랑이는 보라에게 소리쳤다.

"유진이 이 자식 아직 안 들어온 거야? 병신 같은 놈! 문 잠그고 들어오면 열어주지도 마!"

"어떻게 그래! 당신 또 술 마셨어? 매일 술 마시고 늦게 들어오 지 말고 일찍 와서 유진이랑 대화 좀 해 봐."

"그딴 놈한테 대화는 무슨! 당신이 늘 그렇게 싸고도니까 그놈이 공부는 안 하고 밤늦게까지 쏘다니는 거라고!"

"알았어. 다 내 잘못이야. 밥은?"

"먹었어!"

퉁명스러운 말투로 얼굴을 붉히는 기다란 인간에게 보라는 대충 기분을 맞추는 것처럼 보였다. 난 동그란 눈으로 노랑이를 보며 내 존재를 드러냈다.

'냐아옹'

"웬 고양이야?"

"전에 산에서 아기 고양이 봤다고 한 적 있지? 아까 산에서 운동 하다가 들개 때문에 죽을 뻔했는데 얘 때문에 간신히 살았어. 두 번이나 날 구해줬는데 산에 있는 게 위험해 보여서 내가 키우려고 데려온 거야."

보라가 나를 보고 미소 지으며 말했다.

"웬일이야? 고양이를 다 키우고? 당신 동물 키우는 것 싫어하잖아. 그리고 내가 산에 가지 말라고 그렇게 말했는데 또 간 거야? 죽으려고 환장했어? 차라리 헬스나 요가를 하라니까 말은 더럽게 안 들어. 당신 알아서 해."

그때 노랑이가 나를 보며 다가왔다. 난 두려움에 뒷걸음질 치며 뚫어지게 바라보는데 그는 찌푸렸던 얼굴을 펴고 어린아이처럼 웃으며 나를 안아들었다. 순간 가슴이 저릿하면서 슬픔이 느껴졌다.

'이 인간은 왜 이렇게 슬프지?'

그가 나를 보고 말했다.

"아직 아기잖아. 이놈 참 귀엽네! 이름이 뭐라 했지?"

"노니라고 불러."

옆에 서서 같이 바라보던 보라가 말했다.

"노니야! 에고 귀여운 놈. 으흐흐…… 그런데 유진이 이놈 발모가지를 부러뜨리든지 해야지, 들어오기만 해 봐!"

나를 안고 웃던 노랑이는 금세 화가 났는지 다시 나를 내려놓으며 소리쳤다. 종잡을 수 없는 그의 태도에 어안이 벙벙했다.

모두 잠든 밤에 거실로 나온 보라는 희미하게 내뿜는 주황색 스탠드를 켜고 어두운 소파에 앉아 휴대폰을 주시했다. 그때 휴대폰 불빛이 번쩍였다. 휴대폰을 바라보며 눈동자를 굴리던 그녀는 일어나 방으로 들어갔다.

새벽 2시, 소리 없이 들어와 몸을 숙이고 고개만 빠끔히 내민 인간이 살금살금 들어오는 게 보였다. 어둠 속에 반짝이는 내 눈과 그의 눈이 마주쳤다. 나는 바구니에서 나와 베란다 문 사이로 얼굴을 내밀고 작게 울며 내 존재를 드러냈다. 소리를 들었는지 방으로 들어가려던 인간이 내게 다가왔다. 큰 몸을 바닥에 엎드려 배를 깔고 눕더니 그는 내 턱에 손을 갖다 대고 작은 소리로 말했다.

"노니! 네가 노니구나. 엄마한테 들었어. 노니, 오빠다."

그는 기분 좋게 내 털을 쓸어내렸다. 그 인간은 눈빛이 좀 특이했다. 나처럼 야밤인데도 눈에서 광채가 났다. 난 내 족속이 인간의 모습을 한 줄로 착각할 뻔했다. 눈만 보면 그랬다. 아니, 입 꼬리를 올려 웃는 것도 고양이를 닮았다. 놀라웠다. 그때 보라가 부스스 눈을 비비며 나왔다. 그녀는 속삭이듯 말했다.

"유진아! 어디 있었어? 너 아까 엄마 보고 도망간 거야? 학원 다니기 싫으면 말로 하지 왜 엄마를 보고 도망가니? 엄마가 얼마나 황당했는지 알아? 눈물이 다 났다고."

"미안해. 스트레스를 좀 받아서 얘기하고 싶지 않았어. 애들이랑 PC방에 있다 왔어."

"학생이 PC방에서 이렇게 늦게까지 있어도 돼? 대체 뭐 하고 돌아다니는 거니? 아빠가 화나서 문도 열어주지 말라고 난리야. 이제 그만 정신 좀 차리자. 어?"

"아, 됐어! 피곤해. 낼 얘기해."

"⋯⋯알았어. 내일 학교 가야 하니까 일단 자고 낼 얘기하자. 얼른 씻고 자."

파랑이를 대하는 보라의 표정을 보니 뭔가 답답해지며 기가 턱 막혔다. 이상했다. 유일하게 보라와 감정이 연결된 것 같은 느낌이 들었다. 파랑이와 노랑이, 그리고 초록이가 그녀에게 주는 스트레스가 내게 느껴질 때마다 난 기분이 안 좋고 슬픈 감정이 들었다. 왜 이런 이상한 감정이 계속 일어나는지 알 수 없었다.

이제 거실 소파 위에 걸린 사진 속 인간들을 다 보았고 그들의 특징을 머릿속에 인지했다. 화를 잘 내고 성격이 시시각각 변하는 기다란 인간은 노랑이었고 고양이처럼 야밤에 들어와 조커처럼 입을 위로 올리고 웃는 인간은 파랑이었다. 초록이는 순하지만 무관심하고 이기적으로 보였다. 다들 제멋대로인데 유일하게 보라만 이 집에서 참고 견디는 인간으로 보였다. 그녀가 없다면 이 집은 어떻게 될까? 긴장이 풀리며 눈꺼풀이 내려와 바구니에 들어가 누웠다.

일주일간 이곳에 지내며 이 가족의 모습을 살펴보니 그녀는 파랑이 때문에 늘 노심초사했고 노랑이와는 잦은 말다툼을 했다. 초록이는 겉으로는 예의발랐지만 부모를 무시하고 경멸하는 표정으로 그들을 대했다. 파랑이가 집을 나간 후 들어올 땐 찌그러진 깡통처럼 얼굴이 구겨져 있었고 노랑이는 열을 받았는지 매일 두 뺨이 붉게 달아올라 있었다.

'노랑이는 뭣 때문에 화가 나 있지? 초록이는 왜 가족 일에 관심이 없지? 파랑이 얼굴은 왜 매일 구겨져 있지? 왜 보라만 힘들지?'

하루하루 궁금증이 더해 갔다.

금요일에 보라 가족이 모두 잠든 밤에 나는 루루 할머니를 따라 아파트 뒤에 있는 노인정 지붕으로 올라갔다. 그사이 루루 할머니와 몇 번 만났고 그녀는 이제 내가 가장 잘 따르는 선생 같은 존재가 되어 있었다. 거기서 몇몇 친구들을 만났다. 로미오와 순덕이는 내 또래 들고양이었는데 나와 루루 할머니에게 산에서 일어났던 일을 자세히 알려주었다.

"저번에 네가 인간 집사와 함께 내려간 후에 들개 소탕이 한 번 더 있었어. 그날 들개가 많이 잡혔는데 검은 마스크와 조무래기 들개들은 아직도 여전히 잡히지 않았나 봐! 교활하고 민첩해서 잘도 숨어다닌다니까."

"이번에도 안 잡혔다고? 진짜 끈질긴 놈이구나. 너희들도 조심해. 그는 우리 고양이들을 아주 싫어해."

"알았어. 어쨌든 다시 만나서 반갑다. 노니야."

보라네 집으로 입양되어 살면서 간간히 들고양이 친구들을 만났고 루루 할머니에게 인간들이 살아가는 방식에 대해 들으며 나는 집고양이 생활에 점점 익숙해져 갔다.

2부

―――

그늘진 가족

1

소리 없는 몸부림

대립

현관 옆 벽에 걸린 오래된 시계에서 야광색 불빛이 번쩍이며 세 번 삐삐거리자 발자국 소리와 함께 철커덕 문이 열렸다. 귀가 쫑긋해진 나는 반쯤 감긴 눈으로 거실로 이어진 현관 쪽을 쳐다보았다. 현관 위에 있던 감지기 등이 켜졌다 꺼지더니 어두운 바닥에 널부러진 노랑이가 고개를 푹 숙인 채 소파에 기대어 그림자처럼 앉아있었다. 술 냄새가 진동하자 나도 모르게 코를 씰룩거렸다. 안방에서 인기척이 나더니 보라가 거실로 나와 작은 조명을 켜고 그의 외투를 벗기면서 짜증 섞인 말투로 말했다.

"당신 또 술 마셨어? 요즘 정말 왜 그러는 거야! 여행사도 어렵다면서 이렇게 늦게까지 뭐 하고 다니는 거냐고!"

"놔!"

외투를 벗기려던 보라의 손을 세차게 뿌리치면서 그가 소리쳤다.

"내가 뭐라고 했어? 돈 좀 더 해주면 일이 잘 풀릴 거라고 했잖아! 큰 여행사 다니면서 수주도 따야 하고 새로운 루트도 확장하려면 비행기 값이니 직원 경비니 돈이 더 필요한데 돈이 없잖아! 돈이! 그리고 내 동생……"

빨갛게 상기된 볼이 힘없이 늘어지면서 고개를 숙인 그는 더 이상 말을 잇지 않았다. 그러더니 갑자기 고개를 들어 두 눈을 치켜뜨더니 금방이라도 달려들 것 같은 들개의 표정으로 그녀의 눈앞에 얼굴을 들이댔다. 주춤하면서 뒤로 물러서려던 보라가 소파에 다리가 부딪쳐 그 위로 앉으며 말했다.

"나 돈 없는 것 알면서 왜 그래?"

"알지. 너 거지인 것 암 알고 말고. 근데 누가 너한테 해 달래?"

"뭐? ……그럼 뭐야? 또 친정에 부탁하라고? 말이 돼?"

"내가 언제 그랬어!"

"당신이 몇 날 며칠 이렇게 갈구고 있잖아! 그게 그 말 아니냐고!"

"왜? 그러면 안 돼? 형님 사업 잘돼서 승승장구하는데 고작 몇 푼 해 달라는 게 그렇게 잘못됐어?"

어이없는 표정으로 말을 잇지 못하던 보라가 미세하게 떨리는 입술로 말했다.

"지금까지 오빠가 당신한테 해 준 돈은 어쩌고! 그게 푼돈이야? 억 단위가 푼돈이었어? 친정 엄마는 새언니 볼 낯이 없다고 매일 전화해서 다그치고 여동생은 혼자 된 엄마가 불쌍하지도 않느냐며 달달 볶고 새언니는 아예 날 돈벌레 취급! 이 상태에서 어떻게 더 돈을 구해다 바쳐? 더 이상 못 해! 돈 해오라는 건 나한테 죽으라는 소리라고!"

"그래? 그럼 죽어! 남자가 사업 한다는데 여자가 그것도 못 해? 성공하는 집들 좀 봐. 다 여자가 내조 잘해서 그러는 거라고!"

보라는 그의 말에 더 이상 대꾸하지 않았다. 시선을 외면한 채 입술을 깨물며 고개를 떨어뜨리고 눈물만 머금을 뿐이었다. 바닥에 앉아있던 노랑이가 소파를 잡고 비틀거리며 일어섰다. 그러더니 그녀에게 다가와 이마에 손가락을 찌르며 말했다.

"나 무시하고 어디 니들 잘 사는지 보자."

그는 비틀거리며 현관으로 나가 신발을 주섬주섬 신더니 문을 쾅 닫고 나가 버렸다. 철문 닫히는 소리가 어둠 속에 덩그러니 맴돌았다. 초록이 방문이 잠시 열렸다 닫히는 게 보였다. 소파에 주저앉은 보라는 다리를 세우더니 그 위에 팔을 포개고 얼굴을 묻은 채 낮은 소리로 울었다. 갑자기 내 가슴이 찌릿해지며 슬픔이 몰려왔다. 난 무거운 걸음을 내딛어 천천히 그녀 옆으로 다가가 손가락을 핥았다.

"어? 노니구나!"

그녀는 고개를 들지 않고 말했다.

"노니야, 아빠가 왜 그러니? 엄마는 어떻게 해야 해? 이건 아니야. 아닌 건 아닌 거야! 내가 길바닥에 나앉아도 더 이상은 못 해. 할 수가 없어. 흑흑……."

그녀는 깊은 수렁에 빠져 허우적거리는 사람처럼 위태로워 보였다. 푹 숙인 고개 밑으로 알 수 없는 말들을 오랫동안 중얼거렸다. 잠시 후 그녀는 주방으로 가 물 한잔을 마신 후 욕실에서 세수를 하고 나와 다시 안방으로 들어갔다. 거실 불이 꺼지고 그녀의 뒷모습이 사라질 때까지 그녀를 물끄러미 바라보았다.

여름이 오려는지 공기가 텁텁했다. 오늘 따라 파랑이가 일찍 들어와 자고 있으니 그나마 다행이었다. 적막한 어둠 속에 서 있으니 집 나간 노랑이는 어디서 헤매고 있을지 그를 처음 보았을 때처럼 불안감에 잠을 이룰 수 없었다.

잔상

남편이 비틀거리며 집을 나가자 참았던 눈물이 왈칵 솟아오르며 체기가 오른 듯 가슴이 답답했다.

'차분하게 얘기하면서 방법을 찾았으면 얼마나 좋았을까?'

깜깜한 소파에 주저앉아 그의 빈자리를 느끼니 아쉬움과 후회가 공허한 마음에 불을 지피며 처음 그를 만났을 때의 일들이 주마등처럼 떠올랐다.

"결혼하면 가장 좋았던 모습이 발목 잡아 그것 때문에 헤어질 수도 있으니까 조심해!"

남편과 결혼한다고 선언했을 때 학교 여자 선배가 함께 술을 마시며 했던 말이 문득 떠올랐다.

대학교 3학년 어느 봄날 캠퍼스에서 두 살 어린 고등학교 후배를 우연히 만났다. 그녀는 나를 보자 무척 반가워했다. 고등학교 때 음악 감상 동아리에서 두어 번 만나 안면이 있던 후배였는데 대학이란 공간에서 다시 만나니 반가웠다. 그날 이후 그녀는 내게 자주 연락하며 따로 만나자고 했다. 혜화동에서 연극도 같이 보고 차를 마시기도 했는데 만날 때마다 그녀의 오빠를 불러냈다. 그렇게 셋이서 연극이나 영화도 보고 놀러 다니면서 자연스럽게 그녀의 오빠와 가까워졌고 그녀는 시누이가 되었다.

부유했던 남편은 당시 가난한 나를 배려한 것인지 아님 자기만족이었던지 옷이며 화장품, 가방, 인형까지 세세한 모든 것을 사 주었다. 내심 흡족했던 난 중학교 때 일찍 돌아가신 아빠의 빈자리를 그가 대신하는 것 같아 그에게 점점 의지하게 되었다. 다른 남자들의 호의도 많이 받았지만 그의 선물 공세는 그를 선택했던 이유 중 하나가 되고 말았다. 하지만 외적인 것에 치중하여 과하게 돈을 쓰는 모습에 왠지 모를 불안감을 느꼈고 결혼 후 그것이 내 발목을 잡고야 말았다.

시아버지는 1남 1녀로 둘뿐인 자식을 끔찍이 위했다. 하지만 돈이라는 목줄을 걸어 그들의 사생활과 일거수일투족을 자기 마음대로 하려는 병적인 사랑의 소유자였다. 그런 태도는 결혼 후에도 계

　　　　　　　　　　　　　　고양이와 여자

속됐다. 우리의 결혼 생활을 사사건건 간섭했고 돈으로 쥐락펴락 하며 남편과 나의 시간을 이용하려 했다. 아버지의 간섭과 억압이 심해지면서 유순했던 남편은 점차 무기력해져 갔고 적개심과 분노의 감정이 쌓여갔다.

"토요일에 친척 결혼이 지방에서 있으니 일찍 와라. 일요일은 친할머니 산소에 풀 자르러 가야 하니까 새벽같이 오고."

시아버지는 일주일이 멀다 하고 우리를 불러댔다. 집을 해 준 대가로 월급의 일부를 갖다 바쳐야 했고 주말에 몸이 아파 시댁에 못 간다고 하면 불 같은 호통이 이어졌다. 질질 끌려다니던 남편은 아버지 앞에서 큰소리 한 번 못 내는 답답함이 화병이 된 듯 늘 경직돼 있었다. 불똥은 가정으로 돌아와 조금이라도 자신의 뜻에 어긋난 일에는 불같이 화를 내는 통에 긴 대화를 이어가지 못했다. 시누이가 시아버지의 간섭을 중재했지만 장남이라는 이유로 소용이 없었다.

한 번은 남편이 아버지에 대한 분노가 극심해지면서 주먹으로 벽을 친 적이 있었다.

"그 노인네! 가만 안 둬. 자기는 고작 그렇게 살았으면서 어떻게 나한테 그러냐고!"

"무슨 말이야? 아버님이 왜?"

"아, 아니야. 그냥 화가 나서 한 말이야."

"악! 여보, 당신 손……."

그의 손등은 피가 흥건히 고여 크게 부어올라 있었다.

"하하, 하하하하, 하하하하하하……."

갑자기 그가 소리 내어 웃기 시작했다. 그때는 그 웃음의 의미를 알지 못한 채 부어오른 그의 손을 치료해 주기에 바빴다.

그러던 중 신발 납품 공장을 하던 시아버지 공장이 브랜드 신발에 밀려 부도가 나면서 그는 파산신청을 하게 됐다. 공장 일을 접고 신용불량자가 된 시아버지는 매일 술을 마시며 지냈다. 그날도 포장마차에서 술이 떡이 되게 마신 후 택시를 잡아주겠다는 친구의 만류를 뿌리치고 집으로 오던 중이었다. 자전거를 타고 가서 술을 마셨는데 집에 올 때도 비틀거리며 자전거를 탔다. 차가 오는 쪽으로 핸들을 움직이며 과감하게 자전거를 몰던 시아버지는 결국 차에 치여 사망하고 말았다.

시아버지가 죽자 남편은 넋이 나간 사람처럼 지냈다. 그때 애들이 초등학교 4학년, 6학년이었는데 그들에게 아빠의 역할은 안중에도 없었다. 축 처진 어깨로 직장을 오가던 남편은 그로부터 딱 3개월이 지난 후 사업을 하겠다고 선언했다. 그는 이전과 다른 사람이 되어 눈을 번뜩이며 말했다.

"나 사업할 거야."

"무슨 사업? 당신 지금 다니는 곳 문제없잖아. 업계에서 알아주는 여행사고 영업 실적도 좋은데 왜?"

"이제 차장 달면 회사에서 나와야 해. 내가 지금까지 이 바닥에 구르면서 거래처 확보도 꽤 했고 뿌린 돈도 많잖아? 그러니까 직접 여행사를 차리면 대박 날거야."

고양이와 여자

"아버님도 파산하셔서 돈도 없는데 무슨 돈으로 사업을 할 건데?"

"퇴직금 있잖아. 그리고 이 집 담보로 대출받고 당신 오빠한테도 부탁해 봐! 형님 사업 성공해서 여유 있으시잖아."

"무슨 소리야? 오빠한테는 안 돼. 하려면 있는 돈에서 작게 해."

남편 말에 덜컥 겁이 났다. 남의 돈으로 사업을 한다는 게 용납되지 않았다. 더구나 집을 담보로 돈을 융통하는 건 생각해 본 적도 없는 일이었다. 하지만 남편은 무엇에 홀린 사람처럼 움직였다. 아버지의 억압에서 풀려난 그의 자유 본능은 활개 치며 급행열차처럼 치달았다. 그때부터 결혼 생활의 악몽은 시작되었다. 사사건건 대립했고 돈 때문에 피폐해져 갔다.

결국 그는 4명의 직원을 두고 을지로에 작은 여행사를 차렸다. 오빠도 어렵게 1억을 대 줬다. 사업 자금 중 일부는 남편의 오랜 친구였던 상돈 씨가 대 주었는데 아무리 친한 친구라도 그럴 수 있는지 왠지 꺼림칙했다. 하지만 곧이어 그 일은 없던 일처럼 잊혀졌다.

처음엔 오픈 직후의 힘인지 그럭저럭 잘 돌아갔다. 하지만 점차 출근 시간이 늦어지는 그에게 난 참지 못하고 잔소리를 했다.

"여보, 이렇게 늦게 나가도 돼? 사장이면 일찍 가서 할 일도 많을 텐데 직원들한테 너무 의지하는 것 아냐?"

"아, 시끄러워! 당신이 뭘 안다고 아침부터 잔소리야!"

"내 돈 갖고 하는 일 아니니까 더 노력해야 하잖아!"

"아, 정말……알았어. 알았다고!"

그는 늘 알았다고 했지만 2년 후 친정 오빠는 1억을 더 보태주었고 집도 줄여서 지금의 이곳 천궁동 궁정산 아래 위치한 두 동짜리 미리네 아파트로 이사 오게 된 것이다. 그렇게 4년이 지났다. 그런데 지금 다시 돈 얘기를 하니 난감했다. 남편은 스스로 자금줄을 찾지 않고 우물을 파듯 나에게 의지했다.

선물

노랑이가 집을 나간 지 이틀이 지났다. 보라는 새벽에 일어나 학교 갈 준비를 마친 초록이를 그녀의 차로 등교시키는 일을 반복했다. 새벽 5시쯤 일어난 초록이는 표정 없는 얼굴로 그녀가 차려주는 밥을 먹고 날이 밝기 전에 집을 나섰다. 집을 나가는 그들의 모습은 금방이라도 터질 것 같은 폭탄처럼 무겁고 긴장돼 보였다. 웃음기는 전혀 없고 영혼이 가출된 것처럼 넋이 나가 보였다. 난 그들이 현관 문을 열고 나가면 다시 베란다로 나가서 굴러 내려가는 차를 오랫동안 바라보았다.

오늘은 낮에 옆집으로 가서 루루 할머니와 얘기를 나누었다.
"아침에 나가는 우리 집사들 얼굴을 보면 영혼이 사라진 것처럼 보여요."

고양이와 여자

"사랑과 대화가 없는 가족에겐 영혼도 가출돼 버리는 것이야."

"네? 영혼이 가출된다고요? 어떻게 하면 영혼을 되돌릴 수 있나요?"

"누군가의 희생이 필요해."

"희생이요? 누가 희생해야 하죠?"

"그건 모르지. 한 사람일 수도 있고 여러 사람일 수도 있는 거야."

"왜 희생이 필요한 건데요?"

"희생이 곧 사랑이기 때문이지."

"……."

루루 할머니의 말은 들을 때마다 이해하기 어려워 눈만 껌뻑였다.

집을 나갔던 노랑이가 사흘 만에 들어왔다. 그가 들어와도 보라는 웃지 않고 데면데면했고 그렇게 무덤덤한 일주일이 지났다.

그러던 어느 날 저녁이었다. 일주일간 말이 없던 노랑이가 저녁에 뜬금없이 선물을 가득 안고 들어왔다. 어리둥절한 표정으로 서 있던 보라와 아이들은 그가 선물을 풀어헤치자 예전과 다르게 얼굴이 환해지며 말했다.

"이게 뭐야? 화장품 사 왔어?"

"너희들도 이리 와서 시계 한번 차 봐. 아빠가 채워줄게."

초록이와 파랑이도 쭈뼛거리며 다가왔다. 노랑이가 그들 손목에 시계를 채워주자 그들의 얼굴에 웃음기가 돌았다. 가출했던 영혼이 돌아온 것처럼 그들은 행복해 보였다.

"당신, 돈 어디서 나서 이런 걸 다 샀어?"

"또 돈 얘기야? 유럽으로 여행 가는 단체팀이 있어서 수입이 좀 있었어. 직원에게 따로 부탁해서 세관에서 사 달라고 한 거야. 그냥 써."

"그래? 고마워."

"고맙습니다."

초록이와 파랑이도 무뚝뚝하게 인사했다. 그날은 따뜻한 기운이 집안을 가득 메워 훈훈했다. 웃음이 있었고 대화가 있었다. 노랑이는 휴대폰으로 그들의 모습을 사진 찍더니 차분한 목소리로 말했다.

"너희들에게 아빠가 잘해 주지 못해 항상 미안하다. 아빠가 가끔 너희들에게 큰소리 냈던 건 아빠도 잘되고 싶었는데 일이 잘 풀리지 않아 그랬던 것 같아. 미안하다. 너희는 아빠처럼 되지 않게 공부 열심히 하고 남자로 태어난 이상 뭐든 도전하고 성공할 수 있게 노력해 봐. 그리고 아빠가 없을 땐 너희들이 아빠를 대신해서 엄마를 보호해 줘야 해. 할 수 있지?"

"네, 걱정 마세요."

모처럼 초록이와 파랑이가 환하게 웃으며 말했다. 노랑이가 보라 어깨에 손을 얹으며 말했다.

"당신도 이제 돈 걱정하지 마. 다 해결됐어. 앞으로 우리 가족 웃으면서 좋은 추억만 만들고 살자."

"사업 자금 필요하다고 하더니 해결된 거야? 어떻게?"

"누구한테 빌리거나 사채 쓴 것 아니니까 걱정하지 마. 나중에

고양이와 여자

천천히 알려줄게."

　불안한 기운이 잠시 스치는가 싶더니 보라의 얼굴은 금세 환해지며 따뜻하게 웃었다. 하지만 노랑이의 훈훈한 모습은 이후 낯선 전화가 걸려오면서 먼지처럼 사라져 버렸다. 먼 훗날 보라는 소파에 앉아 내 털을 만져주면서 선물을 건네주던 그의 마지막 모습은 라일락 향기처럼 지금도 잔재로 남아있다고 했다. 이 집에 온 후 노랑이와 함께한 날은 얼마 되지 않았지만 지금은 그가 그립다.

2
무거운 기운

불안감

"곤니찌와, 요이탱키데스, 슈마쯔와, 탄호시쿠, 스고시마시타가
(こんにちは。良い天気です。週末は楽しく過ごしましたか？안녕
하세요. 좋은 날씨입니다. 주말 잘 보내셨죠?)"

보라는 아침 내내 이상한 언어를 중얼거리며 화장을 하고 머리를
만졌다. 그녀가 말할 때마다 언어가 음률을 타듯 움직였다.

노랑이가 집으로 들어온 후 집은 조용하고 평화로웠고 나도 아늑
하게 잠을 잘 수 있었다. 보라는 가까운 주민센터에서 노인들을 대
상으로 일본어 강의 자리를 얻었다. 오늘은 그녀가 첫 출근을 하는
월요일이었다. 아침부터 그녀는 생기 있는 모습으로 바쁘게 움직
였다. 그때 식탁 위에 놓인 휴대폰이 울렸다. 그 소리를 듣자 나도
모르게 모골이 송연해지는 것처럼 예민해져서 그녀가 전화하는 걸

고양이와 여자

멀뚱히 바라보았다.

"당신이야? 뭐? 사흘간 출장이라고? 강원도?⋯⋯알았어. 잘 다녀와."

그녀는 휴대폰을 접었다. 나갈 준비를 마친 그녀가 차 키를 들고 나가려는데 다시 휴대폰 벨이 울렸다. 휴대폰 너머로 여자 목소리가 들렸다.

"네, 선생님, 안녕하세요? 네? 유진이가 아직 학교에 안 왔다고요? 그럴 리가요? 아침에 교복 입고 나가는 것도 봤는데⋯⋯. 제가 지금 출근 중이라 유진이랑 연락해 보고 다시 전화 드리겠습니다. 네, 안녕히 계세요."

생기 있던 그녀의 표정이 금세 어두워졌다. 팔뚝에 찬 시계를 쓱 쳐다본 그녀는 다시 휴대폰을 열었다. 스피커폰으로 신호음이 울렸다.

'뚜르르르 뚜르르르⋯⋯'

받지 않는 벨 소리만 연신 울려 퍼지자 이내 빠르게 손가락을 두드려대던 그녀는 입술을 질끈 물더니 급히 나가버렸다. '쾅' 소리와 함께 내 심장도 내려앉았다. 무거움이 밀물처럼 몰려왔다. 보라가 나간 후 집 안 곳곳을 어슬렁거리며 다녔다. 왠지 모를 불안감을 떨치려 곳곳에 남아 있는 집사들의 냄새를 맡으며 천천히 거닐었다. 거실과 부엌, 베란다를 몇 번이나 왔다 갔다 했지만 마음이 진정되지 않아 바구니에 들어가 억지로 잠을 청했다.

눈을 떠 보니 파랗던 하늘은 어느새 검은 회색빛으로 변해 있었다. 벌떡 일어나 베란다 밖 화분이 놓인 난간으로 나가 아래를 내려다보았다. 흰색 반팔 셔츠에 남색 교복바지를 입은 학생들이 무거운 가방을 메고 무리 지어 올라오고 있었다. 몸을 돌려 옆집을 보니 아무도 없었다. 목소리를 높여 할머니를 불렀다.

"야아옹, 냐아옹.(루루 할머니, 노니예요.)"

한참을 울어도 그녀는 얼굴을 내밀지 않았다. 옆집 베란다를 뚫어지게 바라보다 다시 몸을 돌려 들어가려는데 뒤에서 반가운 목소리가 들렸다.

"왜 그러니? 노니야."

루루 할머니를 보니 불안했던 마음이 눈 녹듯 사라지는 것 같았다.

"한참을 불렀어요."

"나이가 드니 예전처럼 팔팔하지가 않아. 몸도 점점 무거워지고 움직임도 더디구나. 무슨 일 있니?"

"저기 베란다 아래 주차된 차 뒤쪽으로 고양이들이 보이는데 저 친구들은 어디서 왔을까요?"

"너나 나처럼 집고양이로 살다가 버려졌을 거다."

"인간들은 왜 같이 살던 고양이를 버리는 걸까요?"

"다 저마다의 이유가 있겠지."

"저 친구들이 뭘 먹고 살지 걱정돼요."

"걱정할 필요 없다. 그들은 나름대로 살아가는 법을 익혔을 거야."

"네……. 그런데 할머니네 집사들은 별일 없나요? 이 집은 늘 긴

고양이와 여자

장감이 맴돌아요. 여름과 겨울처럼 뜨겁고 차가운 것을 반복하는데 차가워지기 전엔 꼭 어두운 구름이 몰려와서 신경이 곤두설 때가 많아요. 오늘따라 제 몸이 부들부들 떨리고 불안한데 왜 그런지 모르겠어요."

"……인간들 생활이 늘 그렇지. 너도 들고양이로 살면서 서늘한 바람을 맞으며 따스한 햇볕을 쬐는 날도 있었지만 비가 오고 눈바람이 불면서 불안할 때도 있었을 거야. 늘 행복하기란 쉬운 일이 아니란다."

"들고양이 시절엔 먹고사는 게 어려웠는데 인간들의 문제는 달라 보여요."

"그렇게 보이니? 결국엔 다 똑같은 거다. 인간들은 먹고사는 걸 돈으로 해결하지. 하지만 그것 때문에 매일 싸우면서 불행하게 사는 인간들이 많단다. 그들이 먹고사는 일보다 더 중요한 게 있다는 걸 알려면 각자의 무게를 견디며 철이 들어야 한단다. 그나저나 너도 저 밑에 있는 친구들처럼 쫓겨나지 않으려면 인간들이랑 잘 지내도록 해라."

말을 마친 그녀가 무거운 뒷모습을 보이며 베란다 창문에서 사라졌다.

'철들기 위한 무게라고? 그게 뭐지?'

이날 내가 느낀 불안감은 전조였다. 난 무슨 일이 일어나기 전에 감각이 예민해지고 몸이 떨리면서 털이 곤두서곤 했다. 하지만 그때는 내가 너무 어렸고 불안감을 표현할 방법을 찾지 못했기에 집

안 여기저기를 돌아다니며 그들을 기다리는 것 외에는 아무것도
할 수가 없었다.

무단결석

첫 강의를 연기하듯 마무리 짓고 나와서 유진이에게 전화를 걸
었다. 여전히 통화가 되지 않았다. 문자를 남겨놓고 몇 개 저장된
유진이 친구 번호를 눌렀지만 하나같이 모른다는 답이 이어졌다.
학교 주위에 있는 피시방을 전부 뒤지며 그를 찾아다녔지만 그의
모습은 어디에서도 볼 수 없었다. 도로와 맞닿은 보도블록 위를 하
염없이 걸으며 그가 반항하는 이유를 찾으려 애썼다.

유진이가 변한 건 중2가 되면서부터였다. 반에서 힘세고 거들먹
거리는 애들이랑 어울리더니 PC방을 전전했고 밤늦게까지 쏘다니
며 새벽에 들어오는 일이 반복됐다. 방 청소를 하던 중 그의 책상
서랍에서 담배갑을 발견하던 날 심장이 덜컥 내려앉았던 때의 심
정은 통로 없는 터널을 지나는 것처럼 앞이 턱 막히는 기분이었다.
학원에 보내며 공부시키려 애썼지만 수업 듣는 날보다 빠지는 날
이 허다했고, 주말이 되면 나가서 들어오질 않아 애를 태우며 기다
리는 지옥 같은 시간을 보내야 했다.

한 번은 같이 몰려다니던 친구가 오토바이를 타다 다리가 부러져

입원한 적이 있었다. 그 일로 유진이가 각성하고 달라지진 않을까 내심 기대했는데 그는 눈 하나 깜빡하지 않고 일탈을 이어갔다.

"유진아, 이 시기에 까딱 잘못해서 중학교도 졸업 못 하면 넌 초등학교 졸업이 돼. 그러면 사회에 나가 네가 할 수 있는 일이 그만큼 줄어드는 거야. 무슨 일이 있어도 학교는 빠지지 마라."

이런 말이 통했는지 말썽을 부려도 학교에는 갔다. 그런데 오늘 무단결석을 했다는 전화를 받는 순간 올 것이 왔다고 느꼈다. 눈물이 핑 돌면서 일이 손에 잡히지 않았고 머리까지 찌릿찌릿 아파오는 통에 간신히 운전대를 잡고 와서 집 앞 주차장에 차를 댔다. 문득 강남으로 이사 간 유진이 친구 엄마가 생각나 차에서 내리지 않고 전화를 걸었다.

"네, 안녕하세요? 이준 어머니……여쭤볼 말이 있어서요. 작년에 이준이 일로 맘고생 많이 하셨는데 이사 간 후에 이준이는 어떻게 지내나요? 많이 좋아졌나요?……네, 그렇군요. 우리 유진이는 아직 반항이 심해서 걱정이에요.……. 네, 감사합니다."

유진이와 같은 반이었던 이준이는 작년에 밥 먹듯이 가출을 했다. 입시학원 강사였던 이준 엄마는 산동네를 샅샅이 뒤져 그와 어울리던 애들을 직접 만나 으름장을 놓으며 다신 어울리지 못하게 엄포를 놓곤 했는데 그것도 소용이 없자 아예 이사를 가버렸다. 아빠 직장과 가까운 강남에 전세를 얻었다고 했다. 내 목소리를 듣고 반가워하며 목소리 톤을 높이던 그녀는 이준이가 전보다 나아졌고 맘 잡고 공부에 전념한다며 나에게도 빨리 이곳을 떠나라고 덧붙였다. 이사 간 것보다 맘 잡고 공부한다는 게 부러웠다. 위로받고 싶었지만 비참한 내 모습만 잔재로 남았다.

문을 열고 집안으로 들어오니 썰렁한 기운이 내려앉았다. 불을 켜니 노니가 나를 맞아 주었다.

"야옹!"

"노니, 잘 놀았어?"

빈집에서 나를 맞아 주는 노니를 보니 위안이 되었다. 하지만 노니를 안아주지 못했다. 마음은 그러고 싶었지만 몸은 모든 의욕을 잃어버린 사람처럼 그 어떤 것도 하고 싶지 않았다. 옷도 벗지 않은 채 소파에 앉아 친정엄마에게 전화를 걸었다. 통화음이 잡히자 왈칵 눈물이 솟아올랐다. 눈물방울을 매달고 있을 때 엄마가 전화를 받았다.

"엄마……"

"왜 그래? 무슨 일 있어? 우니?"

"유진이가 아침에 교복 입고 학교 가는 걸 봤는데 오지 않았다고 담임 선생님한테 전화가 왔어. 가볼 만한 곳은 다 가보고 전화하고 문자 보내도 받질 않아. 어떡해? 경찰에 신고할까?"

"신고는 무슨! 기다려봐. 그런데 그놈은 왜 그 모양이니? 넌 애 교육을 대체 어떻게 시켜서 그런 거야! 그 동네 질 안 좋은 애들이랑 놀면서 물든 것 아냐?"

"아냐, 그렇게 나쁜 애는 아냐……. 내가 더 알아보고 다시 전화할게."

　　　　　　　　　　　　　　　　　　　고양이와 여자

유진이에 대한 악담이 이어지자 얼른 전화를 끊었다. 남아 있는 자존심에 상처를 내고 싶지 않았다. 그를 문제아처럼 몰아가는 게 이 와중에도 용납되지 않았다.

밤 11시가 되자 유빈이가 무거운 가방을 메고 들어왔다. 다급한 마음에 그에게 다가가 유진이 얘기를 꺼냈는데 갑자기 그가 일그러진 얼굴로 소리쳤다.

"엄마, 그 자식 들어오거나 말거나 제발 신경 좀 끄세요. 나도 공부하느라 지치고 힘들다고요. 이제까지 학교에서 힘들게 버텼는데 집구석이라고 들어와서는 편히 쉬지도 못하고 왜 항상 이 모양이냐고요! 저도 그냥 확 죽고 싶어요. 다들 왜 이렇게 병신 같은지!"

"뭐? 너 지금 그게 무슨 말버릇이니? 동생이 없어졌으면 같이 걱정해야 하는 거 아냐?"

"제발! 그만 하세요. 포기하시라고요! 이런 일이 한두 번이에요? 아빠, 엄마는 매일 싸우고 유진이는 가출을 밥 먹듯이 하고 나도 미치겠어요. 제대로 된 사람이 하나도 없으니 우울증 걸려 죽을 지경이라고요."

"다른 집이라고 다 행복하고 문제없는 건 아니잖아. 가족이니까 걱정돼서 말하는 건데 어떻게 그렇게 매정하니?"

"알았어요. 알았어. 난 지금 너무 피곤하니까 그냥 씻고 잘게요. 엄마가 알아서 하세요."

유빈이를 보니 또 다른 문제에 봉착한 것처럼 숨이 꽉 막혔다.

'내가 유빈이에게 너무 의지했나? 왜 저렇게 이기적이지?'

예전에 남편과 유진이 문제로 가족 상담을 받았을 때 검사를 마친 의사는 유진이보다 오히려 유빈이가 더 걱정이라고 했다. 우울증이 내재돼 있어 유진이보다 더 조심해야 한다는 말이 문득 떠올랐다. 가슴이 오그라들면서 위기의식이 느껴졌다. 계속 부추기면 홧김에 창문에서 떨어질 수도 있겠다는 공포가 몰려왔다. 더 이상 유빈이에게 동생 짐을 지우면 안 될 것 같았다. 나 혼자 짊어지고 가야 했다. 남편과 상의하는 것도 소용이 없었다. 그는 문제를 피하려고만 했지 같이 풀어갈 의지가 없다는 걸 수차례 경험으로 알았기 때문이다. 유진이 소식을 알 수 없어 막막했지만 하루 동안만 참아보기로 했다.

유빈이가 잠자러 들어간 후 난 안방 침대에 기대어 휴대폰만 만지작거렸다. 대답 없는 문자를 수없이 반복하다가 새벽 2시쯤 마지막으로 한 문장을 썼다.

'다 이해할 테니 문자해라'

그때 '깨톡'하는 소리가 들렸다. 침대에서 벌떡 일어나 카톡을 보았다.

'이제 들어갈 거야.'

그 한 줄에 길고 긴 하루의 걱정이 순식간에 사라지는 것 같았다.

'이럴 줄 알았으면 유빈이한테 화내는 게 아니었는데.'

인간의 마음이 간사한 건지 유진이 걱정이 사라지자 유빈이에 대한 걱정이 다시 몰려오며 잠을 청할 수 없었다.

그들만의 세상

새벽 3시를 알리는 야광색 시계 소리가 들린 지 얼마 지나지 않아 현관문 여는 소리가 들렸다. 보라가 부리나케 현관으로 나왔다.

"유진아, 대체 하루 종일 뭐 하고 다닌 거니? 밥은 먹었어?"

"이따 학교 갈 거니까 잔소리하지 마!"

그는 옆으로 찢어질 듯 눈에 잔뜩 힘을 주고 찌그러진 깡통처럼 들어오더니 문을 쾅 닫고 자기 방으로 들어갔다. 문 밖에서 어이없게 바라보던 보라는 파랑이 방 문고리를 몇 번이나 잡다가 놓고는 안방으로 들어갔다.

거실에 인기척이 사라지자 문을 빼꼼히 열고 주위를 살펴본 파랑이가 나와 씻고 주방으로 갔다. 웃음기 띤 얼굴로 뭔가를 끓이더니 냄비를 들고 자기 방으로 들어갔다. 고소하고 담백한 냄새에 난 코를 씰룩거렸다. 한참 후, 먹던 것을 가지고 나온 그는 그릇을 부엌에 놓더니 뭔가를 들고 나에게 다가왔다.

'뭐지?'

그는 '아아' 하면서 지렁이처럼 꼬물꼬물한 것을 내 입에 집어넣으려고 애썼다. 눈을 동그랗게 뜨고 그를 쳐다보다 냄새에 이끌려 받아먹으니 맛이 괜찮았다. 이번엔 나를 안고 소파로 가 앉았다. 그러더니 양 손으로 내 앞발을 들고 몸을 대롱대롱 늘어뜨린 채 허공에 띄우고 위아래로 흔들어댔다. 난 어질어질하면서 정신이 없었다. 그는 어린애 달래듯 내 눈동자를 바라보면서 히히거렸다.

'야아옹(왜 그래?)'

"쯩쯩쯩, 쯩쯩쯩"

눈을 치켜뜨고 이상한 소리를 내던 그는 다시 날 바구니에 내려 놓고는 방문을 닫고 들어갔다. 난 그가 사차원 인간으로 보였다. 보라는 하루 종일 걱정하느라 녹초가 되었는데 정작 그는 아무 생각이 없어 보였다. 그 후 몇 시간 동안 밤의 정적이 흘렀다.

산기슭 어딘가에서 닭 울음소리가 새벽을 알렸다. 잠을 안 잔 것인지 잠기운이 묻어있지 않은 보라가 부엌으로 가 음식을 준비한 후 파랑이 방으로 들어갔다. 문을 열자 잠을 자지 않고 컴퓨터 게임을 하고 있는 그가 보였다.

"너 여태 잠 안 잤어? 잠을 자야 학교에 갈 거 아냐!"

"잠자면 못 일어날까 봐 눈뜨고 있는 거야."

"어제 하루 종일 어디 있었니? 엄마가 얼마나 찾아다녔는지 알아? 전화나 문자라도 했으면 엄마가 덜 걱정했잖아. 오늘 선생님 만나러 가야 하는데 어떻게 된 건지 얘기 좀 해봐."

"피시방에 있었어."

"하루 종일?"

"사실…… 어제 아침에 학교에 갔는데 교문 앞에 3학년 장민혁 형이 기다리고 있는 거야."

"너 쫓아다니며 괴롭히는 그 형?"

"어, 교문으로 들어가려는데 내 목덜미를 잡더니 귓속말로 따라오지 않으면 죽는다고 해서 할 수 없이 따라갔는데 학교 옆 빌라 안쪽으로 데려갔어."

"그놈이 또? 왜?"

"거기서 갑자기 내 배를 세게 때리더니 주머니에 있던 오천 원을 뒤져서 가져갔어. 너무 화가 나서 그 형을 잘 아는 내 친구한테 전화했어. 다른 학교에 다니는 태현이라는 친구인데 주먹 좀 쓰는 애거든. 태현이가 전화 받더니 그놈 박살내주겠다고 바로 오라고 하는 거야."

"뭐? 걔들은 학교도 안 가니?"

"태현이랑 장민혁 모두 정학 당했어."

"뭐야? 그래서 가서 싸웠어?"

"어, 태현이가 장민혁한테 전화해서 산 위에 있는 공터에서 만나자고 했어. 자기가 애들 몇 명 데려와서 장민혁이랑 싸울 거라면서 나도 같이 가서 복수하자고 했어. 자기도 그 형한테 당한 게 많아서 기회만 엿보던 참인데 오늘이 그날이라고 하는 거야."

"그래서 학교도 안 가고 거길 간 거야?"

"어, 거기서 한참 싸우는데 지나가던 사람이 경찰에 신고해서 마무리는 됐어."

"뭐? 그럼 경찰서에도 간 거야?"

"아니야. 다행히 둘 다 이번에 걸리면 큰일 난다고 말을 맞추더니 싸운 게 아니라 말다툼한 거라면서 둘러대고 웃으면서 돌려보냈어. 경찰이 나한테도 괜찮은지 물어봤는데 나도 괜찮다고 했어."

"그럼 그때라도 학교에 가지 왜 안 갔니?"

"점심시간도 지나고 수업도 얼마 안 남아서 그냥 안 갔어. 애들이랑 돌아다니다가 피시방에 있다가 온 거야."

"장민혁은?"

"그 형은 더 이상 나 안 건들겠다고 약속하고 그 형 친구들이랑 갔어."

"태현이랑 장민혁 번호 좀 알려줘."

"왜?"

"나중에 무슨 일 있으면 전화해 보려고."

"알았어. 전송해 줄게."

그 사이 초록이가 학교 갈 준비를 마치자 그녀는 그와 함께 나갔다. 그들이 나가자 파랑이는 문을 열어 놓은 채 침대에 쓰러져 잠이 들었다. 침대 옆으로 가 야옹하며 소리 내어도 꿈쩍하지 않았다. 그는 어두운 밤처럼 깊은 잠에 빠져들었다.

3

교통사고

전조

자정이 지나면서 새까만 하늘에서 장대 같은 비가 쏟아지기 시작했다. 시원한 빗소리를 들으니 자장가를 듣는 듯 곤한 잠을 잘 수 있었다. 보라가 바구니를 거실과 이어진 베란다 안쪽에 넣어주어서 축축하지 않고 포근했다. 새벽녘까지 이어진 빗소리에 귀를 쫑긋하고 일어서니 싱싱한 풀 냄새가 코끝에 닿으며 계절이 바뀌는 자연의 움직임을 느낄 수 있었다. 창틈 새로 들어오는 새벽 공기가 맑고 상쾌했다.

월, 목에 주민센터에서 노인들을 위한 일본어 강의를 시작한 보라는 목요일에 두 번째 수업을 마치고 오늘은 느긋한 금요일을 맞았다. 그사이 무단결석 뒤처리로 파랑이 학교에 갔다 왔고 김태현, 장민혁에게 전화를 걸어 단속을 했다. 노랑이와도 자주 전화하는 것 같았다. 줄기차게 내리는 비는 며칠 동안의 일들을 말끔히 씻어

버리듯 쭉쭉 쏟아 붓고 있었다.

집사들이 학교에 간 후 보라는 설거지와 빨래를 끝내고 간단한 음식을 마련해 놓은 후에야 늦은 아침을 먹었다. 커피를 내려 베란다로 나온 그녀는 내리는 비를 멍하니 바라보며 서 있었다. 향긋한 커피 냄새에 이끌려 그녀 옆으로 다가가려는 순간 얼마 전 느꼈던 이상한 기운에 털이 곤두서며 나도 모르게 보라의 발을 세게 긁었다.

"푸, 노니야, 커피 쏟을 뻔했잖아. 왜 그래?"

"크아옹!(뭔가 일이 생긴 것 같아!)"

"왜 그러는데? 어디 아프니?"

그녀가 마시던 커피잔을 테이블에 올려놓고 나를 안으려고 몸을 굽힐 때 그녀 주머니에 있던 휴대폰이 심하게 울렸다. 빗소리에 섞인 휴대폰 소리가 날카롭게 내 심장을 긁었다. 그녀가 스피커를 누르자 낯선 여자의 음성이 들렸다.

"여기 병원인데요. 서영우 씨 배우자 되시나요?"

"네, 제가 부인인데요. 무슨 일이죠?"

"서영우 씨가 지금 교통사고로 병원에 실려 왔습니다. 위급합니다."

"네? 교통사고요? ……세상에…… 어느 병원이에요?"

"춘천병원입니다."

"춘천이요? 그이가 왜 거기에…….."

"어쨌든 급하니까 빨리 오세요!"

"네…….."

휴대폰을 쥔 손을 늘어뜨린 채 입을 막고 서 있던 보라는 꿈쩍도 하지 않았다. 모든 것이 무너진 듯 얼굴은 미세하게 경련이 일어났다. 떨리는 손으로 휴대폰을 들고 어딘가에 전화를 걸자 휴대폰 너머로 늙은 여자의 비명 소리가 찢어질 듯 들렸다. 보라는 떨리는 목소리로 횡설수설하며 전화를 끊었다. 창백한 얼굴로 소파에 앉아 다시 휴대폰을 눌렀다.

"엄마, 서, 서 서방이 교통사고를 당했대. 위급하대. 나 지금 병원에 가야 해. 춘천 병원이야."

"뭐? 그게 무슨 소리야! 오빠한테 연락해서 지금 너희 집에 갈 테니까 기다려. 같이 가자."

"아니, 나 먼저 갈게. 엄마는 오빠하고 희현이랑 따로 와."

"어떻게 운전하려고 해. 기다리라니까."

"아니야, 나 지금 가야 해. 바로 나갈 거니까 여기로 오지 마!"

그녀는 부리나케 전화를 끊었다. 다시 벨 소리가 들렸지만 전화를 받지 않았다. 주섬주섬 옷을 챙겨 입고 훔치듯이 가방을 들고 나간 그녀가 다시 문을 열고 허둥대며 들어왔다. 베란다로 온 그녀는 그릇에 사료를 가득 붓고 그 옆에 사료봉지를 놓은 채 허겁지겁 휴대폰 충전기를 가방에 넣었다. 집 안을 휙 둘러본 그녀는 우산을 집어 들고 나갔다.

그녀의 움직임을 그저 바라볼 수밖에 없는 난 머리털과 뼈마디가 오그라들며 심장이 뛰었다. 선득선득 불길한 기운이 뒷목을 타고 내려왔다. 들고양이 시절의 난 내 존재만으로 융과 이유에게 위안이 된다고 느꼈다. 하지만 집고양이로 사는 지금의 난 보라와 가족에게 해줄 수 있는 게 아무 것도 없다는 존재의 슬픔에 몸을 떨었다. 빗소리가 울려 퍼지며 들고양이 시절 융과 이유가 했던 말이 불현듯 떠올랐다.

"뮤, 우리 고양이와 인간들은 혼으로 묶여 있단다. 고양이를 기르던 무속인이 산의 정기를 가져가 그것을 다 쓰고 죽으면 그 정기는 다시 무속인과 함께했던 들고양이나 집고양이들에게 전수된다는 말이 있지"

"그런 일이……."

"네 할머니 '인'은 그런 영험한 고양이었단다."

"고양이가 영험함을 가지면 뭘 할 수 있나요? 그냥 고양이일 뿐이잖아요."

"아니야. 그녀는 아픈 고양이들에게 약초를 가져다주기도 했고 인간들에게 앞으로 일어날 일에 대한 경고도 해 주었어. 그녀는 죽어서 인간의 혼으로 다시 환생했을 거야."

"어떻게 그럴 수 있나요?"

"고양이가 앞을 내다보는 능력을 갖고 태어나 인간을 위해 쓰다 죽으면 그 고양이의 혼은 다시 인간의 혼에 깃들어 환생한다는 전설이 있단다. 그리고……너에게도 그런 할머니의 영험함이 깃들어 있지. 그런데 그 능력을 끄집어내는 건 오로지 너 자신만이 할 수 있단다. 아빠 말 명심해라."

오늘따라 융의 말이 떠오르는 건 왜일까? 내리는 빗속에 노랑이 얼굴이 그려졌다. 어쩌면 더 이상 그의 하얀 얼굴을 볼 수 없을지도 모른다는 이상한 기운에 보라의 아픔이 뼈를 타고 들어와 숨을 쉴 수 없을 정도로 슬픔이 나를 억눌렀다.

의문의 교통사고

내비게이션에 의존해 춘천으로 차를 몰았다. 빠르게 움직이는 와이퍼 소리가 심장 소리와 함께 요동쳤다. 운전하는 동안 정신 줄을 놓아 모골이 송연할 정도로 위험한 순간을 몇 차례나 당하면서 눈을 부릅뜨며 최대한 정신을 집중했다. 앞을 보기 어려울 정도로 세찬 비가 차 유리를 내리쳤다. 기어가듯 폭우를 뚫고 병원 입구에 도착했다.

거센 비 때문인지 진입하는 차량이 적어 입구로 가는 길은 뻥 뚫려 넉넉했다. 환하게 불을 밝힌 병원 뒤로 병풍처럼 둘러싸인 산자락은 희뿌연 물안개로 가리어 모습을 숨기고 있었다. 입구 가까운 곳에 주차하고 차 문을 열고 나오자 바람이 세게 불며 우산 속으로 빗물이 들이쳤다. 우산을 지탱하기 어려워 아예 우산을 접고 정문으로 뛰어 들어갔다. 머리와 옷이 젖었지만 아랑곳하지 않고 안내 데스크에서 응급실을 물어 급히 뛰어갔다. 응급실 안쪽으로 몇몇 환자들이 치료를 받고 있었지만 중환자를 처리하는 긴급한 상황은 찾아볼 수 없었고 차가운 기운마저 감돌았다. 간호사 한 명을 붙들고 떨리는 목소리로 물었다.

"교통사고 환자 어디 있나요? 서영우 씨예요."

차트를 보던 간호사가 비에 젖어 축축한 나를 한 번 쓱 쳐다보더니 기다리라는 말과 함께 어디론가 사라졌다. 곧이어 젊은 의사가 오더니 차트를 보면서 취조하듯 말했다.

"서영우 씨하고는 어떤 관계죠?"

"아내예요."

"2016년 오전 11시 30분 서영우 씨는 고속도로에서 보호난간을 들이받고 응급으로 병원에 실려 오자마자 사망하셨습니다. 동승자 여자 분은 아직 의식이 돌아오지 않았습니다."

"네? 죽어요? 거짓말이죠? 어제까지 멀쩡하게 전화하던 사람이 그렇게 쉽게 죽을 리 없잖아요! 그이 어디 있어요? 어디 있냐고요!"

의사의 팔을 붙잡고 소리치며 오열하자 그가 나를 진정시키며 말했다.

"혼자 오셨나요? 일단 따라오세요."

젊은 의사를 앞세우고 불안한 발걸음을 뗐다. '영안실'이라는 까만 글귀가 빨간 불빛 위에서 저승사자처럼 드러누워 심장을 오그라들게 했다. 안으로 들어가려다 문 앞에서 잠시 주춤거렸다. 죽은 사람의 모습을 혼자 보는 것은 상상만 해도 너무나 끔찍한 일이었다. 하지만 이것저것 따질 때가 아니었다. 오로지 그의 얼굴을 봐야 한다는 생각에 영안실 안으로 발을 내디뎠고 몸은 이미 시체 앞에 서 있었다.

하얀 천을 들추자 여기저기 피멍이 지고 일그러져 형체를 알아볼 수 없는 남편의 시체가 드러났다.

"악!"

시체를 보는 순간 소리 지르며 고개를 돌렸다. 숨쉬기가 어려워 가슴을 부여잡고 다시 시체를 보았다. 여기저기 피가 묻어있었지만 소독을 했는지 닦아낸 흔적이 남아 있었고 창백해진 얼굴은 입술만 파랗게 도드라져 있었다. 그 모습을 보는 순간 오열하며 소리쳤다.

"여보! 유빈 아빠! 왜 이런 모습으로 있는 거야. 거짓말이지? 이렇게 가면 어떡해. 어? 흑흑, 다시 살아와! 나 혼자 애들 데리고 어떻게 살라고 이렇게 먼저 간 거야! 흑흑……."

이미 차가워진 그의 손을 붙잡고 몸을 흔들어댔다. 눈물이 흘러내려 시체가 둥둥 떠 있는 것처럼 보였다. 팔을 잡고 흔드니 너덜거리며 힘없이 축 늘어졌다. 눈을 뜨게 하려고 손가락으로 몇 번이나 그의 눈을 뒤집어 깠다. 소리 지르고 울면서 시체를 만져대니 뒤에 서 있던 젊은 의사가 내 두 팔을 잡고 제지하며 몸부림치는 나를 힘들게 데리고 나왔다.

그는 미친 사람처럼 소리치는 나를 문 앞에 놓인 의자에 가까스로 앉혔다. 얼마나 소리쳤는지 머리는 헝클어지고 기진맥진하여 더 이상 말을 못 하고 넋이 빠진 채 있으려니 그가 말했다.

"동승자분은 살아있습니다."

"네? 동승자요? 동승자가 있었다고요?"

나는 갑자기 고개를 들어 의사를 쳐다보고 몇 차례 되물었다.

"운전자분이 조수석을 보호하려 했나 봐요. 옆에 있던 여자 분은 바깥으로 튕겨나가지 않아서 다행히 목숨은 건졌습니다. 대신 운전자분 오른팔이 부러졌어요. 대충 끼워 맞췄는데 아까 어머님이 하도 세게 흔드셔서 다시 빠진 것 같아요."

"뭐라고요?"

부러진 팔에 대한 얘기보다 아내인 내 앞에서 다른 여자 얘기를 쉼 없이 지껄여대는 눈치 없는 의사가 야속했다. 대체 그 동승자가 누군지 그를 재촉해서 여자가 누워있는 곳으로 발길을 옮겼다. 영안실과 멀지 않은 곳에 중환자실이 있었고 그는 나를 부축해 갔다. 문이 열리며 의사 뒤를 따라 천천히 들어가니 머리와 목, 팔과 다리에 붕대를 칭칭 감고 미라처럼 누워있는 여자가 눈에 들어왔다. 환자용 침대 헤드 옆에 '신지수'라는 이름이 비닐 안 종이에 쓰여 있었다.

이름을 본 순간 난 소리 지르며 그녀에게 달려들었다.

"야! 신지수 너 뭐야! 왜 여기 있어? 왜 여기 있냐고! 너희 둘 대체 뭐야? 왜 여기 이렇게 누워있는데? 왜 너만 살았냐고! 말해, 말하라니까!"

난 다시 미친 사람처럼 소리치며 그녀의 몸을 흔들어댔다. 옆에 있던 간호사가 나를 잡으며 말렸지만 제지하기 어려웠던지 젊은 의사는 또다시 나를 붙들고 죄수처럼 밖으로 데리고 나갔다.

신지수는 남편 친구의 7살 어린 아내였다. 5년 전 형제처럼 자라

고양이와 여자

우정을 이어온 남편 친구 이상돈 씨가 결혼 6년 만에 병으로 죽었다. 남편은 눈이 짓무를 정도로 울었고 바로 장례식장으로 갔다. 그곳에서 본 그의 아내 신지수는 살이 붙지 않은 163cm 정도의 키에 서늘하고 차가운 눈빛을 가진 여자였다. 그녀는 단 한 번도 미소 짓지 않았고 초점 없는 눈빛과 무표정한 얼굴로 조문객을 맞았다.

친구가 죽은 후 남편은 충격에서 헤어 나오지 못했다. 늪에 빠진 사람처럼 절망적으로 보였다. 그런 남편에게 내가 말했다.

"여보, 이제 상돈 씨 그만 보내줘. 당신이 그렇게 슬픔에 빠져 있으면 상돈 씨도 좋아하지 않을 거야."

"알았어. 곧 다시 일어날 거야. 당분간 나 좀 내버려 둬. 처리할 것도 있고 생각할 게 많아서 그래."

그는 멍한 표정으로 중얼거리듯이 말했다.

'대체 왜 저러지?'

그는 시아버지가 죽었을 때보다 더 넋이 빠져 있었다. 너무 오랫동안 정신 줄을 놓고 지내니 이상한 의구심마저 들었다. 하지만 형제와도 같았던 친구라 그러려니 하고 넘어갔다. 하지만 그때 그가 왜 그렇게 절망적일 수밖에 없었는지 이유를 알아봤어야 했다. 그의 주변에 무슨 일이 일어나고 있었는지 살피지 못한 걸 이제 와 생각하니 후회의 눈물이 흐른다.

상돈 씨가 죽은 후 남편은 홀로 된 친구의 젊은 아내와 두 살 배기 딸을 돌보기 위해 수시로 그의 집을 들락날락했다. 그러던 어느 날 몇 장의 보험 증서를 가져와 내게 들이밀며 사인하라고 압박을 가했다. 난 그것들을 뒤적이며 말했다.

"매달 이렇게 큰돈을 어떻게 감당하라고 이 많은 보험을 들라는 거야? 생활비도 빠듯한데 보험만 잔뜩 들면 어떡해! 못 들어."

"아, 그냥 좀 들라고 제발!"

이유 없이 소리치는 그를 쳐다보니 말문이 막혔다. 얼떨결에 그가 던진 보험 계약서를 들고 다시 찬찬히 살펴보았다. 보험설계사에 '신지수'라는 이름이 보였다.

"당신 이 여자 죽은 상돈 씨 아내 아냐? 그 여자 보험설계사였어? 당신하고 그 여자 무슨 관계야?"

"관계는 무슨! 그런 거 아냐! 친구가 죽고 그 자식 와이프가 뭐라도 해야 할 것 같아 보험설계사가 됐다며 회사로 찾아와서 부탁하는데 어떻게 거절해?"

"정말이야?"

"거짓말만 듣고 살았어? 정말이야."

"그럼 보험료 낮은 것 한 개만 들고 끝내. 더 이상 말하면 이것도 들지 않을 거고 당신과 그 여자 사이 의심해서 캐 볼 수도 있어. 그걸로 끝내고 그 여자 곁에 얼씬도 하지 마. 다시 한번 눈에 띄면 끝인 줄 알아!"

그 후 남편은 보험에 관한 얘기는 안 했고 내가 말한 대로 작은 보험 한 개만 들고 마무리해서 그게 끝인 줄 알았다. 그런데 남편이 죽은 이 순간에 동승자로 살아난 그녀를 보니 기가 막혔다. 대체 두 사람이 어떤 사이길래 이렇게 모진 비를 헤치고 춘천까지 와

고양이와 여자

서 한 사람은 죽고 한 사람은 사경을 헤매는 것인지 남편의 죽음보다 배신감에 몸을 떨었다.

신지수가 누워있는 병실을 나와 다시 응급실 앞 의자에 앉으니 죽은 남편에 대한 원망이 몰려오면서 주체할 수 없는 눈물이 흘러내렸다. 내 처지가 너무 불쌍해서 눈물이 대신 위로해 주는 것인지 쉼 없이 흘러내렸다. 젊은 의사가 손수건을 건네주며 한동안 곁을 지켜주더니 호출을 받고 급히 사라졌다. 잔뜩 웅크리고 어깨를 들썩이는데 귀에 익은 목소리가 들렸다.

"수현아! 이게 어찌 된 일이야?"

친정엄마 얼굴이 가까이 다가왔다. 옆에 있던 오빠와 여동생도 눈에 들어왔다. 그들을 보자 울음 뒤로 참았던 소리가 복받치며 밖으로 튀어나와 나뒹굴었다.

"엄마, 나 어떡해, 나 이제 어떻게 살아! 으흐흑!"

"괜찮아, 괜찮아. 엄마가 있잖아. 산 사람은 다 사는 거야. 애들위해 정신 바짝 차려야 해. 이것아."

엄마가 내 등을 토닥이며 눈물을 훔쳤고 오빠와 동생도 슬픔을 위로했다. 곧이어 도착한 시어머니는 목 놓아 울다가 바닥에 쓰러졌고 그녀를 부축하던 시누이도 쓰러진 시어머니 옆에서 정신 줄을 놓아버린 듯 소리쳐 울었다.

흔적

노랑이 장례를 치르는 동안 난 스스로 먹을 것을 찾아야 했다. 본능적인 냄새에 이끌려 보라가 놔두고 간 사료 봉투를 뒤적였는데 처음엔 너무 세게 물어뜯어서 안에 든 사료가 바닥에 널브러지는 통에 하루 종일 바닥에 있는 사료를 먹어치워야 했다. 밤에는 어둑한 거실에 앉아 나도 모르게 쉼 없이 울어대며 집에 없는 인간들과 교감하려 애썼다. 첫째 날은 하루 종일 울어서 옆집 루루 할머니가 나를 불렀다. 그녀는 담담한 표정으로 내게 말했다.

"노니야, 울지 마라. 죽음은 고양이나 인간들 모두에게 닥치는 과정일 뿐이야. 다만 먼저 가고 나중에 가는 차이가 있을 뿐이지. 누구나 한 번씩은 겪는 일이니 그리 슬퍼하지 마라."

노랑이가 죽었다는 걸 직감할 수 있었기에 그녀에게 슬픔을 하소연했고 그녀는 또다시 알 수 없는 말들로 나를 위로해 주었다. 난 그녀가 전해 주는 말보다 그녀의 낮은 목소리를 듣고 안정을 취할 수 있었다. 시시각각 전해지는 보라의 슬픔이 몸으로 느껴지니 아빠가 말한 할머니 인의 기운이 내게 들어온 것 같아 원망스러웠다.

인간들이 없는 둘째 날 루루 할머니는 바깥으로 나가서 다른 고양이들을 만나자고 했다.

"저번에 만났던 로미오와 순덕이 말고 오늘은 다른 고양이들도 그곳에 올 거다. 그들과 얘기하면 네 슬픔도 조금은 덜어질 거야. 얼른 가자."

고양이와 여자

베란다 앞으로 나온 난간을 타고 내려와 아파트 건물 모퉁이를 돌아 뒤쪽에 있는 노인정 지붕으로 올라갔다. 지붕 위에는 베란다에서 내려다본 주차장 근처의 고양이 친구들과 산에서 내려온 들고양이 친구들이 모여 있었다. 그들을 만나니 위로가 되었고 노랑이에 대한 생각을 잠시 잊을 수 있었다.

그런데 처음 만난 친구들과 인사할 때 눈이 마주치면서 과거 그들의 모습이 눈에 그려졌다. 다리를 절뚝거리는 고양이에게서는 들개에게 한쪽 다리를 물리는 장면이 떠올랐고 젊고 패기 있어 보이는 들고양이에게선 산 위에서 활개 치며 뛰어다니는 모습이 그려졌다. 주차장 근처의 고양이는 사료를 찾아 떠도는 애처로운 모습이 보였다. 그들과 이야기를 나누었을 때 내가 보았던 모습대로 그들은 자신이 겪었던 일을 토해냈고 난 그들의 말에 귀 기울이고 공감했다.

깜깜한 하늘에 달빛이 퍼지며 지붕 위에 있는 우리를 포근히 감싸주었다. 더 있고 싶었지만 너무 오래 있으면 집사들이 올 것 같아서 다시 집으로 돌아왔다. 헤어지면서 난 그들에게 말했다.

"검은 마스크가 죽을 날이 얼마 안 남았어. 그때까지 몸조심해."

그들은 뜬금없는 표정으로 나를 바라보았다.

서울에서 장례를 치른 후 마지막 날에 보라와 초록이, 파랑이는 검은 옷을 입고 현관으로 들어섰다. 하얀색 리본을 꽂고 반쯤 풀려 흘러내린 머리카락에 상복을 입은 보라의 모습은 매우 초췌해 보였다. 검은 양복을 입고 그녀를 부축하며 들어서는 초록이와 파랑이의 모습은 예전과 달라 보였다. 죽음은 인간을 성숙하게 만드는 것인지 철이 든 인간처럼 보였다. 나는 '야옹' 소리 내며 조용히 그들 앞으로 가서 모습을 드러냈다. 하지만 아무도 내게 말을 하지는 않았다.

보라는 힘없이 소파에 앉았다. 그녀는 파랑이와 초록이에게 들어가서 옷 갈아입고 쉬라고 나직이 말하고는 들고 온 가방을 열어 무언가를 찾았다. 유품이 들어있는 비닐 안에서 휴대폰을 꺼내 들었다. 액정이 깨져있었지만 휴대폰은 무사한 것 같았다. 그녀는 한참 동안 휴대폰을 만지며 여기저기 누르더니 충전기에 연결한 후 소파에 누웠다. 그러더니 갑자기 몸을 벌떡 일으키며 눈에 힘을 주고 중얼거렸다.

"그 두 사람 무슨 비밀이라도 있는 거야? 그 년놈들 내가 생각했던 사이라면 가만두지 않을 거야!"

갑자기 일어선 그녀는 안방으로 가서 옷을 갈아입은 후 입었던 상복을 가지고 나와 쓰레기통에 마구 구겨 넣고는 '나쁜 놈'이라며 옷을 마구 밟아댔다.

제풀에 지쳐 다시 소파로 돌아온 그녀는 지그시 나를 바라보았다. 그 사이 초록이가 씻고 자기 방으로 들어가자 파랑이가 다시 욕실로 들어가 요란한 소리를 내며 샤워를 시작했다. 그녀가 소파로 와서 나를 불렀다.

"노니야, 이리 와."

"야옹!"

"배고팠어? 엄마가 놓고 간 사료 다 먹은 거야?"

"야옹"

"흑흑!"

나를 들어 올린 그녀가 갑자기 울기 시작했다. 그녀가 우는 통에 팔의 힘이 풀리면서 떨어질 뻔한 나는 간신히 옆쪽으로 가 앉았다.

"그렇게 빨리 갈 거면 빚이나 지지 말지. 어떻게 그렇게 갈 수 있어. 그게 뭐냐고!"

분노를 되새기려는 듯 그녀는 자꾸 중얼거렸다. 그녀에게 위로가 되고 싶어 몸을 웅크리며 그녀의 팔에 기댔다. 따뜻한 체온이 전해졌는지 그녀의 마음은 점차 안정되어 갔다. 파랑이가 나오자 그녀는 나를 안고 욕실로 들어갔다.

"노니, 목욕한 지 오래됐지? 가만있어야 해. 깨끗이 씻고 우리 다시 시작하자."

따뜻한 물줄기가 몸속으로 스며들면서 나른함에 눈을 감았다. 비에 서늘했던 몸이 따뜻해지며 마음이 편안해졌다.

그녀의 방에선 밤늦도록 불빛이 새어 나왔다. 열린 문틈 사이로 들어가 '야옹' 소리를 내니 침대 위에 수건을 깔고 올라오라고 했다. 나는 냉큼 그 위로 올라가 앞발에 얼굴을 대고 누웠다. 이 편안함이 침대 위에서 지속되길 바랐다. 하지만 그녀의 침대에 올라가는 건 쉽게 허용되는 일이 아니었다. 그녀는 잠자리를 철저히 분리했고 난 항상 베란다 바구니에서 잠을 청해야 했다. 하지만 오늘만은 편하게 침대 위에서 두 눈을 감고 있어도 됐다. 꿈을 꾸듯 편안했다. 내가 눈을 감고 있는 사이 그녀는 한참 동안 뭔가에 집중하고 있었다. 그것은 노랑이의 휴대폰 비밀번호를 푸는 일이었다. 벌써 두어 시간이 지나 새벽 한 시가 넘어가고 있었다.

갑자기 그녀가 '아!'하면서 휴대폰을 네 번 누르자 '풀렸다!'며 작은 환호성이 났다. 하지만 잠시 환해졌던 그녀의 얼굴은 금세 일그러졌고 눈에선 눈물이 흐르고 있었다.

"그날이었어? 난 생각도 못 해서 두 시간이나 헤맸는데…… 그때 당신이 그랬지? 12월 24일 크리스마스이브를 우리가 처음 만난 날로 기념하자고 흐흑……."

하지만 순간의 감동은 오래가지 않았다. 비밀번호를 해제하고 열려진 노랑이의 휴대폰은 그녀를 더 큰 비밀의 늪에 빠지게 했다.

4

충격

날벼락

장례식을 치른 후 한 주가 지나고 집사들이 잠에서 깨어나지 않은 조용한 토요일 아침이었다. 요란한 벨 소리에 바구니에서 나와 현관 앞으로 나갔다. 머리를 질끈 동여맨 보라가 슬리퍼를 끌며 허둥지둥 나왔다.

"누구세요?"

"나다! 문 열어!"

잠시 머뭇거리던 보라가 현관문을 열자 뽀글거리는 검정색 파마머리에 진한 화장을 한 늙은 여자가 다짜고짜 들어오며 그녀의 머리채를 잡아당겼다.

"악! 어머니, 갑자기 왜 이러세요? 이거 놓으세요!"

순식간에 보라의 머리채가 헝클어지며 뒤로 묶었던 머리카락이 풀려 산발이 되었다. 그녀는 머리채를 잡은 늙은 여자의 팔목을 최대한 힘이 들어가지 않게 붙잡았다. 한 손으로는 손목을 꽉 잡고 다른 손으론 늙은 여자의 손가락을 풀려고 실랑이를 벌였다. 늙은 여자의 얼굴이 뒤틀리며 손목에 힘을 주고 비트는 순간 40대 중반의 여자가 뛰어 들어와 말리며 소리쳤다.

"엄마, 왜 또 그래? 그만 하세요!"

그녀는 늙은 여자의 손가락을 하나하나 떼어낸 후 소파에 앉혔다. 늙은 여자가 분에 겨운 듯 소리쳤다.

"이년아, 내 아들 살려내! 내 아들 살려내라고! 네년이 우리 아들을 얼마나 쥐 잡듯 했으면 딴 년이랑 그 먼 곳까지 가서 그렇게 험하게 죽었겠냐고! 내가 억울해서 잠을 잘 수가 없어!"

"뭐라고요? 아들이 딴 년이랑 있다 죽었으면 그년을 탓할 것이지 왜 저한테 와서 행패세요?"

눈을 부릅뜬 보라가 헝클어진 머리를 가다듬지 않고 앞으로 늘어뜨린 채 귀신같이 소리쳤다.

"뭣이 어째? 네가 남편 하나 간수 못 해서 이런 사달이 났는데 뚫린 입이라고 시어미한테 대들어?"

"남편 간수요? 지금 그런 말씀이 나오세요? 저도 믿었던 남편이 배신한 걸 생각하면 미칠 것 같다고요!"

"지금 네가 그런 말이 나와? 네년은 하루 이틀 강의다 뭐다 고작 몇 시간 나가서 시간 때우고 다닐 동안 내 아들은 매일 일하면서 국내며 해외며 쏘다니느라 얼마나 힘에 부쳤는지 알기나 해?"

"저도 다 알아요. 하지만 그 정도 안 하는 가장이 어디 있어요?

이런 식으로 갑자기 들이닥쳐서 행패 부리시면 저도 이제 가만있지 않을 거예요."

"뭐? 네가 가만있지 않으면 어떡할 건데? 이 집이 네 집이냐? 우리 아들 집이지!"

"지금 무슨 말씀이세요? 사업한다고 다 들어먹고 이렇게 산 구석까지 떠밀려 와서 친정 오빠 돈으로 가까스로 사업 자금 마련해서 살고 있는데 그런 말씀이 나오세요?"

보라가 눈을 부릅뜨고 소리치자 주춤한 노인이 더듬거리며 말했다.

"……너 우리 아들 사망보험금 어쩔 셈이냐?"

"지금 아들 죽은 지 얼마나 됐다고 여기 와서 보험금 타령이세요? 그리고 사망보험금은 제가 들었지 어머님이 돈 내셨어요? 왜 이렇게까지 바닥을 보이세요?"

옆에서 같이 온 여자가 끼어들었다.

"언니, 엄마도 사셔야 하잖아요. 오빠 앞으로 나온 돈이면 나눠 가져야 하는 것 아녜요?"

"아가씨까지 왜 그러세요? 전 오빠가 남겨놓은 빚 갚는 것만으로도 힘들다고요. 아가씨도 정신 좀 차리세요. 어머님이 나가서 돈을 버시든지 아가씨가 벌든지 알아서 하시고 이런 식으로 할 거면 다신 찾아오지 마세요! 애들 교육도 아직 다 끝나지 않았다고요!"

그녀는 두 사람을 떠밀다시피 내보내고 문을 쾅 닫았다. 쿵쿵거리며 문을 내리치는 소리가 연속해서 들리다 사그라지자 파랑이와 초록이가 빠끔히 문을 열고 밖으로 나왔다.

"엄마! 괜찮아?"

거실로 나온 초록이는 허탈하게 앉아있는 보라의 어깨를 감싸주었고 파랑이도 나와서 그녀의 손을 잡았다. 나는 파랑이 발 옆으로 천천히 움직여 그 옆에 엎드렸다.

"무책임한 인간! 그렇게 먼저 가면 다야?"

그녀는 눈물을 훔치며 노랑이를 원망했다.

"엄마, 할머니 왜 그러셔요? 한 번 더 그러면 저도 참지 않을 거예요."

초록이가 얼굴을 찌그리자 보라가 정색하며 말했다.

"안 돼! 너희들은 그러면 안 돼. 할머니도 이러다 말 거니까 너희는 그냥 못 본 척해. 엄마가 다 알아서 할게. 친할머니도 아들이 죽었으니 상심해서 그러시는 거야. 엄마는 괜찮으니까 그런 생각 하지 마. 알았지?"

분위기가 누그러지자 옆에 있던 파랑이가 눈치를 보며 그녀를 불렀다.

"엄마……."

"왜? 할 말 있니?"

"나 휴학하고 아르바이트하면서 돈 벌고 싶어!"

"뭐?"

보라는 어이없는 표정으로 소리쳤다.

"네가 무슨 대학생이니? 아니면 고등학생이야? 고작 중학생인데 무슨 돈을 벌겠다고 말도 안 되는 소리를 해? 돈은 엄마가 벌면 되니까 너는 공부나 해!"

"엄마, 얘기 좀 들어봐. 사실, 나 하고 싶은 게 있어."

"뭘 하고 싶은데?"

그녀가 퉁명스럽게 물었다.

"호주에 가고 싶어. 거기 가서 페인트칠하면서 공부할 거야!"

"뭐? 지금 꿈꾸니? 네가 무슨 『톰 소여의 모험』에 나오는 톰인 줄 알아? 페인트칠은 아무나 하냐고! 학원이나 잘 다녀! 중학교는 의무교육이야."

소리칠 힘도 없는지 그녀는 기진맥진하게 어깨를 늘어뜨리며 낮게 갈라지는 목소리로 말했다. 그때 파랑이가 벌떡 일어나며 소리쳤다.

"왜 항상 내 말을 무시하는데! 나 휴학하고 알바할 거니까 그런 줄 알아!"

파랑이가 벌떡 일어나 소리치더니 씩씩거리며 자기 방으로 들어갔다. 그녀는 넋이 나간 상태로 상체를 휘청거렸다. 초록이가 그녀를 부축해 소파에 몸을 기대게 했다.

"엄마, 유진이한테 소리 지르지 말고 차근차근 말하는 게 좋을 거 같아요. 유진이 성격 잘 알잖아요. 아무리 잔소리해도 안 통할 거예요. 설득하는 것보다 이해하는 게 더 쉬울지 몰라요. 그리고 친할머니 일은 신경 쓰지 마세요. 저도 많이 화나지만 이번엔 그냥 넘어갈게요."

"알았어. 그런데 유진이가 학교에 가지 않겠다는 건 도저히 용납할 수 없어!"

그녀가 소파에 앉아 얼굴에 팔을 괴고 생각에 잠기자 초록이는 조용히 자기 방으로 들어갔다. 난 다시 소파로 올라가 그녀의 허벅지에 얼굴을 기댔다. 그녀는 두 팔을 길게 널브러뜨린 채 초점 없는 눈으로 인형처럼 앉아있었다.

"노니야, 대체 유진이 오빠가 왜 저러니? 도무지 답이 안 보여."

"**냐아옹!**(참고 기다리면 언젠가 철이 들 거예요.)"

내가 한 말을 알아들었는지 못 알아들었는지 거실 가득히 내려앉은 아침 햇살을 받으며 그녀는 오랫동안 생각에 잠기었다. 난 그녀에게 기대어 따뜻한 온기를 전해 주었다.

판도라의 휴대폰

불시에 방문한 시어머니에게 수모를 당한 것도 모자라 유진이가 불에 기름을 붓듯 기막힌 소리를 해대니 육체적으로나 정신적으로 완전히 너덜너덜해졌다. 마치 감정이 없어진 사람처럼 그 어떤 것도 현실로 인정되지 않았다. 죽은 아들에 대한 손톱만큼의 예의도 없이 집안을 헤집고 간 시어머니의 행동도 어이없어 헛웃음이 나왔지만 유진이의 말은 더욱 신경이 쓰였다. 물불 가리지 않고 밀어

붙이는 그의 성격 때문에 엉뚱한 말에도 뼈가 있음을 알고 있었기 때문이었다.

'진짜 학교를 그만두면 어떡하지? 내가 안 된다고 했는데 그 말이 안 먹히면 어쩌지?'

그를 제어할 수 없을 것 같은 부정적인 생각과 내 자신에 대한 불신감이 눈덩이처럼 커지며 불안감이 옥죄어 왔다. 아무 일 없을 거라고 자신을 세뇌시키며 욕실로 가 찬물로 얼굴을 씻었다.

이후론 마치 아무 일도 일어나지 않았던 것처럼 평범한 토요일이 지나고 밤 11시쯤 침실로 들어갔다. 잠을 청하기 전에 남편의 휴대폰을 손에 쥐고 침대 헤드에 몸을 기대었다. 비밀번호를 풀었기에 언제든지 볼 수 있다는 안도감과 샅샅이 보려는 욕심에 남겨놓았던 것을 이제야 보게 된 것이다.

먼저 사진 폴더를 열어보았다. 가장 최근에 찍힌 사진은 신지수와 그 딸의 모습이었다. 순간 욱하며 무언가 올라왔다. 입술을 깨물며 사진을 더 올려 보았다. 최근 몇 개월 동안 우리 가족이 함께 찍은 사진은 찾아볼 수 없었고 네 식구 모두 행복한 모습으로 웃고 있는 사진은 1년 전 자작나무 숲에서 찍은 것이 마지막이었다. 얼마 전 시계를 차고 웃고 있는 유빈이와 유진이의 모습은 남아 있었다.

"이날은 무슨 바람이 불어서 선물을 잔뜩 사서 왔대? 죽으려고 작정이라도 했던 거야?"

혼잣말이 나왔다. 눈물이 핑 돌며 과거로 더 올려보니 그가 여행하면서 찍은 사진들이 여러 개 나타났다. 2년 전 일본 후쿠오카 야

나가와 수로에서 뱃놀이하는 사람들의 모습이 눈에 들어왔다. 연노란 버드나무가 머리를 길게 풀어헤친 듯 작은 강 위에 그림자를 드리우며 서 있고 그 위로 기다란 막대를 이리 저리 휘저으며 나룻배를 노 저어 가는 작고 마른 70대 노인이 긴 챙 모자를 쓰고 까맣게 웃고 있었다. 배 위에선 네댓 명의 여자가 무엇이 그리 좋은지 서로 몸을 기대어 활짝 웃고 있었다. 또 다른 사진에서는 강을 뒤로 하고 환하게 웃고 있는 남편의 모습이 사진으로 남아 있었다.

다시 빠르게 위로 올려 보니 러시아 여자의 어깨에 손에 두르고 자랑하듯 웃고 있는 남편의 사진과 기모노를 입은 남편과 젊은 여자가 살짝 포옹하는 사진도 보였다. 못 볼 것을 본 것처럼 당황스러웠고 얼굴이 울그락불그락 달아올랐다.

"뭔 짓을 하고 다닌 거야? 대체 여자가 몇 명인 거냐고!"

신경질적으로 사진을 접고 동영상 폴더를 보니 열 개가 넘는 동영상이 눈에 들어왔다. 평소에 사진이나 동영상 찍는 것을 취미로 했던 그였기에 아이들 졸업식이나 소풍, 행사 때 찍은 것은 따로 USB에 넣어 보관하였고 많이 본 것이라 그것은 제쳐두고 새로운 동영상을 찾았다. 소금사막이라는 이름이 눈에 띄어 열어보았다.

"이게 뭐야? 미친!"

'미친'이라는 단어가 나도 모르게 반복해서 터져 나오며 동영상을 뚫어지게 보았다. 그곳에는 네 개의 동영상이 있었고 총 3명의 여자가 등장했다. 사진첩에서 기모노를 입고 있던 여자는 30대 후반으로 짧은 단발머리에 몸이 호리호리했다. 그리고 다른 두 여자는 신지수와 그녀의 딸이었다. 그중 일본 오사카 성 공원에서 벚꽃을 만지며 걷는 단발머리의 여자는 마치 영화를 찍듯 벚꽃 풍경과 함께 다양한 포즈를 취하며 동영상에 등장했다. 처음엔 혼자 동영상 주인공이 되었다가 마지막엔 남편 얼굴과 같이 나오면서 서로 장난도 쳤다. 그러다가 동영상이 끊기고, 또 다른 것에는 한강이 내다보이는 잔디에서 신나게 자전거를 타는 신지수의 딸이 보였다. 남편은 동영상을 찍고 있었는지 가끔 소리만 날 뿐 얼굴은 보이지 않았다.

그리고 충격적인 건 나머지 두 개의 동영상이었다. 영상은 짧았다. 기모노 가운을 입은 각기 다른 두 여자의 모습이 찍혀 있었다. 한 명은 벚꽃을 만지던 단발머리의 여자였는데 시종일관 일본어로 지껄이고 있었다. 난 그 말을 알아들을 수 있었다.

"ヨンウ氏撮影しないで。(영우 시 사쯔데 시나이데. 영우 씨, 찍지 마!)"

"一度万を撮り。(이찌도 마우 오토리. 한 번만 찍을게.)"

기모노를 입은 일본 여자가 손사래를 치는 모습을 끝으로 영상은 까맣게 꺼졌다. 그리고 다른 하나는 신지수였다. 그녀는 초록 빛깔이 도는 노천탕 속에 들어가 포도주잔을 입에 대고 있었다. 어깨까지 오는 머리를 뒤로 묶고 짧은 반팔과 반바지를 입은 모습이 물속에 드러났다.

갑자기 '징'하는 소리가 귓전을 맴돌며 이어졌다. 들고 있던 휴대폰이 이불 어딘가로 떨어졌다. 소리는 더 커지며 이제 머리까지 빙

빙 돌았다. 몸은 경직된 듯 딱딱하게 굳어버렸다. 형광등이 빙글빙글 돌기 시작하자 무서움에 나도 모르게 침대에 엎드렸다. 눈을 떴을 땐 언제 왔는지 노니가 옆에서 나를 쳐다보고 있었다. 난 아랑곳하지 않고 울먹이며 소리쳤다.

"사람도 아니야, 어떻게 그럴 수 있어? 진짜 화려하게도 살았네. 미친 새끼!"

그에게 여자 문제로 참을 수 없는 배신감을 느낀 건 이번이 두 번째였다. 처음엔 멍청하게도 누군가 준 선물을 죄다 집으로 가져오는 통에 직감을 넘어 그냥 알게 된 여자였는데 남편 팔을 부러뜨리고서야 일단락을 지었다. 그런데 오늘 느낀 두 번째 배신감에는 온몸이 화상을 입은 듯 열이 나고 가슴이 답답했다. 이제 팔다리를 부러뜨릴 남편도 없었다. 그런데 지금 생각해 보니 처음 여자가 두 번째 여자인 것 같았다. 일본어, 일본 물건들이 중첩되며 그녀의 얼굴이 매치되었다.

"예전에 본 그 멍청한 일본 여자였어? 그럼 신지수와는 또 어떤 관계였던 거야? 지수 딸 아빠라도 된 거야? 왜 네가 아빠인 척했는데! 왜!"

난 아이들이 듣지 않게 숨죽여 오열하며 몸부림쳤다. 이따위 인생을 살려고 그렇게 일찍 간 건지 참을 수 없는 분노가 치밀어 올랐다. 그가 옆에 있었다면 난 그의 목을 졸랐을지도 모른다.

"냐냐옹!"

노니가 내뱉는 소리가 말을 하듯 전해졌다. 마치 진정하라는 듯 그런 것 아니라는 듯 말하는 것 같아 조금씩 숨을 고르며 잠을 잘 수 있었다.

의혹

주민센터 교육부 담당자에게 남편이 죽은 것을 알리고 월요일에는 강의하지 않았다. 더 이상 일을 못 할 것 같아 화요일에 담당 주무관을 찾아갔다. 고작 일주일 일하고 그만둔다는 말을 하려니 낯이 뜨거웠지만 돈이 안 되는 일이라 얼른 마무리 지어야 했다. 미리 전화를 해 두어서 말을 꺼내기가 수월했다.

"수업한 지 일주일밖에 안 됐는데 이렇게 그만두게 되어 너무 죄송합니다."

"남편 분이 그렇게 됐다니 어떻게 위로해야 할지 모르겠네요. 다행히 유수현 씨 다음으로 내정됐던 분이 월요일에 수업을 대신했으니 너무 걱정하지 않아도 됩니다."

내정자가 수업을 했다는 말에 무거웠던 마음이 한결 가벼워졌다. 주민센터에서 간단한 일 처리를 마무리 짓고 나와 전철역으로 향했다. 남편 여행사 직원들과의 미팅을 잡아 놓았기 때문이다.

전철을 타고 을지로4가역에서 내려 계단을 눌러 밟으며 지상으로 올라왔다. 밖으로 나오니 후텁지근한 공기가 얼굴을 스쳤다. 더위는 아랑곳하지 않고 사무실로 발을 옮겼다.

사무실에 들어가니 해외 가이드를 맡은 사람까지 총 5명의 직원이 기다리고 있었다. 그들은 좁은 회의실에 모여 일회용 커피를 앞에 두고 앉아 있었다. 말 한마디라도 조심하려는 듯 긴장된 몸짓과 조용한 말투로 소곤거렸다. 나는 문을 열고 들어가 가볍게 인사하고 커피 한 모금을 적시며 입을 열었다.

"다들 아시겠지만 남편 일로 이곳 사무실은 정리하려고 합니다. 불미스러운 일로 마무리하게 되어 죄송합니다. 퇴직금은 정해진 대로 처리해서 일주일 후에 보내 드리고 개인 문자로 미리 정산 내역 알려드리겠습니다. 나현미 씨는 따로 남아서 회계 장부 내역 설명 좀 부탁할게요. 지금까지 다들 수고해 주셔서 감사했습니다. 돌아가셔도 됩니다."

회의를 마치자 직원들은 각자의 짐을 챙긴 후 무리 지어 나갔고 나현미 씨만 남았다. 그녀는 직원 중 가장 편한 여자 직원이었다. 40대 초반의 그녀는 7살 된 딸 하나를 키우는 돌싱이었다. 짧은 헤어컷에 흔들리지 않는 차가운 눈빛을 가졌지만 웃음만은 늘 포근한 여자였다. 5년 이상 함께한 초창기 멤버라서 가족같이 지내는 직원이었고 재무와 발권, 항공예약까지 도맡아 했기에 재정 상태에 관해서도 빠삭했다.

"현미 씨, 이제껏 수고 많았어요. 장부 브리핑은 내일부터 며칠 간 만나서 천천히 진행하죠. 사실…… 오늘은 남편 관련해서 물어

볼 게 있어서 남으라고 했어요."

그녀는 얼굴 가득 할 말을 주머니에 넣어둔 사람처럼 나를 쳐다봤다.

"현미 씨는 초창기 멤버니까 그이에 대해 잘 알고 있죠?"

그녀의 시선이 흔들리며 잠시 머뭇거렸다.

"혹시 신지수라는 여자 알아요?"

"네? 그 여자는 왜……."

"알고 있는 것 있으면 다 말해 주세요. 이미 남편과 신지수 관계는 짐작하고 왔어요, 남편 휴대폰에 그녀와 딸 동영상이 있었어요."

"그게……."

현미 씨는 화끈한 성격에 어울리지 않게 속 시원히 얘기하지 못하고 뜸을 들었다.

"현미 씨, 어차피 사장님도 돌아가셨으니까 그냥 다 얘기해 주세요."

그녀가 천천히 입을 열었다.

"사모님은 모르시겠지만 신지수 씨는 저희 회사 직원이었어요."

"네? 직원이었다고요?"

"사장님이 사모님한테는 절대 얘기하지 말라고 하셨어요. 회사 차리고 얼마 안 돼서 사장님이 그 여자를 데리고 오셨어요. 주된 업무는 사장님과 동행하면서 계약 체결하고 로비하고 해외 가이드를 했는데 두 분이 늘 같이 움직였어요."

"신지수는 보험사 직원 아니었나요?"

"처음엔 그랬어요. 저희에게도 보험약관 들이밀면서 설명하고 사장님도 권유해서 적어도 한 개씩은 다 들었어요. 그런데 몇 달 안 돼서 그 여자가 회사 직원으로 들어온 거예요."

"그런 일이……전혀 몰랐어요. 월급은 얼마나 주었나요?"

"그게……."

"어떻게 된 일인지 솔직히 말해줘요. 두 사람 관계를 알아야 제가 다시 설 수 있어요. 저 좀 도와주세요."

그녀는 결심한 듯 다시 입을 열었다.

"처음 3년간은 늘 같이 다녀서 다들 숙덕거렸어요. 하지만 그 여자 얼굴이 두꺼웠든지, 아니면 정말 아무 사이가 아니었든지 그녀는 상관도 하지 않았죠. 이 바닥 월급 짠 것 사모님도 아시죠? 그런데 그 여자는 3백씩 받아갔어요. 안 나오는 날도 있었고 다른 사람에 비해 일을 많이 한 것도 아닌데 월급은 경력직 남자 직원만큼 받아간 거예요."

얼굴이 달아오르고 심장이 뛰면서 말문이 막혔다. 하지만 놀라는 것에도 익숙해진 건지 금세 정신을 차릴 수 있었다. 난 다시 물었다.

"두 사람 최근엔 어땠나요? 잘 지냈나요?"

"최근 일 년간 회사 사정이 안 좋아지면서 두 사람이 싸우는 걸 종종 봤어요. 신지수 씨는 사장님에게 도움을 주려 했고 사장님은 한사코 거절하는 것 같았어요. 그리고 두 분이 거래처 호텔 사장님과 관련된 문제로 다투는 걸 본 적이 있어요."

고양이와 여자

"남편이 죽던 날, 춘천엔 왜 갔는지 자세히 좀 알려 주세요."

그녀는 그날의 상황을 얘기했다.

"그날 제가 출근했을 때 사장님이 먼저 출근해서 신지수 씨와 통화하고 계셨어요."

"신지수! 너 여기로 빨리 와. 지금 당장 춘천에 가자. 안 그러면 큰일난다고! 아니, 내가 차 갖고 갈 테니 기다려! 너랑 갈 데가 있으니까 꼼짝 마!"

"사장님이 통화를 마치고 부리나케 나가셨어요."

"어디로 간다고 했나요?"

"춘천에 있는 거래처 호텔 사장님 만나고 온다고 했어요. 그분은 춘천에 있는 관광지와 골프장을 운영하시는 분이예요."

"네에……."

난 잠시 골똘한 생각에 빠졌다가 다시 화제를 돌려 그녀에게 말했다.

"회사 자금 상황은 어때요? 빚이 많았나요? 남편이 죽기 전에 돈이 더 필요하다고 했는데 얼마 지나지 않아 해결됐다고 했어요."

"저도 잘은 모르지만 사장님이 일을 더 늘리시려다 그만둔 것 같았어요. 최근엔 보증금을 가져다 회사 유지하는 데 쓰셨고요."

"그랬군요. 얘기 잘 들었어요. 제가 이 사무실 정리하고 국내 여행이랑 일본 쪽 수주 위주로 작은 규모의 여행사를 다시 시작할 건데 현미 씨가 도와줄 수 있나요?"

어둡던 그녀의 얼굴에 화색이 돌았다.

"다시 일하게 되면 저야 너무 감사하죠. 회사 그만두면 딸이랑 어떻게 살지 그러잖아도 걱정이 많았어요."

"그럼 낼부터 이 사무실 정리할 동안 몇 번 더 만납시다. 연락할게요."

"네. 그런데 사모님……."

"왜요? 더 할 말 있나요?"

"……제가 보기에 두 사람 관계는 사모님이 생각하는 그런 사이는 아닌 것 같았어요."

"네? 그럼 뭐죠?"

"그건……저도 확실하게 알 수는 없지만 연인 사이가 아니란 건 확실해요."

"과연 그럴까요? 현미 씨는 어떻게 그걸 확신하나요?"

"직감적으로 느끼는 게 그랬어요."

그녀의 뒷말이 거슬렀으나 의심을 되돌리고 싶지 않았다. 그녀를 보낸 후 여행사 일을 대충 정리하고 집으로 돌아오니 붉은 해가 내려앉고 있었다. 여름으로 가는 6월의 날씨는 습기가 가득했다. 시계를 보니 7시 30분을 넘기고 있었다. 현관문을 열자 노니가 와서 나를 반겼다.

"야옹!"

"노니야, 엄마 왔다. 오늘 잘 지냈어?"

옆을 보니 방에서 게임하는 유진이 모습이 보였다. 나는 노니를 안고 그 방으로 들어갔다.

"엄마 왔는데 너는 인사도 안 하니?"

"다녀오셨어요?"

퉁명스러웠지만 오늘따라 존댓말로 인사하는 유진이가 기특해서 머리를 한 번 쓰다듬어 주었다.

"밥 먹었어?"

"아니, 배고파. 맛있는 거 먹고 싶어."

"뭐 먹고 싶은데?"

"라면."

"또 라면이야? 엄마가 오면서 갈비탕 사 왔으니까 끓여줄게. 파전도 해 줄 테니까 같이 먹어."

"오케이."

유진이 방에서 나와 노니를 내려놓으니 노니가 다시 유진이 방으로 슬금슬금 들어갔다. 옷을 갈아입고 간단히 씻은 후 주방으로 갔다. 게임을 하더라도 유진이가 밖으로 돌지 않고 집에 있어서 마음이 놓였다. 난 얼른 그에게 먹일 저녁을 만들었다.

그때까지 유진이는 평범한 일상을 보내는 것처럼 보였고 난 유진이가 했던 말을 잊은 채 그에 대한 걱정을 떨쳐버렸다. 하지만 그의 계획은 이미 진행 중이었다는 걸 그때는 알 수가 없었다.

잠들기 전에 남편 휴대폰을 다시 열어서 내비게이션을 살펴보았다. 사망한 금요일에 마지막으로 찍힌 목적지는 춘천 A호텔이었다.

3부

늪

1

비밀의 열쇠

루루 할머니의 고통

이틀간 비가 쏟아지더니 모처럼 따가운 햇볕이 내리쬐며 아침부터 후덥지근했다. 노랑이가 죽은 지 2주가 지나는 동안 집사들은 거의 말을 하지 않고 지냈다. 평소에도 말이 없는 인간들인데 이젠 아예 입을 닫고 있으니 숨이 막힐 지경이었다. 유일하게 보라만 내게 말을 하고 놀아주어서 그녀가 오기를 고대하며 하루하루를 보내곤 했다.

오늘은 학교에 간 집사들을 이어 바쁘게 움직이던 보라도 점심이 되기 전 집을 나갔다. 텅 빈 집을 거니는데 문득 루루 할머니가 보고 싶다는 생각에 베란다로 발길을 옮겼다. 장례식이 있는 동안 고양이 친구들을 만난 후 비도 많이 내렸고 집안 분위기도 냉랭해서 지금까지 집 안에만 머물러 있었다. 루루 할머니의 울음소리는 빗소리에 잠겼는지 도무지 들을 수가 없었다. 그런데 오늘따라 그녀의 목소리가 너무나 그리웠다. 주름진 얼굴에 길게 늘어뜨린 콧수염을 보고 싶어 난간으로 가서 옆집을 바라보며 그녀를 불렀다.

"**야아아옹 냐아아옹!**(할머니, 루루 할머니!)"

"······."

"**냐냐아옹 크아아옹.**(루루 할머니, 보고 싶어요.)"

난간 끝으로 올라가 옆집을 바라보니 내부가 한눈에 들어왔다. 베란다 문은 열려 있는데 그녀의 모습은 어디에도 보이지 않았다.

'무슨 일 있나?'

아쉬운 마음에 한참을 기다렸지만 꼬르륵 소리에 다시 베란다로 내려가서 사료를 먹자 얼마 되지 않아 스르르 눈이 감기며 잠이 들었다.

한참이 지난 것 같았다. 부스스 눈을 떠 보니 머리 꼭대기에 있던 해가 15도가량 기울어지고 있었다. 다시 난간으로 나가 옆집을 살펴보았다. 그때 기척 소리와 함께 덩치 큰 집사가 루루 할머니를 안고 베란다로 걸어오는 게 보였다. 청년으로 보이는 집사는 180cm 정도의 키에 몸에 살이 두둑해 걸어오는 모습이 조금 둔해 보였지만 포동포동 살진 하얗고 순한 얼굴을 하고 있었다. 그는 루루 할머니를 조심스럽게 바구니에 내려놓았다. 난 그녀를 보자 반가움에 가슴이 쿵쿵 뛰었다. 말을 걸고 싶었지만 옆집 집사가 분주하게 돌아다녀서 기회만 엿보았다.

운이 좋았는지 얼마 되지 않아 옆집 집사가 나가며 현관문 닫히는 소리가 났다. 얼른 그녀를 불렀다.

"**야아아옹 냐냔옹.**(할머니, 저예요. 노니예요.)"

"노니, 노니니?"

바구니에 누워있던 할머니가 천천히 몸을 일으키며 무거운 몸을 이끌고 다가왔다. 베란다 난간에 서서 나를 바라보는 할머니의 다리가 미세하게 떨렸다. 난 빠르게 난간 지지대로 올라가 앞발을 내밀어 점프한 후 그녀와 마주했다.

"할머니, 요즈음 왜 안 보이셨어요?"

"……할미가 좀 아팠단다. 병원에 갔다 왔지."

"네? 어디가…….."

"인간으로 말하면 암이야. 몸에 혹이 생기고 나쁜 세포가 퍼져서 죽을 수도 있는 병이지. 내가 이 집에 온 지도 벌써 십 년이 다 되어가는구나! 이만하면 많이 살았다."

"죽는다고요? 안 돼요. 죽으면 안 돼요. 할머니 없이는 저도 살 수 없어요. 절대 안 보낼 거예요."

울먹이던 나는 엄마, 아빠처럼 그녀를 잃게 될까 봐 그녀의 품으로 파고들어 놓지 않았다.

"노니야, 너무 걱정 마라. 아프다고 당장 죽는 건 아니란다. 이제 할미가 죽는 날까지 남은 시간을 함께하면 추억은 네 몸 구석구석에 남아 슬픔을 견뎌 낼 수 있는 힘을 만들어 줄 거야."

그녀의 품에서 울며 얘기하다 깜빡 잠이 들었다. 얼마 후 일어나 그녀가 바구니에 눕는 것을 보고 집으로 돌아오면서 많은 생각을 했다. 인간도 고양이도 죽음에 관대하기란 쉬운 일이 아니었다. 그녀는 내가 이 집에 온 후로 나에게 많은 것을 전해줬다. 그녀에게 들은 이야기 하나하나는 내 머릿속에 입력됐고 그녀와 보낸 시간은 추억이라는 이름으로 남았다. 그녀를 좀 더 일찍 만났다면 덜 아쉬웠을까? 그녀가 아픈 걸 좀 더 일찍 알았다면 난 무엇을 할 수 있었을까? 마음이 허탈했다.

좀 전에 그녀는 아픈 와중에도 영험한 고양이 이야기를 내게 전해 주었다.

"노니야. 고양이들 사이엔 영험한 고양이에 관한 전설이 있단다. 회색빛 털을 가진 영험한 고양이가 다음 세대까지 이어져 그 영험함으로 인간과 소통하여 죽으면 그는 다시 변환하여 그의 혼은 인간이 되어 태어난다는 얘기지. 그런데 이 할미가 보기엔 네가 그 전설의 고양이인것 같구나!"

"설마요. 회색빛깔 고양이는 나 말고도 많은 걸요."

"네 배 안쪽에 번개모양의 털이 있지? 그게 증표란다."

"그건 저와 엄마, 아빠만 알고 있는 비밀인데……."

"할미도 이미 알고 있단다."

융이 말한 것과 같은 얘기를 하는 그녀가 내 배 안쪽에 번개 모양의 검정 털이 숨겨져 있는 것을 알았다니 내심 놀랐다. 그녀는 고양이들 사이에 전해지는 영험함이 내게 숨겨져 있고 그 잠재된 능력은 얼마 되지 않아 나타날 것이라고 했다. 놀랍게도 그것은 현실이 되었다.

고양이와 여자

〈번외 3〉 번개 모양의 털을 발견하다

　나를 보러 온 노니가 베란다에 깔린 담요 위에서 울다 잠이 들었다. 혼자 될 것이 두려워 걱정하는 그를 보니 애처로웠다. 귀엽게 잠든 모습을 보면서 털을 핥아주는데 옆으로 누워있는 노니 배 안쪽 깊숙이 번개 모양의 털이 눈에 띄었다. 순간 머리가 곤두서며 그때 일이 떠올랐다.

　내 언니는 노니의 할머니였던 영험한 고양이 '인'이었다. 우린 높은 산 동굴에 살았던 고양이 자매였다. 엄마, 아빠가 우릴 낳고 그곳에서 키웠는데 어느 날 엄마, 아빠는 산에 사는 들짐승에게 해를 당하여 죽고 말았다.

　언니는 엄마, 아빠가 죽기 전날 우리 모두에게 절대 밖에 나가지 말라고 눈에 힘을 주고 엄중히 말했다. 언니의 말은 단호하고 날카로웠으며 옴짝달싹 못 하게 하는 무언의 압력이 있었기에 보통 때의 나라면 동굴 밖으로 나가 먹을 것도 찾고 작은 짐승과 놀기도 했을 텐데 그날은 나가지 않고 동굴 속에 있었다. 언니는 동굴 속 바위 위에 올라가 기도하듯 눈을 감았다. 그런데 언니와 내가 잠든 새벽에 엄마와 아빠는 언니 말을 듣지 않고 먹을 것을 구하려 밖으로 나갔고 이후 다시는 돌아오지 않았다.

　동굴 속에 남겨진 언니와 나는 산을 찾는 무속인들이 남긴 음식을 가져다 나누어 먹곤 했다. 어느 날 언니는 내게 말했다.

"내 동생 후야, 이제 우리도 헤어질 시간이 점점 가까워져 오는 구나. 너와 나는 각각 다른 곳으로 입양될 거야."

"언니, 그게 무슨 말이야? 우리 둘밖에 없는데 왜 헤어진다는 거야?"

"후야, 언니는 인간들의 말을 영으로 느낄 수 있단다. 그들의 고통을 이해하고 앞일을 예견해 줄 수도 있지."

"그럼 언니가 고양이들 세계에서 전설로 내려오는 그 영험한 고양이였어? 예전에 엄마가 말해 줬던 전설 속의 고양이냐고!"

"그래. 이건 숙명이기에 받아들여야 해. 너도 이제 곧 좋은 가정에 입양될 거니 언니가 없어도 그곳에서 집사 가족들과 함께하면서 그들의 삶을 위로해 줘야 한단다."

"언니,……내가 언니 가족이잖아. 날 버리고 가지 마!"

"후야, 너무 슬퍼하지 마. 언젠가 넌 언니의 핏줄을 만나게 될 거야. 배 안쪽 깊숙이 검은색 번개 모양의 털을 가진 고양이가 언니의 핏줄이라는 표시야. 꼭 기억하고 그를 만나면 도움을 주어야 한다. 부탁할게."

다음 날 나는 여느 때처럼 밖으로 나가 이곳저곳을 다니다 동굴에서 멀리 떨어진 곳까지 가게 되었다. 산길 주변을 서성이면서 벌레도 잡고 캣 맘들이 가져다 놓은 사료도 뒤적이다가 멀리 오게 된 것이었다. 땅바닥을 보며 거닐다 큰 나무 아래까지 왔을 때 구릿빛 피부에 마른 몸을 움직이며 가볍게 산을 타는 중년의 인간과 눈이 마주쳤다. 그 옆으로 12살 정도의 남자아이가 나를 빤히 쳐

고양이와 여자

다보고 있었다.

"아빠, 나 저 고양이 데려가고 싶어. 우리 저 고양이 데려가자, 어? 저 고양이 털 좀 봐. 하얀 털과 금빛 털이 섞여 있는 게 너무 신기하잖아. 아빠, 나 이제 공부 열심히 할 테니까 저 고양이 데려가서 키우자. 어?"

"안 돼! 빈집에서 누가 키우니? 그냥 가자."

"아빠, 제발! 엄마 없다고 울지 않을게. 내 소원이야. 어?"

"…… 정말 엄마 없다고 울지 않을 거야? 약속할 수 있어?"

"약속할게!"

그렇게 난 이곳에 집고양이로 입양되었다. 그 인간들이 날 안아들었을 때 난 고작 1살이었다. 그래서 언니한테 가야 한다고 소리 내어 울어도 그들에게 난 위협이 되지 않았다. 산에서 내려오는 동안 내내 언니 생각을 했다.

'언니…… 보고 싶어. 우리가 헤어질 거라 했는데 지금이 그 순간인 거야?'

그 후 나는 집고양이로 길들여져 이곳에서 10여 년을 살았다. 가족이었던 여자 집사가 아이와 남편을 남겨둔 채 집을 나가서인지 아이는 내게 학교에서 있었던 일들을 조잘조잘 말하고 보살피며 마치 나를 자신의 엄마인 듯 대했다. 그런데 몇 달 전 들고양이로 지내다가 집고양이가 된 옆집고양이 노니를 만나 그의 엄마, 아빠 얘기와 할머니 인에 대한 얘기를 듣고 혹시나 했다.

오늘 그가 울며 잠이 들었다. 잠을 자던 노니가 몸을 옆으로 돌렸을 때 배 깊숙이 회색빛깔 털 안쪽에 번개 모양의 검은 색 털이 숨겨져 있었다. 순간 너무 놀라 입이 다물어지지 않았다. 노니는 언니가 말했던 그 영험한 고양이었던 것이다. 눈물이 흘러내렸다.

'좀 더 일찍 알았다면 좋았을 텐데…… 난 곧 죽을 텐데 지금이라도 노니에게 해 줄 수 있는 게 없을까?'

잠을 뒤척이는 노니를 보면서 스스로 자신의 영험함을 깨닫도록 도와주어야 한다는 생각이 멈추지 않았다.

'암에 걸리지 않았다면 노니와 좀 더 많은 시간을 보낼 수 있었을 텐데…….'

그날 처음 자연의 순리에 저항하며 울었다. 언니가 그리워 쌔근거리는 노니의 털을 오랫동안 핥아주었다.

춘천으로 가는 길

신지수를 만나야 했다. 남편이 죽던 날 춘천으로 향하던 차 안에서 벌어진 일과 그전에 있었던 일들을 알고 싶었다. 아니 알아내야 했다. 둘의 관계를 명확히 해야만 온전히 살 수 있을 것 같았다. 남편이 죽은 후 2주간 무기력함으로 한 주를 보냈고 다른 한 주는 해야 할 일들에 치여 떠밀려 왔다.

　　　　　　　　　　　　　　　고양이와 여자

아이들을 학교에 보낸 후 블랙커피를 타서 거실로 나왔다. 우울한 비가 그치고 오늘 아침은 언제 그랬냐는 듯 햇살이 눈부셨다. 커튼을 젖히고 베란다 창문을 활짝 열고 따스함을 만끽했다. 노니가 눈을 동그랗게 뜨고 앉아서 나를 바라보고 있었다.

"노니야, 운동 좀 해야지. 가져와!"

딸랑딸랑 소리 나는 공을 멀리 굴렸다. 노니가 유진이 방으로 굴러간 공을 달음질쳐 가지고 왔다. 두어 번 더 한 후 노니의 머리를 쓰다듬고 소파에 앉았다.

작은 테이블 위에 놓인 커피 한 모금을 마시며 이전 아파트에서 알고 지내던 큰아들 친구 엄마를 떠올렸다. 남편의 외도를 견디지 못했던 그녀는 유빈이가 6학년 때 아파트 12층에서 몸을 던져 강제로 생을 마감했다. 그때 나는 그녀의 죽음에 냉소했다.

"이혼해서라도 사는 것을 선택하지 왜 죽은 거야! 현우, 현아는 어쩌라고! 이렇게 복수한 거였어?"

그때 나는 따지듯 울며 다른 친구 엄마들과 무리 지어 그녀가 실려 나가는 것을 보았다. 안타깝고 망연자실했던 그때의 감정이 올라와 지그시 눈을 감았다.

'지금 난 무엇을 해야 할까?'

끝없는 생각이 몰려왔다. 판도라의 휴대폰을 열었을 때 동영상 찍는 것을 취미로 하던 남편이 그의 은밀한 사생활까지 동영상으로 남기리라곤 상상도 하지 못했다. 오해할 만한 동영상 증거를 자기 손으로 만든 것에 대한 어리석음에 헛웃음이 나왔다. 그의 치밀

하지 못한 성격과 단순함에 치가 떨렸다. 하지만 배신감보다 더 큰 두려움은 남편이란 울타리가 사라진 채 남은 가족을 돌봐야 하는 현실적인 내 모습이었다.

'이런 나의 이기심이 남편을 공허하게 만들었을까?'

고개를 저으며 생각을 정리했다. 남편이 남긴 동영상에 나타난 신지수와 그녀의 딸이 남편과 어떤 관계인지 알아야 했다. 일본 여자는 그저 스쳐 간 사람이란 걸 이미 알았기에 신지수를 찾는 것이 시급했다.

그녀는 춘천 중환자실에 2주간 머무른 후 구리 한양대학 병원으로 옮겼고 부러진 뼈를 붙이기 위해 한 달간은 무조건 병원에 입원해야 한다고 했다. 그때 나를 부축해 주고 기꺼이 손수건을 내밀었던 젊은 의사에게 남편을 잃은 내면적 아픔을 호소하자 공감해 주며 내게 전해 준 정보였다. 신지수를 만나러 가기 전에 춘천 A호텔에 전화했다.

"네, 안녕하세요. 유진여행사 직원인데요, 사장님과 통화할 수 있을까요?"

남편은 놀 유, 나아갈 진이라는 의미로 여행사 이름을 지었는데 의도한 것인지 알 수 없지만 둘째 아들 이름과 같았다. A호텔은 거래처였기에 사장과 무난하게 통화할 수 있었다.

"네, 사장님. 안녕하세요? 유진여행사 대표 서영우 씨 아내입니다. 남편이 2주 전에 춘천에서 사망했는데 마지막 내비게이션이 A호텔로 되어 있었어요. 혹시 그날 남편과 만나기로 약속하셨나요?"

"……."

"사장님, 중요한 일이에요. 신지수 씨 아시죠? 남편 죽음이 신지수와 얽혀 있어요. 도와주세요. 제가 그리로 찾아뵐게요."

"……언제 오실 수 있나요?"

"오늘이요. 지금 출발하면 3시쯤 도착할 수 있습니다."

"그럼 이따 만납시다."

"알겠습니다. 그때 찾아뵙겠습니다."

사장과 남편 그리고 신지수 세 사람은 얽혀 있는 게 분명했다. 사장이 내 전화를 받고 약속을 잡은 것만 봐도 그랬다. 부리나케 나갈 준비를 했다.

"노니야, 엄마 나갔다 올게. 심심하면 바깥 구경하고 사료 먹고 놀고 있어."

노니를 계속 혼자 두는 게 마음에 걸렸지만 어쩔 수 없는 일이었다. 그래도 울며 보채지 않는 노니가 대견해서 가끔 밖을 왔다 갔다 해도 그냥 놔두었다.

"야옹"

노니가 인사하듯 내게 말하는 것 같았다. 노니 머리를 한 번 쓰다듬고는 빠르게 현관문을 나왔다. 승강기 안에서 A호텔로 가는 내비게이션을 찍고 머릿속에서 일정을 정리했다. 일단 호텔 사장을 만나서 사건의 전후를 알아본 후 신지수가 입원한 병원까지 들러야 해서 서둘렀다. 승강기가 1층에서 멈추자 오빠한테 전화가 왔다. 발을 내디디며 휴대폰을 열었다.

"오빠?"

"너 대체 집엔 언제 올 거니? 앞으로 어떻게 살지 얘기 좀 하자고 오빠가 몇 번이나 전화했잖아!"

"남편 사고로 알아볼 게 있어서 지금 급히 가는 중이야."

"죽은 사람은 죽은 사람이고 산 사람은 산 사람인데 왜 자꾸 시간 낭비하고 다니니? 애들이랑 살 궁리하는 것도 바쁜데 대체 뭐 하고 다니는 거야!"

"알았어. 오빠, 내일 꼭 갈게. 지금 좀 바쁘니까 끊어."

"야!"

고함치는 오빠 목소리를 뒤로하고 휴대폰을 덮었다. 남편이 살아있을 때도 줄곧 집안일에 관여하면서 숨통을 죄어 왔는데 그가 죽었으니 얼마나 더할지 상황이 그려졌다. 친정 엄마도 하루가 멀다 하고 전화해서 혼을 빼놓는 통에 정신이 없었다. 이제는 위로가 아니라 집착이 된 것처럼 옥죄는 것 같아 답답했다. 유일하게 여동생만은 내 얘기를 들어주고 위로해 줘서 그나마 다행이라 여겼다.

아파트 밖으로 나와 하늘을 보니 비 온 후 청아한 하늘과 따스한 햇살이 외출하기 더없이 좋은 날씨였다. 시동을 거니 오전 11시에 시작한 FM클래식 방송이 켜지면서 쇼팽의 야상곡 NO.1이 흘러나왔다. 영화 '피아니스트'에서 허름한 옷을 입고 진지하게 피아노를 치던 주인공 모습을 떠올리며 자동차는 급하게 아래로 굴러 내려갔다.

고양이와 여자

그날의 진실

춘천에 도착하니 2시 40분이었다. 호텔 로비를 걸어 프런트로 갔다. 금요일이라 그런지 사람들이 꽤 많았다. 사장님과 약속이 있다고 하니 올림머리에 깔끔한 유니폼 정장을 차려입은 여자 직원이 전화를 건 후 5층 사장실로 가라고 웃으며 말했다. 빠른 걸음으로 승강기를 탔다. 승강기에서 옷을 고쳐 입고 투명 알루미늄 문을 거울삼아 얼굴을 살피니 '땡'하는 소리와 함께 5층 문이 열렸다. 아무도 없는 복도를 걸어 막다른 곳에 이르자 '사장실'이라는 글자가 눈에 들어왔다.

나무로 된 문을 열자 입구에 여직원 한 명이 대기하고 있었다. 일어서서 단정하게 인사한 그녀는 사장실 문을 두어 번 두드린 후 바로 열어주었다. 안으로 들어서니 사방이 투명한 유리로 둘러싸여 나무와 계곡이 한눈에 들어왔다. 중앙에 놓인 커다란 책상 뒤로 중장년의 남자가 내가 들어오는 것을 주시하며 앉아있었다. 그는 앉은 채로 말했다.

"어서 오세요."

"안녕하세요? 유수현입니다. 전화 드렸던 유진여행사 대표 아내입니다."

그가 일어나 손짓으로 자리를 권하며 소파로 걸어왔다. 여직원이 가져온 차를 테이블 위에 내려놓자 국화차 냄새가 강하게 올라왔다. 60대 중후반으로 보이는 사장은 적당한 키에 운동으로 단련

된 근육질 몸을 딱 달라붙은 폴로셔츠에 드러내고 있었다. 왁스를 발라 차분하게 넘긴 머리는 프로페셔널해 보였다. 찻잔을 들고 국화차 한 모금을 입에 댄 그가 먼저 입을 열었다.

"드시죠. 뭘 알고 싶어서 오신 거죠?"

"2주 전 남편이 교통사고로 죽었습니다. 그 차 내비게이션 마지막 목적지가 이곳으로 찍혀 있었어요. 혹시 그날 남편과 약속이 있으셨나요? 서영우와 신지수는 그날 함께 이곳으로 오다가 교통사고를 당했습니다. 그 사고로 남편은 죽고 신지수는 살았고요."

"그런 일이……음, 뭘 알고 있고 무슨 말을 듣고 싶은 거죠?"

"신지수는 남편 친구의 아내였어요. 전 신지수와 남편이 각별한 사이라고 의심하고 있어요. 그런데 여행사 직원은 최근 신지수와 남편이 남자 문제로 다투었다고 했어요. 혹시 그 남자가 사장님인가요? 남편이 그 사실을 알고 이곳에 와서 따지려 했던 걸까요?"

찻잔을 내려놓으며 그가 입을 열었다.

"오해하고 계시는군요."

"오해라고요? 그럼 진실은 뭐죠?"

"신지수 씨와는 몇 번 만난 적이 있어요."

"그 말은 사장님과 신지수가 각별한 사이란 말씀인가요? 언제부터죠?"

나를 빤히 쳐다보던 그가 말을 이어갔다.

"서 대표가 죽었으니 있는 그대로 말할게요. 유진여행사와는 이미 오랫동안 거래해 왔기에 서 대표와는 일 년에 한두 번 만나서

고양이와 여자

골프도 치고 식사도 하곤 했죠. 그런데 6개월 전 신지수와 같이 온 적이 있었어요. 나야 여자가 오니 나쁠 건 없었죠. 그날은 그렇게 골프만 치고 갔어요."

"그럼 신지수를 다시 만나셨나요?"

"3개월 전에 그 여자에게서 전화가 왔어요. 회사가 어려워서 서 대표가 바쁘니 새로 기획한 상품도 설명할 겸 직접 오겠다고 했어 요. 나는 늘 있는 일이니 알았다고 했죠. 그런데 이곳에 찾아온 그 녀는 골프 라운딩을 돕겠다면서 나가자고 했어요."

그는 말을 이어갔다.

"라운딩이 끝나고 차를 마시면서 신지수는 그녀의 엄마 얘기를 했어요. '신혜숙'이란 이름을 아냐고 했고 난 그 이름을 듣고 움찔 했어요."

"신혜숙이 누군데요? 사장님과 아시는 분인가요?"

"내가 젊었을 때 처음으로 사랑했던 여자였어요."

"네?"

"그녀는 나와 헤어진 후 한 남자의 아이를 임신했어요. 나쁜 남 자였죠. 다 내 탓이었어요. 그녀를 사랑했지만 집안의 반대로 지켜 주지 못했어요. 그 사람은 유부남이었고 그녀는 그 사실을 몰랐죠. 언젠가 그녀가 나를 한번 찾아온 적이 있었어요. 위암에 걸려 생이 얼마 안 남았을 무렵이었죠. 초췌한 그녀의 모습을 보고 얼마나 눈 물을 삼켰는지 몰라요."

그는 잠시 울먹이더니 말을 이어갔다.

"그녀는 딸 이야기를 했어요. 고생하여 키운 딸이 벌써 20대 초반이라고 했죠. 그 딸이 신지수인 것은 최근 몇 개월 전에 알게 되었어요. 그 당시엔 신지수는 보지 못했으니까요. 신지수가 유진여행사 일로 나를 찾아왔을 때 신혜숙이 들어오는 줄 알고 얼마나 놀랐는지 몰라요."

"그런 일이……. 그런데 신지수는 왜 사장님을 만나서 자신이 그녀의 딸이란 걸 이제야 밝힌 거죠?"

"……유진여행사가 자금난에 처해 살려야 한다고 했어요. 그날은 그녀 엄마에 대한 얘기를 많이 나누었어요. 그녀가 돌아간 후 난 많은 생각을 했어요. 그녀 엄마 신혜숙에 대한 죄책감이 늘 가슴 한구석에 남아 있었는데 그것을 씻을 수 있는 기회라고 여겼어요. 그래서 그녀가 원하는 것을 해주기로 한 것이었죠."

"그렇게 쉽게 결정하실 수 있었나요?"

"신지수는 어렵게 돈 얘기를 꺼냈어요. 그녀가 엄마를 닮아 자존심이 강한 여자란 건 직감으로 알 수 있었죠. 통장으로 돈을 받은 날 고맙다는 말을 만나서 직접 하고 싶다며 이후 만나기로 했는데 그날이 바로 당신 남편이 죽던 날이었어요. 나도 그날 약속을 잡고 그녀가 나타나지 않아 찜찜했는데 이런 일이 생길 줄은 정말 몰랐네요."

"얼마나 주셨는지 여쭤봐도 될까요?"

잠시 주저하더니 그가 말했다.

"그녀 엄마를 생각해서 필요한 돈을 보냈습니다. 얼마를 받았는

고양이와 여자

지는 직접 물어보세요."

다시 어색한 침묵이 흘렀다. 불편한 분위기를 깨고자 나는 다시 질문했다.

"그런데 남편은 그날 왜 신지수와 함께 사장님을 만나려고 했을까요?"

"글쎄요. 나도 잘은 모르지만 뭔가 확인하려 했을 수도 있겠네요."

"확인이요?……그게 뭐죠?"

"그건……저도 모르죠."

"어쨌건 불편하셨을 텐데 이렇게 솔직히 말씀해 주셔서 감사합니다. 그리고 죄송한데 부탁 하나 드려도 될까요?"

"뭐죠?"

"제가 국내 쪽으로 여행사 일을 다시 할 건데 이 호텔과 계속 이어가도 될까요? 저도 애들 데리고 살려면 뭐라도 해야 해서 부탁 좀 드릴게요."

"그렇게 하죠."

"감사합니다. 그럼 이만 가보겠습니다. 안녕히 계세요."

일어서서 나가는 등 뒤로 먹먹하게 바라보는 그의 시선이 느껴졌다. 낯선 여자가 이곳까지 와서 꺼내기 어려운 은밀한 얘기를 물어보는데 순순히 답해 준 그에게 감사했다. 하지만 남편과 신지수, 사장과 그녀의 엄마 신혜숙, 신혜숙이 사랑한 의문의 남자 얘기는 충격이었다.

하지만 그날 그가 했던 말 중 남편이 뭔가 확인하려 했다는 말을 그냥 지나친 것은 또 다른 나의 실수였다. 그것이 비밀의 열쇠였는데 난 그것을 감지하지 못했다. 그의 죽음을 막을 기회가 여러 번 있었지만 난 그 기회를 매번 놓치고 말았다.

고양이와 여자

2

길을 찾아

발자취

사장실을 나와 긴 복도를 걸으니 남편 생각에 왈칵 눈물이 솟아올랐다. 지나가는 사람이 없어서 다행이었다. 고인 눈물을 닦고 승강기를 타고 내려와 호텔 입구로 빠르게 걸었다. 문을 열고 밖으로 나오니 더운 열기가 훅 하며 얼굴을 스쳤다. 투명 유리로 된 호텔 안쪽을 바라보니 남편과 신지수가 웃으며 들어가는 모습이 그려져 한참을 바라보았다. 다시 고개를 돌려 하늘을 쳐다보니 강렬한 태양이 번뜩이며 얼굴을 비췄다. 순간 눈을 질끈 감았다. 실눈을 뜨고 손으로 햇볕을 가렸다. 손가락 사이로 남편과 상돈 씨, 그리고 신지수와 함께했던 일들이 파노라마처럼 펼쳐졌다.

남편과 죽은 친구 상돈 씨는 경기도 광주에서 옆집에 살며 형제처럼 다정하게 지낸 친구였다. 상돈 씨는 외아들이었고 남편도 남매여서 남자들끼리 붙어 다니며 돈독한 우정을 키웠다. 남편은 고등학교 때 서울로 이사 왔고 상돈 씨도 남편과 같은 대학에 들어가며 그의 가족도 외아들을 위해 서울로 이사 왔다. 두 사람은 서로의 부모에게 세상없는 아들 역할을 하였고 힘든 일이 있을 땐 서로 술잔을 기울이던 친구였는데 누가 먼저라 할 것 없이 죽음도 함께한 꼴이었다.

친구가 죽은 후 남편은 혼자된 그의 아내와 딸을 외면할 수 없었던지 자주 살폈다. 신지수가 상돈 씨 장례식장에서 "이제 이 세상엔 희정이와 나만 남았어요."라고 했던 말이 문득 떠올랐다.

호텔 입구에서 발을 떼지 않고 서 있으려니 호텔 사장이 했던 말 중 '오해하고 계시는군요.'라는 말이 뇌리에 스쳤다.

'그들은 정말 어떤 관계였던 거지?'

신지수를 만나야겠다는 생각이 확고해지며 마음이 바빠졌다. 주차장으로 발을 내딛자 적막함 속에 뿜어져 나오는 곤충들의 울음소리가 더 크게 울려 퍼졌다. 여름의 절정을 향해 최대한의 울음을 쏟아내는 그들의 소리가 내 울음소리처럼 들렸다. 언덕에 세워둔 차에 올라 호텔을 벗어나며 구불구불 이어진 산길을 곡선을 그리며 내려갔다.

춘천고속도로를 타고 뻥 뚫린 경춘로를 한참 달리니 한양대학교 구리병원으로 가는 도로 표지판이 눈에 들어왔다. 고속도로를 달려 구리 사거리에서 우회전하여 천천히 차를 움직이니 병원 입구

고양이와 여자

가 나타났다. 지하 주차장으로 들어가 비교적 넓은 곳에 차를 세우고 가방을 챙겨 나왔다. 그녀의 병실은 8층이었고 1층 로비에서 승강기를 갈아탔다.

남편이 죽던 날 동승자였던 신지수를 보고 오열하며 널브러졌을 때 나를 부축하며 손수건을 건네준 젊은 의사가 그녀에 대한 정보를 전해 주었다. 고마움에 옅은 미소를 지으니 8층 문이 열렸다. 병실을 향해 발을 내딛자 다리에 힘이 들어가며 긴장감이 몰려왔다.

병실은 2인실이었다. '보험회사에 다녔으니 어련히 보험을 잘 들어놨을까?' 생각하며 잘 정돈된 병실 안으로 들어갔다. 입구에서 조금 걸어가니 무릎 위까지 붕대를 감고 가슴보다 높은 쿠션에 오른쪽 다리를 올린 채 혼자 누워 있는 그녀의 모습이 보였다. 얼핏 보니 허리에도 붕대가 감겨져 있었다. 나를 발견한 그녀가 흠칫 놀라며 몸을 살짝 일으켰다.

"이렇게 다시 만나네요."

"……한 번은 오실 거라 생각했어요."

창백한 얼굴로 환자복을 입은 그녀가 표정 없이 말했다.

"그날 무슨 일이 있었던 거죠? 어쩌다 사고가 난 거예요?"

"빗길에…… 차가 미끄러졌어요."

그녀의 눈가가 붉어지며 눈물이 고였다.

"남편은 운전을 조심스럽게 하는 사람인데 믿을 수 없어요. 여행사 직원 얘기론 그날 아침 남편이 당신과 통화하고 소리 지르며 나갔다는데 대체 차 안에서 무슨 일이 벌어졌던 거예요?"

그녀는 고개를 숙인 채 아무 말도 하지 않았다. 끓어오는 분노가 솟구쳐 소리칠까 봐 자제하기가 어려웠다. 옆 침대에 누워있던 60대 아줌마가 벽 쪽으로 몸을 돌리며 휴대폰을 뚫어져라 쳐다보았다. 흘깃 옆을 쳐다본 후 다시 신지수에게 다그쳤다.

"비도 와서 궂은 날에 왜 굳이 그 먼 곳에 가려고 했나요?"

"……."

"당신과 남편, 대체 어떤 사이죠? 둘이 사귀었나요?"

그녀의 낯빛이 잠시 흐려졌다 톤을 높이며 말했다.

"그런 거 아니에요! 지금은 다 말할 수 없어요. 죄송해요."

"대체 뭘 말할 수 없다는 거죠? 사고 원인을 알아야 내가 다시 살 수 있어요. 남편 죽음에 대해 의심을 남겨둔 채 애들 데리고 살아갈 용기가 나지 않는다고요!"

나도 모르게 목소리가 커지며 그녀의 팔을 잡고 흔들었다. 순간 그녀의 눈빛이 날카로워지며 소리쳤다.

"그만해요. 나도 피해자라고요. 이제 당신도 남편 없이 사는 게 어떤 것인지 알게 되겠네요. 남편이 어떤 일로 힘들어하는지 알지도 못했으면서 이제 와서 왜 이래요?"

"뭐라고요?"

말문이 막혀 소리친 후 말을 이어가지 못하는데 그녀는 고개를 돌리며 아무 말도 하지 않았다.

"당신 딸과 함께 찍은 동영상이 남편 휴대폰에 저장돼 있었어. 대체 내가 뭘 알지 못한다는 거지? 너희 둘이 마치 가족처럼 지냈다는 걸 모른다는 거야? 그런 거냐고!"

기가 막혀 말을 잇지 못하고 서 있는데 간호사가 뛰어 들어왔다.

"병원에서 소란 피우시면 안 돼요. 어서 나가세요."

나는 간호사에게 떠밀려 밖으로 나왔다. 멀리서 그녀와 눈이 마주쳤을 때 그녀는 하고 싶은 말을 다 하지 못한 사람처럼 먹먹히 나를 쳐다보았다. 허겁지겁 승강기를 타고 지하로 내려가 빠른 걸음을 내디뎌 차 안으로 들어갔다. 나만의 공간에 홀로 있으니 막혔던 울음이 터져 나왔다. 가방에서 젊은 의사에게 받았던 손수건을 꺼내 눈물을 쏟아냈다.

"멍청한 인간! 대체 왜 죽은 건데? 뭐냐고!"

참을 수 없는 울분이 오랫동안 지속되었다.

파랑이가 남긴 편지

철커덕 소리와 함께 깜깜한 현관에 불이 켜지며 어깨를 늘어뜨린 보라가 들어왔다.

"야옹"

"노니야!"

거실 불을 켠 그녀는 나를 안고 소파에 앉았다. 얼굴빛이 창백했다. 여기저기 눈물 자국이 묻어있었고 머리는 헝클어져 집을 나설 때 곱게 화장했던 그녀의 모습은 찾아볼 수가 없었다.

"노니야. 이제 난 어떻게 살아……흐흑."

한참 동안 나를 안고 울던 그녀가 갑자기 몸을 일으켰다.

"노니, 참치 줄까?"

나를 안은 채 부엌으로 간 그녀는 참치 캔을 까서 그릇에 담은 후 내려놓았다. 내가 허겁지겁 들이대며 남김없이 비우고 돌아서는데 파랑이 방에서 날카로운 비명이 들렸다.

"윽, 안 돼! 유진아!"

놀라서 소리 나는 쪽으로 얼른 가보니 그녀의 손에 A4 용지에 쓴 편지가 들려 있었다. 그녀는 편지를 움켜쥐고 큰 소리로 울어대며 가슴을 내리쳤다.

"유진아, 안 돼! 안 된다고!"

난 어정쩡하게 서서 지켜볼 뿐이었다. 휴대폰을 손에 쥔 그녀는 손과 입술이 바르르 떨렸고 창백한 얼굴로 전화를 걸었다.

"따르릉 따르릉…….."

휴대폰 너머로 답이 없자 다시 전화와 문자를 연거푸 해댔다. 하지만 아무런 답이 없었다. 창 너머로 달빛이 뿌옇게 퍼지며 스며들었다. 파랑이 방에서 나온 그녀는 안방으로 들어가 편한 옷으로 갈아입더니 욕실에서 얼굴을 씻고 다시 소파로 와 앉았다. 그때 '삐삐삐 철커덕'하는 소리와 함께 초록이가 들어왔다.

"다녀왔습니다."

그녀는 벌떡 일어나 신발을 벗고 있던 초록이 손을 이끌고 와서

고양이와 여자

소파에 앉혔다.

"엄마, 왜 그래요? 무슨 일 있어요?"

"유빈아, 이것 좀 봐. 너 유진이한테 무슨 말 들은 것 없니?"

"아뇨. 뭔데요?"

그는 보라가 건네준 편지를 읽었다. 그리고 씁쓸한 표정으로 편지를 내려놓으며 말했다.

"이 자식!"

"아무리 전화해도 받질 않아. 얘가 대체 어디로 간 걸까?"

"엄마, 진정하세요. 저번에 유진이가 호주에 가고 싶다고 했잖아요. 돈을 모으려고 하는 것 같아요. 배고프고 지치면 돌아올 거예요."

"넌 지금 그런 말이 나오니? 엄마가 전화하면 안 받으니까 네 휴대폰으로 다시 한번 해봐."

마지못한 표정으로 초록이가 휴대폰을 꺼내 들었다. 하지만 여러 번 통화버튼을 눌러도 받지 않았다. 한숨을 내쉬며 휴대폰을 내려놓으려던 그가 다시 보라의 표정을 살피고 버튼을 눌렀다.

"따르릉 따르릉……여보세요?"

파랑이 목소리가 휴대폰 너머로 들려왔다. 나는 다리를 곧추세우고 그들을 쳐다보았다.

'쉿!'

초록이가 검지를 입에 대며 스피커가 켜진 휴대폰에 입을 대고 말했다.

"유진아, 어떻게 된 거야? 너 지금 어디니?"

"형, 나 잘 있으니까 걱정하지 말고 엄마랑 잘 지내고 있어. 비행깃값 벌어서 6개월 정도 호주에 다녀올게"

옆에 있던 보라가 크게 소리쳤다.

"유진아, 엄마가 비행깃값 줄 테니까 집에 들어와! 어?"

"⋯⋯엄마, 미안해. 친구 형 소개로 알바 자리 얻었어. 여기 골프장이야."

옆에 있던 초록이가 다시 휴대폰을 잡아들었다.

"유진아, 너 무슨 일 있으면 형한테 문자나 전화하는 것 알지?"

"알았어. 그럴게."

옆에 있던 보라도 다급하게 소리쳤다.

"유진아, 엄마가 톡하면 받아야 해."

"알았어. 나 바빠서 이만 끊을게. 엄마, 형, 잘 지내. 뚜뚜뚜⋯"

보라는 연신 눈물을 훔쳐냈다. 아예 수건을 가져와서 거기에 대고 흐르는 눈물을 닦았다.

"엄마, 유진이 믿고 기다려 봐요. 외삼촌이나 외할머니한테 전화하면 또 한소리 들을 테니까 우리 그냥 기다려요. 유진이가 연락한다고 하잖아요."

"알았어. 너도 그만 가서 씻고 간식 먹어."

보라는 수건에 얼굴을 파묻고 말했다. 초록이가 일어나 방으로 들어가더니 옷을 갈아입고 다시 나와 욕실로 들어갔다. 그녀는 눈물을 훔치고 남겨진 편지를 다시 읽어 내려갔다.

엄마, 형

아빠가 돌아가신 지 얼마 안 됐는데 내가 또 이렇게 집을 나가니 정말 미안해. 하지만 집에 있어도 매일 게임만 하고 잠만 자니 내 자신이 바보가 되는 것 같아. 그래서 결심하고 집을 나가기로 했어.

내 친구 형이 골프장에서 일하는데 거기서 보조하면서 6개월 정도 일하면 호주로 가는 비행깃값은 벌 수 있을 거야. 호주로 이민 간 친구 정호가 있는데 엄마가 외국인이랑 재혼해서 그곳에 살고 있어. 친구는 독립해서 따로 사는데 낮엔 학교에 가고 저녁이랑 주말엔 목공소에서 알바 한대. 거긴 애들이 알바하면서 공부하는 게 흔한 일이래. 다행히 외국인 아빠가 변호사라 돈 걱정은 없다면서 나한테 6개월 정도 같이 지내자고 했어.

엄마, 형,

난 공부보다 다른 일을 하고 싶어. 일해서 돈도 벌고 이것저것 경험도 많이 해 볼 거야. 여권은 엄마 방에서 가지고 나왔어. 외국에 가도 오래 못 있으니까 잠시 갔다 올게. 너무 걱정하지 말고 잘 지내. 형도 공부 잘하고 문자 할게.

조언

생각지도 못했던 일들이 한꺼번에 터지니 어떻게 해야 할지 갈피를 잡을 수 없었다. 누구라도 옆에 있으면 붙들고 얘기하며 해답을 구하고 싶었다. 유진이의 가출은 남편의 죽음보다 더 아슬아슬하고 위태로웠다. 아직 열다섯밖에 안 된 미성년자가 집을 나가 당할 일들을 생각하니 온몸이 위축되면서 두려움이 몰려왔다. 호주 어느 지역에선 눈 깜짝할 사이에 실종된 사람들이 죽임을 당해 버려진다는 얘길 해외 토픽에서 본 걸 생각하니 험한 상상에 몸서리가 쳐졌다.

밤새 몸을 뒤척이고 다음 날 새벽에 일어나 아무 일 없는 듯 유빈이를 챙겨 학교에 데려다 준 후 다시 빈집에 들어와 청소기와 세탁기를 돌리고 음식을 만들어 놓았다. 청소하는 동안 내내 친정이나 시댁에 유진이가 가출한 것을 말해야 할지 골똘히 생각하며 입술을 깨물었다.

'친정에 말하면 유진이에 대한 욕과 비난이 쏟아지겠지. 그래도 유진이를 찾을 수 있다면 그렇게 하겠어. 하지만 그들이 내게 해 줄 수 있는 건 경찰에 신고하는 일일 텐데 그렇게 되면 뭔가 해보려던 유진이의 꿈은 좌절되겠지. 아예 의욕 없는 애가 돼 버릴 수도 있어. 어떡하지?'

머리는 청소기처럼 빙빙 돌아가면서 기다림이 최선의 방법이라는 결론에 다다르고 있었다. 먼저 유진이 학교에 가서 두 명의 선생님을 만나 조언을 얻는 것이 좋겠다고 생각했다. 청소를 끝내고 학교에 전화를 걸어 약속 시간을 정한 후 시간에 맞춰 1층 교무실로 향했다. 나를 맞아준 사람은 김수열 선생님이었다.

"선생님, 안녕하세요?"

"유빈이 어머님, 오랜만이네요."

"선생님께 상의 드릴 게 있어서 전화 드렸어요."

"일단 이리로 오세요."

충청도 사투리를 섞어 말하는 그의 구수한 인상과 넉넉한 웃음은 예전 그대로였다. 유빈이가 중학교 3학년, 유진이가 중학교 1학년 때 담임이었던 그는 수학 담당이었고 유빈이가 임원이 되면서 자주 보게 되었다. 그 당시 딱히 하는 일이 없었던 나는 한 학기 동안 상담보조교사로 일하면서 그와 이런 저런 얘기를 나누었다. 그는 마흔을 넘겨 유방암으로 그의 아내를 잃었다고 했다. 그를 위로하며 애들에 대한 사사로운 고민을 나누었던 게 떠올라 새삼 조언을 듣고 싶었다. 그가 안내한 휴게실로 가서 소파에 앉은 후 종이컵의 물을 마시며 말을 꺼냈다.

"선생님, 어떡해요."

"무슨 일 있으세요?"

나는 유진이가 남긴 편지를 그에게 내밀었다. 아무 말 없이 편지를 읽고 난 그가 묵묵히 나를 쳐다보았다. 내가 먼저 입을 열었다.

"유진이가 중2에 올라오면서 센 애들이랑 몰려다니고 피시방을 전전해서 많이 힘들었는데 그래도 옆에 있을 땐 이렇게까지 절망적이진 않았어요. 그런데 지금은 소중한 것을 잃어버린 것처럼 마음을 진정시킬 수가 없어요. 선생님, 어떡하죠? 경찰에 신고해야 할까요?"

"일단 눈물부터 닦으세요."

그도 젊은 의사처럼 손수건을 내밀었다. 잠시 머뭇거리던 그가 천천히 말을 꺼냈다.

"어머니께 이런 조언을 해도 될지 모르겠어요."

그가 뜸을 들이며 말을 잇지 못했다.

"선생님, 뭐라도 좋으니 얘기 좀 해 주세요. 상의할 사람도 없고 도무지 방법을 모르겠어요."

소처럼 동그란 눈을 껌뻑이며 그가 말을 이어갔다.

"어머님이 많이 힘드시겠지만 유진이가 원하는 대로 경험하게 놔두면서 기다려 보는 게 어떨까요? 반년 정도의 시간이 지금 눈앞에선 길게 느껴질지 몰라도 멀리 보면 유진이가 자립하고 성숙할 수 있는 귀한 시간이 될 수도 있어요."

그는 내가 원하는 답을 알고 있듯이 말했다.

"흑흑……선생님 말씀은 기다리라는 얘기네요."

그때 그가 내 안색을 살피며 물었다.

"그런데 요즘 무슨 일 있으세요? 얼굴이 많이 안돼 보여요."

"얼마 전 남편이 교통사고로 사망했어요. 그런데 한 달도 안 돼서 유진이가 집을 나간 거예요. 흑흑……."

　　　　　　　　　　　　　　　고양이와 여자

"그런 일이……많이 힘드셨겠네요."

"선생님을 먼저 뵙고 유진이 담임 선생님을 만나려고 했어요. 저도 선생님이랑 같은 생각을 했지만 결정을 못 하고 있었는데 이렇게 말씀해 주셔서 감사합니다."

"그럼 다행이고요. 유진이 찾으면 꼭 연락 주세요."

"네."

일어서는 내게 그는 손을 내밀어 악수하며 두 손을 잡아 주었다. 1층 교무실에서 나온 후 화장실에 들어가 화장을 고치고 유진이 담임 선생님을 만나러 2층으로 올라갔다. 그녀와 상담을 하고 층계를 내려오는데 마지막으로 그녀가 했던 말이 머릿속을 맴돌았다. 그것은 유빈이가 한 말과 같았다.

"배고프고 힘들면 다시 돌아올 거예요. 너무 걱정하지 마세요. 어머니!"

학교에 주차된 차를 타고 여행사로 향했다. 나현미 씨를 만나 처리할 일이 많았다. 재무 상황을 점검하고 직원들 퇴직금을 정산해야 했다. 남편이 사무실 보증금을 다 써서 남은 것이 없었지만 다행히 알고 있는 것 이상의 빚은 없었다. 남편이 죽기 전에 한 번 더 빚을 얻어 사업을 확장하려 했지만 무슨 이유에서인지 그만두었다고 했다. 그리고 보증금으로 월급을 주며 자잘한 비용을 대신했다고 했다.

남편의 사망 보험금으로 이것저것 융통하고 작은 사무실 정도는 구할 수 있을 것 같았다. 온라인과 SNS를 통해 홍보하면서 사업을 이어가려 했기에 굳이 큰 사무실이 필요하지는 않았다. 대신 컴퓨터를 잘 다루는 남자 직원이 한 명 더 필요했기에 구인 광고를 내고 집 가까운 구로동에 적당한 사무실을 알아보았다. 안목 있는 현미 씨의 도움을 받아 신속하게 일을 처리할 수 있었다. 그녀와 헤어지고 오는 길에 오빠에게 전화했다.

"오빠, 저녁에 잠깐 들를게. 엄마 집에서 만나."

여행사가 있는 을지로에서 친정엄마가 사는 잠실로 차를 몰았다.

3

초록이와 SNS 사건

선의의 거짓말

'핫핫핫!'

엄마네 집 현관을 들어서자 잔느가 꼬리를 흔들며 혓바닥을 들이댔다. 깡마른 몸에 쫙 달라붙은 갈색 비로드 털을 가진 잔느를 만지자 뽀드득 소리가 날 것처럼 부드럽고 반들반들했다.

"잔느, 저리 가!"

오빠가 현관으로 나오며 잔느에게 소리치자 잔느를 쓰다듬던 손을 얼른 접었다. 낑낑거리는 잔느를 뒤로 하고 그대로 소파로 가서 앉았다. 엄마와 일찍 퇴근한 오빠가 나와 마주 앉았다. 먼저 엄마가 말을 꺼냈다.

"요즘 대체 뭐 하고 다니는 거니? 서 서방 회사는 처분했어?"

대답하기 전에 옆에 있던 오빠가 끼어들었다.

"앞으로 서 서방 없이 어떻게 살 건지 네 계획 좀 들어보자."

난 심문당하는 사람처럼 천천히 입을 열었다.

"서 서방 회사 처분하고 초창기에 같이 일했던 나현미 씨랑 여행사 축소해서 계속하려고 계획 중이야."

"돈은 있어?"

"사망보험금 나온 거로 애들이랑 생활하고 변두리에 작은 사무실 정도는 얻을 수 있을 거 같아. 오빠 돈까지 갚기엔 모자라고."

"서 서방 죽은 마당에 그 돈 당장 갚으라고는 안 해. 그리고 사업이란 게 만만치 않아. 변두리면 더더욱 그렇지. 그런데 그 큰 사업을 너 혼자 감당할 수 있겠어?"

"할 수 있어. 현미 씨도 이 바닥에선 베테랑이라 괜찮아. 상품은 홈페이지 있으니까 홍보 잘하고 관리 잘하면 될 거야."

남편이 살아있을 때 지금 이곳에서 우리 부부는 돈 문제로 오빠와 언쟁을 하곤 했다. 하지만 마지막에는 항상 선생님께 혼나는 애들처럼 남편과 나는 죄지은 사람처럼 고개를 숙였고 오빠는 그 앞에서 일장 연설을 늘어놓았다. 안 좋았던 기억 때문인지 오늘도 잔뜩 주눅이 들어 기어들어 가는 목소리로 말하는데 엄마가 끼어들며 화제를 돌렸다.

"유진이 아직도 속 썩이니?"

"어? 아니, 괜찮아. 잘하고 있어."

엄마는 갑자기 내 얼굴을 빤히 보더니 덧붙였다.

"근데 너 얼굴이 왜 그 모양이니? 서 서방 일 말고 다른 힘든 일 있어?"

고양이와 여자

"아니, 별거 없어. 남편 빈자리가 커서 그런가 봐. 얼굴이 왜? 이상해?"

"산송장 같아."

"뭐? 산송장?"

친정 엄마 말에 기분이 상해 얼굴을 찌푸리니까 오빠가 엄마 어깨를 살짝 누르며 말했다.

"엄마는 말을 해도 왜 그렇게 해요? 애도 서 서방 장례 치르고 뒤치다꺼리하느라 힘들겠죠."

이어 오빠는 나를 보면서 말했다.

"어쨌든 수현이 너 정신 바짝 차리고 살아야 해. 사회생활이 만만치 않을 거야. 각오 단단히 하고 일 시작하기 전에 다른 일도 알아보면서 신중히 선택해. 여행사 일이 두 사람만으로 되는 게 아니야. 이것저것 더 알아봐. 그리고 유진이 그놈 속 썩이면 언제든지 말해. 오빠가 한마디 해 줄 테니까."

"아…알았어. 그럴게."

오빠와 엄마의 기에 눌려 서둘러 일어나려니 엄마가 말했다.

"배고픈데 밥 먹고 가지 벌써 가려고?"

"아니, 애들 올 때 돼서 밥은 담에 먹을게."

"그럼 얼른 가봐라."

엄마가 지갑에서 돈을 꺼내려 하자 오빠가 얼른 지갑을 열어 오만 원짜리 두 개를 건네줬다.

"애들 맛있는 거 사주고 갈 때 기름 넣어."

"괜찮은데……고마워. 이제 갈게."

내가 일어서자 잔느가 꼬리를 흔들며 다가왔다.

"멍멍!"

"잔느, 잘 있어."

신지수에 관한 일과 유진이 가출에 대해 말하면 집안이 시끄러워질 걸 알기에 입을 꼭 다물고 나왔다. 그 사실을 안다면 아마 두 사람은 당장 우리 집으로 쳐들어와서 유진이 가출로 경찰에 신고하고 매일 찾아오거나 전화해서 그의 소식을 물을 것이다. 엄마는 신지수에게 달려가 다짜고짜 머리끄덩이를 잡아챌 것이고 오빠는 전후 사정 안 보고 화를 낼 게 뻔했다.

내 문제를 대하는 친정 식구들의 해결 방식을 알기에 이번엔 내 스스로 부닥치며 해결하고 싶었다. 모든 것을 혼자 감수하려고 결심했다. 차를 몰아 잠실 대교를 건너는데 휴대폰이 울렸다. 스피커를 켰다.

"네, 유빈이 선생님 안녕하세요? 어쩐 일이세요?"

"어머니, 내일 금요일인데 학교에 오실 수 있으세요?"

"네? 무슨 일 있나요?"

"유빈이가 SNS에서 성적 수치심을 유발하는 욕을 했다고 상담실에 여학생 신고가 들어왔어요."

"네? 말도 안 돼요. 그럴 애가 아닌데…… 무슨 일로요?"

"자세한 건 더 알아봐야 하는데 여학생이 울면서 상담실을 찾아왔대요. 카톡에서 모욕적인 욕을 들었다고요."

고양이와 여자

"그 여학생 이름이 뭐예요?"

"불어과 고미라 학생이에요."

"선생님, 혹시 그 카톡 내용 보셨나요?"

"아뇨, 보여주진 않았어요."

"제가 지금 운전 중인데 집에 가서 유빈이랑 얘기해 보고 낼 오전 중으로 학교에 들르겠습니다."

"그럼 낼 11시쯤 오실래요?"

"네, 그 시간에 뵐게요."

심장이 뛰면서 얼굴이 일그러졌다.

'작은놈은 가출에 큰놈은 이제 하다하다 여자 문제까지 일으킨 거야? 허헛 허허헛……'

헛웃음이 나왔다. 아찔하고 허탈했다. 정신 차릴 틈도 없이 연거푸 가격당하는 권투선수처럼 여기저기 얻어터지는 느낌이었다. 어디까지 마음을 내려놓고 바닥을 쳐야 심장이 요동치지 않을지 열이 달아올라 얼굴이 화끈거리며 식을 줄을 몰랐다. 차들이 다니는 한강 옆으로 넓게 펼쳐진 하늘이 붉게 물들면서 서서히 어둠이 내려앉고 있었다.

엉켜진 실타래

저녁 7시 30분쯤 보라가 들어왔다. 그녀는 현관문을 들어서자마자 파랑이 방으로 들어갔다. 불 꺼진 방은 텅 비어 있었다. 그녀는 불을 켠 후 방을 한 번 휙 둘러보고는 액자 속 사진을 한참 동안 쳐다본 후 다시 불을 끄고 나왔다. 11시가 가까워져 오자 검은 가방을 멘 초록이가 학교에서 돌아왔다. 씻고 나와 식탁에 준비된 샌드위치를 먹고 우유를 마신 그가 일어서서 방으로 가려 하자 보라가 그를 붙잡고 다시 식탁에 앉혔다. 나 역시 밤에만 볼 수 있는 초록이가 반가워 그를 쫓아다니다가 그가 앉은 식탁 옆에 자리를 잡고 누웠다. 보라가 말을 꺼냈다.

"오늘 학교에서 무슨 일 있었니?"

"무슨 일이요?"

"정말 아무 일 없었어?"

"네."

"아까 외할머니 만나고 오는 길에 네 학교 담임 선생님께 전화가 왔어."

"네? 뭐라 하세요?"

"네가 카톡에서 고미라라는 여학생에게 욕하고 성적 수치심을 주는 문자를 해서 정신적으로 피해를 입었다면서 그 애가 상담소를 찾아왔대. 미라라면 엄마도 아는 애잖아. 학부모 빵 봉사 가던 날 미라랑 그 엄마도 본 적 있었어. 그때는 사이좋았던 것 같은데 대체 무슨 일이니?"

"정말, 그년이."

"뭐?"

"엄마, 나도 지금까지 미라한테 당한 일이 한두 개가 아녜요."

"너희 둘 대체 왜 그러니? 둘이 사귀니?"

"아녜요. 그냥 친구예요. 그런데 미라가 나랑 사귄다고 자기 반 애들이랑 우리 반 애들한테 여기저기 소문내고 다녀서 난처한 일이 한두 번이 아니었어요. 미라는 내가 다른 여자애들이랑 있는 꼴을 못 봐요. 여자애들하고 얘기하거나 둘이 있기라도 하면 그 애들을 따로 불러서 욕하고 소리 지르고 협박해서 당한 애들이 와서 따진 적도 여러 번 있었어요. 이러다 나도 왕따 될 지경이에요. 걔 때문에 정말 미치겠다고요!"

"미라가 왜 그러는 건데?"

"처음엔 그냥 같은 봉사활동 친구로 잘해 줬는데 언제부터 나한테 자기 얘길 털어놨어요. 초등학교 때 부모가 이혼해서 엄마랑 둘이 산다고요. 그 얘길 들으니 불쌍하고 안 돼서 매점에서 간식도 사주고 힘내라는 얘기도 자주 해줬어요. 그랬더니 그다음부터 내가 자기랑 사귄다고 여기저기 떠들어 댔어요. 어느 날 친구랑 축구하려고 불어과에 갔는데 내가 나타나자 불어과 애들이 남편 왔다고 야유하는데 창피해서 쥐구멍이라도 있으면 들어가고 싶을 지경이었다구요!"

"그런 일이 있었어?"

"엄마는 내가 여자애들한테 별로 관심 없는 것 알잖아요. 그래서 미라한테 왜 그랬냐고 화를 냈더니 갑자기 내가 자기 좋아하는 것 아니었냐며 소리치는 거예요. 잘해 주더니 지금 와서 왜 그러냐고요. 그래서 내가 간식 사주는 정도는 다른 여자 애들한테도 다 하는 일이라고 했더니 날 째려보면서 이를 악물더라고요."

"그래서? 욕했어?"

"아뇨, 그날 저녁 야간자율학습을 하는데 미라가 주말에 한 번 만나자고 계속해서 톡을 했어요. 내가 싫다고 하니까 걔가 먼저 욕했는데 뭐라 했는지 알아요?"

"뭐라 그랬는데?"

"'네가 그러니까 네 아빠가 그 따위로 죽었지!' 하는 거예요. 난 너무 화가 나서 그게 아빠랑 무슨 상관이냐며 너 같은 걸레는 트럭으로 줘도 안 갖는다고 했더니 그게 발목을 잡은 것 같아요. '걸레'라고 한 것이 그만……."

"큰일이네. 미라랑 잘못 얽힌 것 같아. 내가 그 애 엄마를 만나봐야 하나?"

"엄마가 왜 미라 엄마를 만나요? 그냥 놔두세요. 제풀에 꺾이겠지요."

"글쎄, 괜찮을까?"

두 사람이 애기를 나누는 동안 난 옆에 누워 털을 핥았다. 여태껏 빈집에서 혼자 있다가 인간의 체취를 맡으니 마음이 안정되었다. 그들과 가까이 있는 것만으로도 좋았다. 이어 보라와 초록이가 일어나 각자 방으로 들어갔다.

따뜻한 밤기운이 아늑했다. 루루 할머니는 자고 있을까? 집 나간 파랑이는 잘 지낼까? 초록이는 괜찮을까? 모두에게 아무 일 없기를 달빛에 빌어 보았다.

〈번외 4〉 검은 마스크의 죽음

낮에 혼자 있으며 수시로 루루 할머니 집에 왔다 갔다 했다. 할머니는 나날이 쇠약해지고 있었다. 어제는 루루 할머니랑 항상 오가는 난간을 타고 내려와 뒷산 초입으로 가서 햇볕을 쬐고 왔다. 산 입구로 향하는 계단을 오르니 들고양이 두 마리가 우리를 발견하고 내려왔다. 로미오와 순덕이었다. 콧수염을 길게 늘어뜨린 검고 하얀 줄무늬 고양이 로미오와 짧은 귀를 쫑긋이 세운 황색 고양이 순덕이는 이제는 보기만 해도 편하고 좋았다.

"루루 할머니, 몸은 괜찮으세요?"

로미오가 물으니 그녀는 괜찮다고 답했다. 이어 그는 나를 보면서 말했다.

"노니, 어제 검은 마스크가 잡혔어. 그도 이제 많이 늙었는지 지치고 힘들어 보이더라. 포획되는 그물 안에서 눈이 마주쳤는데 혀를 길게 내밀고 체념한 듯 헉헉대는 모습이 참 씁쓸했어."

"결국 그렇게 됐구나!"

부모를 죽인 원수가 잡혔는데 속이 시원하기는커녕 마음이 허전했다. 아무 말 없이 고개를 숙이니 나를 쳐다보던 루루 할머니가 말했다.

"노니야, 이제 너도 응어리진 마음 풀고 그를 용서하는 건 어떠니? 검은 마스크도 살기 위해 어쩔 수 없었을 거야. 과거 일은 모두 잊고 새롭게 살자."

대답을 안 하고 있으니 옆에 있던 순덕이가 루루 할머니에게 물었다.

"할머니, 고양이들은 어떻게 사는 게 잘 사는 거예요?"

한참 동안 하늘을 쳐다보던 그녀가 시선을 떨구며 우리를 쳐다봤다.

"너희들은 자연이 주는 소리에 귀 기울이며 살아야 한다."

"그게 무슨 말이에요?"

순덕이가 재차 물었다.

"자연이 주는 소리는 본성을 회복할 수 있게 해 준다. 예부터 고양이들은 상서로운 일들을 미리 전해 줄 수 있는 영험함을 갖고 있었지. 그런데 세상이 변하면서 그 영험함은 점차 사라지고 우린 너무 평범한 고양이가 되어가고 있단다. 하지만 이제부터라도 남아 있는 자연과 소통하면서 명상하면 고양이의 본성을 회복하고 인간과도 영감을 주고받으며 소통할 수 있는 날이 올 거야."

내가 울먹이며 다시 물었다.

고양이와 여자

"검은 마스크를 용서하면 그도 선한 본성을 찾을 수 있을까요?"

"글쎄다. 이제 그는 포획됐으니 다시는 그런 들개가 나타나지 않길 바라야겠지."

루루 할머니 얘기를 들으며 잠시 용서라는 생각이 스쳤다. 하지만 오랜 시간 나와 내 부모, 그리고 약한 동물을 괴롭혔던 그를 생각하니 뭔지 모를 회한이 몰려오며 어느새 내 눈엔 눈물이 고였다.

'결국 죽게 될 걸 왜 그렇게 많은 동물들을 죽이고 괴롭혔던 거야! 나쁜 놈!'

융과 이유를 떠올리며 눈물을 흘리자 루루 할머니와 친구들이 옆에서 위로해 주었다. 난 참았던 울음을 한껏 토해내며 크게 울부짖었다. 그날 이후 나는 응어리진 것을 풀고 다시 새로운 생활을 할 수 있었다.

자존심 대결

한숨 자고 일어나니 무거웠던 몸이 한층 가벼웠다. 하지만 오늘 유빈이 학교에 가서 해결해야 할 일들을 생각하니 가슴이 답답했다. 시간에 맞춰 차를 가지고 K외고 교문에 들어섰다. 고즈넉한 운동장은 텅 비어 있었다. 2층 교실 너머 중국어 특유의 높낮이로 책 읽는 소리가 낭랑하게 들려왔다. 1층 로비에 서서 교실로 향하는 곳과 교무실 쪽 방향을 확인하고 유빈이 담임 선생님이 있는 교무실로 향했다. 긴장감이 어깨를 눌렀다. 어제는 무거운 마음으로 유진이 선생님을 만났는데 오늘은 유빈이 일로 다시 담임 선생님을 만나야 하는 처지가 너무도 처량했다. 나도 고등학생이었던 때가 엊그제 같은데 이제 문제를 일으킨 아들 엄마가 되어 학교를 찾으니 여러 가지 감정이 교차했다.

나를 맞아준 유빈이 담임 선생님은 바로 얘기를 꺼냈다.

"지금 유빈이가 학교생활 잘하고 있는데 이 문제가 해결되지 않고 불거지면 생활기록부에 치명적인 영향을 끼치게 됩니다. 아무래도 유빈이가 그 여학생 기분을 생각해서 사과하거나 달래는 수밖에 다른 방법이 없을 것 같아요. 어머니!"

"선생님, 유빈 아빠 장례식 치른 지도 얼마 안 됐는데 이런 일이 생기니 정말 난감하고 죄송합니다. 어제 유빈이랑 집에서 얘기해 봤는데 유빈이도 화가 많이 나 있었어요. 자기는 사과할 일 없고 저에게도 아무것도 하지 말래요. 그 여학생한테 친구로 잘해 준 것밖에 없는데 자기랑 사귀지 않는다고 제 아빠가 죽은 걸 약점 삼아 몰아치니 못 참겠대요."

"저도 들어서 알고 있습니다. 그런데 방법이 없어요. 제가 그 여학생을 만나봤는데 그 애도 어찌나 고집이 세던지 굽히려 하질 않아요. 자신은 잘못한 것 없고 유빈이 행동이 다 잘못됐다면서 처벌해 달라고 했어요. 별일도 아닌 것 같은데 둘 다 고집이 보통이 아니라 그냥 화해하라고 해도 도통 말을 듣지 않아요. 저도 조용히 처리하려고 이렇게 어머님을 뵙자고 한 거예요."

"알겠습니다. 이렇게 신경 써 주셔서 너무 감사합니다. 제가 다시 유빈이 타이르고 그 여학생 엄마도 만나 보겠습니다. 면목 없지만 잘 처리될 수 있게 부탁 좀 드릴게요."

일본어를 가르치는 40대 여자 선생님이 무엇을 좋아할지 생각하다 오는 길에 학교 가까운 백화점에 들러 국화차와 찻잔 세트를 샀다. 차를 좋아한다는 얘길 유빈이에게 들었던 것이 떠올라 주저 없이 고른 선물이었다. 지난번 A호텔에서 마셨던 국화차 향이 감각 어딘가에 박혀있었는지도 모르겠다. 선물을 내미니 그녀가 웃으며 말했다.

"이런 것 안 사 오셔도 되는데 어쨌든 제가 좀 더 신경 쓰겠습니다."

학교를 벗어나 가까운 공원에 차를 대고 미라 엄마한테 전화를 걸었다. 그녀가 전화를 받으며 말했다.

"미라가 유빈이를 좋아하는데 유빈이가 도통 관심을 가져주지 않고 미라 자존심까지 긁어 놓으니 그런 일이 생긴 것 같아요. 유빈이는 봉사활동 하면서 봐 와서 그 애가 순하고 착한 건 저도 알고 있죠. 제 딸에게 험하게 대했을 거라 생각지도 않고요. 다만 유빈이가 미라를 좀 더 이해해 주고 감정을 누그러뜨릴 수 있도록 부드럽게 사과해 주면 어떨까요? 그러면 일이 잘 해결될 것 같아요."

"알겠습니다. 미라 어머니, 제가 집에서 다시 잘 얘기해 볼게요."

밤에 다시 유빈이와 마주 앉았다.

"유빈아, 엄마 부탁인데 네가 미라한테 사과하면 안 될까? 엄마가 신경 쓸 일도 많고 너도 길게 가서 좋을 것 없잖아. 어?"

"……알겠어요. 제가 미라 한번 만나서 얘기해 볼게요."

"그래, 잘 생각했어. 엄마는 너만 믿는다."

유빈이는 어두운 낯빛으로 일어섰다. 이성 문제로 얽히니 난감했다. 하지만 내일은 토요일이지만 사무실 계약차 나현미 씨와 만나기로 했기에 서류와 도장을 준비하려고 방으로 들어갔다. 남편 휴대폰은 열어볼 틈도 없이 방치되고 있었다. 유진이에게 대답 없는 문자를 남기고 그대로 잠이 들었다.

토요일 아침은 평일에 비해 한가했다. 오전에 유빈이는 학원에 가고 나는 11시 30분쯤 나현미 씨와 만나 사무실을 계약하려고 했지만 일을 성사시키지 못했다. 변심한 주인이 월세를 올리는 바람에 생각해 본다고 하고 일어선 것이다. 낙심한 마음으로 나현미 씨와 함께 점심을 먹은 후 4시쯤 집에 들어왔다. 옷을 갈아입으려는데 모르는 번호로 전화가 왔다.

"네."

"아줌마, 저 미라예요."

"미라? 그래, 미라야, 어제 학교에서 얘기 들었어. 오늘 유빈이가 너 만나서 사과한다고 했는데 어떻게 됐니?"

"사과요? 그게 사과하는 거예요?"

잔뜩 볼멘 목소리로 미라가 신경질적으로 말했다.

"또 무슨 일 있었니?"

고양이와 여자

"아줌마, 제가 유빈이 좋아하는 거 엄마한테 들어서 아시죠? 그런데 유빈이가 친구들 앞에서 내게 얼마나 개망신 줬는지 알기나 하세요? 우리 반 여자애들이 다들 내 남자친구로 알고 유빈이가 오면 남편 왔다고 하면서 부러워했는데 그 애들 앞에서 아니라고 너희들 모르면 가만있으라고 소리치고 나갔다고요."

"그래, 미안해. 아줌마가 대신 사과할게. 그런데 유빈이도 많이 창피했다고 하더라. 유빈이가 그런 문제로 주목받는 걸 엄청 싫어해. 그냥 둘이 화해하는 거 어떠니?"

"그럼 제 자존심은 어쩌라고요? 애들이 자작이었냐고 얼마나 비웃던지 죽고 싶을 만큼 괴로웠어요. 그리고 톡으로 '걸레'라고 했을 때 얼마나 수치스러웠는지 아줌마는 제 마음 모를 거예요."

"이해해. 그런데 오늘 유빈이가 사과한 것 아니었니?"

"아줌마, 오늘 유빈이가 뭐라 했는지 아세요? ……저한테 나가 죽으래요. 어떻게 그렇게 잔인해요? 가만두지 않을 거예요."

"뭐?"

일이 꼬여가는 것 같았다. 미라 감정을 최대한 자제시키며 말했다.

"미라야, 아줌마 봐서 화 풀어. 유빈이도 아빠 죽은 지 얼마 안 돼서 신경이 예민해서 그럴 거야. 너도 좀 이해해 주면 안될까? 유빈이 오면 아줌마가 다시 잘 얘기해서 진심으로 사과하라고 할게. 아줌마 믿고 기다려."

"일단 알겠어요."

미라를 진정시키느라 애를 먹었다. 딸을 키우지 않아 예민한 마음은 세세히 알 수 없지만 유빈이가 진정으로 사과하는 길밖에 답이 없을 것 같았다. 입술을 깨물며 유빈이가 올 시간을 확인했다.

4
죽음 전야

우울한 왈츠

유빈이와 대화를 하지 않은 채 2주가 지났다. 미라에게 전화를 받은 후 그 일에 대해 얘기해 보려 했지만 매일 구겨진 종이처럼 인상을 쓰고 말도 못 붙이게 해서 조마조마한 시간만 흘려 보냈다. 곧 있으면 방학이기에 오늘은 꼭 물어봐야겠다고 마음먹고 아침 등굣길에 차로 데려다주면서 입을 떼었다.

"유빈아, 미라 일 어떻게 됐니? 사과했어?"

"기말시험 시작됐으니까 끝나고 얘기할게요. 더 이상 묻지 마세요."

혹시나 하고 물어봤는데 역시나 하는 답변만 들었다. 남편이 죽은 후 유빈이의 태도가 점점 변하는 것 같아 마음이 편치 않았다.

유진이에게는 두어 번 문자가 왔다. 매일 밤, 잠을 청하기 전에 스토커처럼 문자를 해대도 답이 없더니 가뭄에 콩 나듯 카톡이 왔다.

'유진아, 잘 지내지?'

'어, 엄마도 잘 지내'

이 정도가 다였다. 남편이 죽은 이후 밤에 잠을 못 이루고 뜬눈으로 지새우는 날이 많아지면서 신경이 예민해져 갔다. 증상이 심해지면서 낮에도 정신이 몽롱해져서 신경안정제라도 얻을 겸 정신과를 찾았다. 월요일 아침 병원은 한산했다. 일본 순사처럼 코 밑에 짧은 수염을 기른 중년의 의사가 노련한 말솜씨와 눈웃음 배인 얼굴로 병원 문을 두드린 나를 맞았다. 내 얘기를 들으며 의사는 간간이 질문을 했다.

"잠을 얼마나 못 자나요?"

"자기 전 둘째 아들에게 문자하고 새벽 1시쯤 잠을 청하는데 새벽 4시가 넘도록 잠을 못 자거나 뜬눈으로 지새울 때가 많아요. 침대에 누우면 쿵쿵거리는 심장 소리가 크게 들리고 그 소리에 또 잠을 못 자곤 합니다."

"음, 언제부터 이런 증상이 나타났죠?"

"잠을 못 자게 된 건 2년 전부터였는데 최근 남편이 죽은 후로 부쩍 심해졌어요. 제가 곧 여행사 일도 시작해야 하는데 점점 무기력해져가니 엄두가 나질 않아요. 아들들에겐 내가 무가치한 사람이라고 자책하는 일도 많아졌어요. 요즘은 친정이나 시댁에서 걸려오는 전화 소리만 들어도 심장이 쿵쾅거리면서 깜짝깜짝 놀라는 일이 잦아졌어요."

"식사는 잘 하시는 편인가요?"

고양이와 여자

"아뇨, 음식 맛을 전혀 느낄 수가 없어요. 돌을 씹는 것 같아요. 흐흑……둘째 아들이 어디서 뭘 하는지 알 수 없는데 엄마인 제가 어떻게 밥을 먹을 수 있겠어요. 돌덩이가 가슴을 짓누르는 것 같아요."

무방비 상태로 얘기를 들어주는 사람 앞에서 아들 얘기를 꺼내니 눈물샘이 뚫린 듯 눈물이 주르르 흘러내렸다. 콧수염을 위로 치켜세우며 눈썹을 찌푸리던 의사가 화장지를 뽑아 건네주었다. 이어 부드러운 목소리로 물었다.

"주위에 터놓고 말할 사람 없나요? 사람이 아니어도 괜찮아요."

의사 말에 이 사람 저 사람 얼굴을 떠올려 보았다. 하지만 딱히 떠오르는 사람이 없었다. 그러다 문득, 노니 얼굴이 그려지며 미소가 지어졌다.

"저희 집에 고양이 노니가 있어요. 산에서 데려온 아기 고양이인데 들개에게 해코지당할 뻔한 저를 구해줬어요."

"아, 그런 고양이가 있어요? 특이하네요. 남편이나 아들, 친구를 대하듯 노니와 얘기해 본 적은 있나요?"

"아뇨, 귀여워하기만 했지 속마음을 얘기해 본 적은 없어요. 계속 바빴거든요. 그래도 노니는 항상 내 곁을 지켜줬어요."

의사가 미소 지으며 마무리하는 멘트를 날렸다.

"이제 집에 가시면 노니에게 아무 말이나 떠들어보세요. 다음에 오실 땐 노니와 어떤 말을 했는지 들어보고 감정이 변화되었는지 살펴볼 거예요. 혈관에 좋은 영양제도 처방해 드릴 테니 하루 두 번 드세요. 어느 정도 우울감이 사라질 겁니다."

약 처방을 받고 일주일 후 같은 날 예약 날짜를 잡고 병원에서 나왔다. 의사와 상담할 땐 답답했던 마음이 뻥 뚫리는 것 같았는데 밖으로 나오니 크게 달라진 게 없었다. 오히려 나의 치부를 드러낸 것 같아 한없이 부끄러웠다.

현관문을 열고 집에 들어오니 놀이터에서 노는 아이들 목소리가 울려 퍼져 잠시 놀이터를 바라본 후 옷을 갈아입었다. 간단히 집안 청소를 하고 음식을 마치니 해가 기울어지고 있었다. 붉게 내려앉는 해를 보려고 커튼을 젖혔다. 끈으로 묶어 두고 주방에 가서 물한 잔을 마시고 왔는데 어느새 풀렸는지 선득한 바람이 거실 안으로 들어와 커튼이 날리고 있었다. 비가 오려는지 바람이 시원했다. 나도 모르게 발걸음이 베란다 밖으로 향했다. 활짝 열려있는 창문 너머 누군가 오라고 손짓하는 것 같았다. 양손으로 베란다 난간 철대를 잡고 아래를 내려다보았다. 열 때마다 삐걱거리는 소리로 신경을 예민하게 했던 경비실의 오래된 문이 열렸다 닫히고 그 옆에서 있는 시계탑이 7시 40분을 넘기고 있었다. 아이들 목소리도 하나 둘 사라지고 정적이 흘렀다.

선득한 바람이 목덜미와 머리카락을 스치며 기분 좋게 얼굴에 닿았다. 구름 위를 걷는 것처럼 몸이 가벼워져서 눈을 감으니 날고 있는 것처럼 자유로웠다. 미소가 지어졌다. 스무 살의 내가 설레는 마음으로 첫사랑 남자 친구를 만나러 가는 버스에 앉아있었다. 창문 너머로 구름이 뭉실뭉실 떠 있었다. 몸이 붕 뜨며 구름 위를 걷

고양이와 여자

는 것처럼 주체할 수 없는 감정이 올라왔다. 나도 모르게 몸을 숙이니 손의 힘이 풀렸다.

"아악!!!"

루루 할머니의 죽음

일주일간 하루도 빠짐없이 루루 할머니를 보러 갔다. 그녀를 만나러 가는 건 이젠 일상이 되어 버렸다. 옆집 집사는 루루 할머니를 안고 동물병원에 가는 날만 낮에 보였고 그 외엔 항상 밤늦게 들어왔다. 아버지로 보이는 50대 남자는 군용차처럼 생긴 오래된 차를 타고 아침 일찍 출근했다. 여자의 그림자는 어디에도 보이지 않았다. 난 오래된 아파트의 구조를 빠르게 익혔기에 난간을 타고 루루 할머니가 있는 곳으로 가는 건 이젠 아주 쉬운 일이 되었다. 그녀는 늘 누워있었고 몸을 움직이는 것이 어려워 보였다. 난 할머니가 누워있는 머리맡에서 쉼 없이 얘기하다가 마지막엔 어릴 적 이유가 불러주었던 고양이 노래를 들려주었다. 그러면 그녀는 편안하게 잠이 들었다.

오늘도 아침나절에 보라가 나간 후 베란다 난간으로 올라가 옆집 베란다로 균형을 잡고 가서 가볍게 착지한 후 그녀가 누워있는 바구니로 다가갔다.

"루루 할머니!"

"오, 노니 왔구나!"

"오늘은 어떠세요? 뭐 좀 드셨어요?"

"아니, 이젠 아무것도 먹고 싶지 않구나!"

오늘따라 그녀는 유난히 기운이 없어 보였다. 난 멀리 떨어진 사료 통을 입으로 물고 와서 그녀 앞에 놓았다. 먹다 남은 우유가 조금 담겨 있었는데 냄새를 맡아보니 신선했다.

"할머니, 이거라도 드시고 기운내세요."

"괜찮다. 이제 이 세상을 마무리하고 다른 곳으로 가야 할 시간이 점점 가까워지는 것 같구나!"

"할머니, 저만 두고 가지 마세요!"

난 울고 있었지만 그녀는 어느 때보다도 편안해 보였다. 잔잔한 미소와 반쯤 감긴 눈으로 두 다리를 옆으로 나란히 뻗은 채 힘없이 누워 있던 그녀는 내게 무언가 얘기하려고 애를 썼다. 목소리가 작아서 귀를 갖다 대야 들을 수 있었다. 나는 그녀 얼굴 가까이 몸을 숙여 입가에 귀를 댔다.

"노니야, 넌 인간의 영혼을 구할 수 있는 존재란다. 그 방법을 찾는 건 너 자신만이 할 수 있어. 인간과 소통하는 법을 찾아서 그들과 진정한 가족이 되어라."

"알겠어요. 제가 그 일을 할게요. 그러니 제발 죽지만 마세요. 내곁을 떠나지 마세요."

눈물이 앞을 가리며 주르륵 흘러내렸다. 난 오로지 그녀가 살아주기만을 원했다. 그녀가 전해준 비밀스런 말 따위는 의미조차 되새기고 싶지 않았다. 하지만 그녀의 말은 귓속에 스며들며 울림처럼 퍼져들고 있었다. 순간 엄마, 아빠가 죽던 날의 공포가 되살아나서 울며 소리쳤다.

"할머니, 제발 가지 마세요. 죽지 마세요! 흐흑"

"노니야, 슬퍼하지 마라. 죽음은 슬픈 게 아니라 누구나 거치는 과정일 뿐이란다. 할미도 오래 살았다. 마지막 가는 길에 네가 함께해 줘서 편히 갈 수 있을 것 같구나. 너를 통해 내 들고양이 시절 언니를 떠올릴 수 있어 가슴 뭉클하고 행복했단다. 언니 말대로 널 만나게 되다니 꿈만 같구나! 고맙다. 노니야."

"할머니가 없었으면 전 인간 세상에 적응해서 살아갈 수 없었을 거예요. 할머니를 만나서 너무 좋았어요."

"아니다. 이 할미가 더 좋았지. 넌 내게 특별한 존재란다. 그런데 노니야, 네가 잘 살려면 네 집사를 보호해 줘야 한단다."

"네? 그게 무슨 말이세요?

"네가 사는 베란다에서 아래를 내려다보는 네 집사를 자주 보았단다. 그녀는 볼 때마다 위태로워 보였지. 네가 그녀를 붙잡아 주렴. 너의 모든 혼을 불어넣어 그녀를 살려야 한다. 그래야 너도 행복하게 살 수 있어. 그리고 이 할미가 가더라도 슬퍼하지 말고 너에게 주어진 하루하루를 잘 견디며 살아가거라.……할미는 이제 가야 할 시간이다. 노니야, 예쁜 내 아기, 사랑한다."

말을 마친 그녀가 숨을 헐떡이며 호흡을 몰아쉬더니 이내 힘이 빠지며 다리에 얼굴을 묻었다. 아직 마지막 숨이 남아 있었다.

"할머니 말대로 할게요. 걱정 마시고 편히 눈 감으세요."

"노니야, 마지막으로 노래 좀 불러 주겠니?"

타들어가듯 작은 목소리로 그녀가 마지막 말을 내뱉었다.

"네, 그럴게요."

낮은 목소리로 노래를 시작했다. 융과 이유가 잠 잘 때 불러주었던 잔잔한 노래였다. 산에서 울려 퍼졌던 그 노래는 지금 내 목소리를 통해 루루 할머니가 사는 집 안에 울림으로 전해졌다. 그 속에서 그녀는 조금씩 이 세상을 떠나고 있었다.

"아아아 르르르ㅁ 다아아 워워워 라라라, 이 고오오~우우우ㄴ 여어어 이이이ㄴ아, 아아ㄴ~녀녀~ㅇ!"

보라의 위기

'삐삐삐 띠리릭'

"다녀왔습니다."

현관문이 열리며 누군가 들어왔다. 냄새를 맡으니 초록이었다. 깜깜한 거실에 인기척이 없자 들어와 불을 켠 그가 바닥에 쓰러져 있는 보라를 발견하고 소리치며 그녀 옆으로 뛰어왔다.

"엄마! 왜 그래! 정신 차려!"

그는 바닥에 쓰러진 보라를 반쯤 일으켜 세우고 그녀의 몸을 흔들어댔다. 얼른 부엌으로 가서 컵에 물을 담아 가져와 그녀의 입에 대고 입술을 적셨다. 컵을 내려놓은 후 축 늘어진 그녀의 몸을 다시 흔들어대더니 귀와 목에 손을 대고 맥박이 뛰는지 살펴보았다. 그리고 코에 손가락 두 개를 갖다 댄 후 머리를 숙여 심장에 귀를 대보고 다시 일어나 그녀의 얼굴을 세차게 두드렸다. 바닥에 약봉지가 널브러져 있었다.

"엄마, 엄마, 나예요. 유빈이. 정신 차리세요. 나 때문에 약 먹은 거예요? 내가 잘못했어요. 내가 미라한테 사과할게요. 엄마를 이렇게 만들어서 죄송해요. 정신만 차리세요. 제발!"

그녀는 많은 약을 먹었지만 자살을 시도한 건 아니었다. 단지 약에 취해 정신이 혼미해졌는데 힘이 빠져서 그대로 쓰러진 것이다. 나는 그녀의 귀에 대고 말했다.

"ㅋㅇㅇㅇ(일어나세요!)"

그녀를 흔들어대던 초록이가 휴대폰을 꺼내어 누르려는데 희미한 목소리가 들렸다.

"유빈아,……엄마 괜찮아."

휴대폰을 내려놓은 그는 그녀의 몸을 받쳐 무릎에 대었다.

"엄마, 정신이 드세요?"

그녀가 고개를 끄덕였다.

"어떻게 된 거예요? 뭘 드신 거예요?"

그녀는 정신이 드는지 어눌한 말투로 천천히 말을 이어갔다.

"엄마가 너무 우울해서 약을 많이 먹으면 사라질 것 같아 이틀 치를 한꺼번에 먹었어. 그 후 정신이 몽롱해지더니 나도 모르게 쓰러진 것 같아. 의사가 혈관 영양제라면서 지어준 거라 괜찮을 줄 알았는데……."

"엄마가 죽은 줄 알고 너무 놀라서 심장이 멎는 줄 알았어요. 아버지도 돌아가시고 이젠 엄마뿐인데 엄마가 잘못되면 저도 살 의미가 없어요. 다신 이런 짓 하지 마세요. 그런데 이 약 영양제 맞아요? 무슨 의사가 주의 사항도 얘기하지 않고 약을 지어 줘요?"

그녀가 말을 잇지 않고 고개를 돌리더니 팔을 뻗어 나를 만지려 했다. 그러자 초록이도 나에게 시선을 돌렸다. 나는 아직도 그녀 옆에서 그들을 보고 있었다. 그녀가 내 목덜미를 쓰다듬으며 말했다.

"유빈아, 노니 아니었으면 엄마는 벌써 죽었어."

"네? 왜요? 어떻게 된 거예요?"

"엄마가 약에 취해서 베란다에서 떨어질 뻔했는데 노니가 엄마 다리를 물어서 정신을 차리게 된 거야. 노니는 강하게 엄마를 나무라는 듯했어. 얼마나 세게 물었던지 너무 아파 머리가 쭈뼛해지면서 거실로 온 것 같은데 그대로 바닥에 쓰러져 정신이 나갔던 것 같아."

"정말요? 노니야, 네가 엄마를 구한 거야? 정말 고맙다."

갑자기 초록이가 나를 안더니 내 몸을 부비며 울었다. 보라와 초록이 나는 모두 하나가 되어 고즈넉한 밤 살아있음에 기쁜 함성을 토해냈다. 달빛이 오랫동안 거실을 비추었다.

고양이와 여자

〈번외 5〉 영의 만남

정신이 몽롱해지며 손이 스르르 풀렸다. 베란다 아래로 몸이 기울어지려던 찰나 무언가에 물린 듯 종아리가 따끔하며 머리카락이 쭈뼛 섰다. 다시 한번 무언가 세게 내 발의 감각을 건드렸다.

"아얏!"

너무 아파서 뒤돌아보니 두 눈을 부릅뜬 노니가 나를 쳐다보고 있었다. 바라보는 눈빛이 이전과 다르게 빛났다. 그의 눈은 뭔가를 말하고 있는 것 같았다. 화가 난 것 같기도 하고 꾸짖는 것 같기도 한 그의 모습에 기가 빨려 들었다. 간신히 베란다에 기대었던 몸을 곧추세우고 그에게 다가갔다. 그의 눈은 텔레파시 같은 전파로 내게 말을 하는 것처럼 전해졌다.

"크으으응(소중한 생명을 지켜내세요.)"

"버티고 살아가는 게 너무 힘들어 노니야!"

"크으으으(존재하는 것은 존재해야 하는 의무가 있어요.)"

"난 무가치한 존재야. 애들한테 해 줄 수 있는 게 없고 남편도 나를 떠나 버렸어. 난 살아갈 이유가 없어."

"크으으응, 캬뜨뜨응(아녜요. 당신은 소중한 사람이에요. 당신은 지켜야 할 가족이 있잖아요. 하늘이 준 목숨을 스스로 끊는 것은 죄예요. 어떤 형태로든 살아가야 할 의무가 있어요.)"

"자신이 없어."

"크으으으응(내가 힘이 되어 줄게요.)"

"흐흑."

노니와 영감이 통하는 것 같더니 온몸에 힘이 풀리면서 그대로 바닥에 쓰러졌다. 어둠 속에 펄럭이는 커튼이 검은 그림자를 드리우며 집 안으로 들락날락하였다. 깜깜한 거실에 쓰러져 있는 내 곁을 노니는 두 눈을 번뜩이며 한 치의 움직임도 없이 지키고 있었다.

고양이와 여자

4부
———
화해와 통로

1

화해

골프장으로 가는 길

눈을 뜨니 어두운 방 안 침대 위에 누워있었다. 벽에 걸린 동그란 시계가 새벽 1시를 가리키며 움직인다. 유빈이가 나를 데려와 안방에 누였던 게 생각났다. 전등에 붙인 야광 색 별들이 작은 돔 위에서 반짝이고 있다. 눈물 한 방울이 또르르 떨어지며 귓속으로 들어갔다. 마지못해 몸을 일으켜 침대 헤드에 기대고 앉으니 휴대폰 불빛이 번쩍거렸다. 휴대폰에 찍힌 이름을 보고 얼른 전화를 받았다.

"……엄마, 나야."

"유진이니? 잘 지냈어?"

"어, 엄마 낮에 죽을 뻔했다면서? 형한테 전화 받았어. 괜찮아?"

"어 어, 괜찮아."

"어디가 아픈 건데?"

"그게, 위, 위가 안 좋아서 현기증이 난 것 같아……."

낮에 있었던 일을 생각하니 걱정할 것 같아 금세 화제를 돌렸다.

"유진아, 거기 어디니? 엄마가 한번 가보고 싶은데."

"여기……이천 골프장인데 내일 이리로 올 수 있어?"

"내일? 당연히 가야지. 토요일이니까 형하고 노니랑 같이 갈게. 아침에 출발하면 두세 시쯤 도착할거야."

"알았어. 내일 봐."

모처럼 얼굴이 펴지고 움츠려들었던 근육들이 활개를 치듯 탄력이 올라왔다. 남편 때문에 우울한 것인지 아니면 유진이 때문이었는지 알 수 없지만 아들의 전화를 받고 그날은 뒤척이지 않고 곤한 잠을 잘 수 있었다.

아침에 일어나니 몸이 솜털처럼 가벼웠다. 유빈이와 노니를 데리고 오전 10시쯤 집을 나섰을 때 도로엔 이미 차들로 꽉 차 있었다. '좀 더 일찍 나올걸' 하는 후회가 몰려왔지만 이내 생각을 떨쳐버리고 시흥IC 방향으로 달렸다. 에어컨 바람이 시원했다. 시흥 사거리에서 정지 신호를 받았을 때 잠시 고개를 돌려 뒤를 보니 유빈이 무릎 위에 노니가 포근히 안겨있었다.

"유빈아, 노니 괜찮니?"

"처음엔 벌벌 떨었는데 안아서 쓰다듬어 주니까 이제 편안해진 것 같아요."

다시 앞을 보니 파란불이 켜졌다. 시흥 사거리를 벗어나자 길이 뚫리기 시작했다. 영동고속도로를 달려 이천시에 들어서자 논바닥 위로 초록색 양탄자를 깐 듯 넓은 들판에 벼들이 잘 자라 타오르는 태양 아래 꼿꼿이 서 있었다. 창문을 내리니 훈훈한 시골 바람이 차 안으로 들어오며 휴식같이 편안한 정취가 느껴졌다. 도로 갓길에는 과일 파는 천막이 여기저기 늘어서 있고 검게 그을린 주인이 챙 모자를 눌러 쓰고 앉아 있었다.

적당한 곳에 차를 세우고 천막으로 가서 잘 익은 복숭아 몇 개를 샀다. 노르스름하고 말랑말랑한 복숭아를 한입에 먹어치우던 유진이 얼굴이 그려지며 미소가 지어졌다. 창밖으로 고개를 내민 채 멀뚱한 눈으로 이곳저곳을 살피는 노니를 보니 남편의 빈자리를 대신한 것 같아 흐뭇했다. 다시 차에 올라 시동을 걸었다.

"엄마는 어떤 꽃 좋아해요?"

뜬금없이 유빈이가 물었다.

"글쎄, 봄에는 홍매화가 좋고 여름엔 해바라기하고 배롱나무꽃이 좋지."

"왜요?"

"해바라기는 키다리아저씨처럼 바라보고 얘기하면 소원을 들어줄 것 같고 홍매화랑 배롱나무꽃은 타오르는 태양처럼 붉은색이 너무 예뻐."

"꽃말은 뭔지 아세요?"

"아니, 뭔데?"

"검색해 보니까 홍매화 꽃말은 인내, 해바라기는 기다림, 배롱나무꽃은 부귀래요."

"인내하고 기다리면 부귀가 찾아온다는 의미 같네? 흐흐."

차는 어느새 이천 블랙 골프장 입구로 들어섰다. 길게 이어진 느티나무가 가로수 길을 만들어 어서 오라며 인사하는 것 같았다. 막다른 곳에 이르니 골프장 팻말이 보였다. 그 옆으로 배롱나무 꽃이 태양을 머리에 이고 붉게 피어있었다. 시계는 오후 2시를 막 넘어섰다.

주차장에 차를 대고 골프클럽 로비를 향해 걸어갔다. 뒤에서 유빈이가 노니를 안고 따라왔다. 문을 열고 들어서자 빨간 유니폼을 입은 20대 초반의 앳된 여자가 미소 지으며 안내 데스크에 서 있었다. 유진이 이름을 대고 만나려 왔다고 하니 라운딩 중이라 잠시 기다리라고 했다. 골프장 밖을 주시하며 초조한 마음으로 바라보는데 얼마 후 익숙한 실루엣이 문을 열고 들어왔다. 유빈이와 나는 동시에 일어나 입구로 뛰어갔다.

"유진아! 어떻게 된 거야? 왜 이렇게 젖었어?"

모자를 푹 눌러쓰고 들어오는 유진이는 옷이 다 젖어 무거운 발걸음을 내디뎠고 검푸른 입술은 덜덜 떨리고 있었다. 몸은 집을 나가기 전보다 더 말랐고 얼굴은 검게 타서 윤기가 흘렀다. 그는 인사도 하지 않은 채 투덜거리며 말했다.

"언덕에서 스윙하던 회원 공이 물에 빠졌는데 오늘따라 병신 같은 사장이 걸려서 들어가서 주워오라는 거야. 할 수 없이 웅덩이에 들어가서 공을 찾느라 한참 걸렸어. 그런데 공을 찾아 나오니까 다들 이동하고 없는 거야. 나 혼자 남겨져서 여기까지 걸어온 거야."

"세상에! 뭐 그런 놈이 다 있어! 감기 걸리겠다. 얼른 씻고 나와."

그때 유진이가 노니를 발견하고 안아들었다.

"노니, 많이 컸네."

노니를 안고 좋아하는 유진에게 가서 가볍게 팔을 잡으며 말했다.

"유진아,……이제 그만 집에 돌아가는 게 어떠니? 호주 갈 거면 엄마가 돈 해줄게. 어?"

"엄마!"

유진이가 노니를 안은 채 말을 하지 않고 한참 동안 뜸을 들었다.

"왜?"

"사실 나 오늘 집에 돌아가려고 엄마한테 오라고 한 거야. 수요일에 학교 친구랑 통화했는데 월요일부터 기말고사래. 시험만 보면 수업 일수 채워서 한 학기 마무리할 수 있다면서 빨리 오라고 했어. 선생님이 나한테 전화 한번 해 보라고 했나 봐. 여기서 일해 보니까 돈 버는 게 너무 힘들고 학교생활이 그리워. 며칠 전에 월급 받으면서 그만둔다고 말했어."

가물었던 땅에 세찬 소나기가 내리듯 반가운 소리였다.

"그래, 잘 생각했어. 유진아! 잘했어."

"올라가서 간단히 샤워하고 옷 갈아입고 나올게. 짐도 미리 싸뒀으니까 조금만 기다려."

"알았어. 기다릴 테니 천천히 하고 와."

유빈이가 유진이 어깨를 가볍게 두드리며 말했다.

"참, 같이 일하는 친구 형에게 고맙다는 인사라도 해야 하지 않니?"

　　　　　　　　　　　고양이와 여자

"아까 미리 인사했어. 지금 라운딩 중이라 집에 가서 다시 전화하면 돼."

"그래."

얼마 후 유진이가 옷을 갈아입고 나와 노니를 안아 들자 유빈이는 무거워 보이는 유진이의 가방을 대신 들어줬다. 골프장 클럽 라운지 문을 열고 밖으로 나오니 후덥지근한 기운이 몰려들었다. 하지만 가족 모두와 함께 있으니 더운 줄도 모르고 그저 미소만 지어졌다.

모두 차에 올라탔다. 유진이는 모자를 깊게 눌러쓴 채 내 옆 보조석에 앉아 음악을 틀었고 차가 움직이고 얼마 되지 않아 잠이 들었다. 차창 밖으로 한껏 차오른 녹음이 생기를 내뿜으며 인사하는 것 같았다. 어딘가에 숨어있는 매미들의 찌를 듯한 소리가 기분 좋게 울려 퍼졌다. 유빈이는 노니를 안고 뒷좌석에 앉아 창밖으로 고개를 돌려 풍경을 바라보았다. 라디오에선 방탄소년단의 노래가 흘러나왔다.

〈그냥 살아도 돼 우린 젊기에…… 네 멋대로 살어 어차피 네 꺼야 애쓰지 좀 말어. 겨도 괜찮아……싹 다 불태워라…용서해 줄게〉

파랑이의 고생담 그리고 낯선 여자의 방문

　차를 타고 고속도로를 오가는 일은 고양이로서 너무 힘든 일이었다. 하지만 집 안에 홀로 남아 적막함을 견디는 것보다 집사들과 함께 여행하는 것이 훨씬 더 나은 일이었다. 고속도로를 벗어난 차가 흙냄새 가득한 곳에 들어서며 멈추자 얼른 초록이 품에서 벗어나 차창 밖으로 고개를 내밀었다. 습한 바람이라도 얼굴에 닿으니 거짓말처럼 울렁거림이 사라지고 머리도 개운해졌다. 도로 옆 천막에서 복숭아를 사든 보라가 전등처럼 환하게 웃으며 걸어오는 게 보였다. 그녀를 보니 내 마음도 환한 전등이 켜진 것처럼 밝아졌다. 파랑이와 함께 집으로 되돌아가는 동안에도 그녀는 내내 웃고 있었다.

　어둑해질 무렵에야 집에 도착한 그들은 옷도 벗지 않은 채 파랑이 곁에 모여 앉았다. 나도 소파 밑에 적당히 자리를 잡고 엎드려 누웠다. 파랑이는 보라와 초록이의 눈을 마주보며 그간의 고생담을 들려주었다. 그가 꺼내놓은 얘기에 보라는 처음엔 웃음 짓더니 이어 눈물을 훔쳤다. 맞장구치며 훈수를 들던 초록이도 눈이 벌겋게 달아올랐다. 그들이 왜 우는지 알 수 없었지만 파랑이가 한 말은 이러했다.

　"엄마, 거기서 일하는 동안 진짜 별의 별일 다 겪었어. 오늘처럼 웅덩이에 들어가 공을 찾는 일 따위는 아무것도 아니야. 내가 빨리 움직이지 않는다고 골프채로 머리통을 때린 아저씨도 있었고 비가 내리던 날 뚱뚱한 아저씨에게 우산을 씌워 주느라 비를 홀딱 맞고 밤새 앓은 적도 있었어. 그리고 어떤 날은 괴물같이 진한 화장을 한 여자가 갑자기 뽀뽀하려 해서 나도 모르게 피했더니 내 뺨을 내리치는 거야. 너무 어이없었어. 여자들이 내 허락 없이 엉덩이를 만지는 일은 다반사야. 정말 더러워서 더 이상은 못 하겠어. 돈 보고 한 달은 버텼는데 이젠 질렸어."

보라는 연신 눈물을 훔치더니 파랑이의 손을 잡으며 말했다.

"그래, 유진아, 어차피 너도 몇 년 후면 어른이 될 건데 미리 그 세계에 들어가 고생할 필요 없어. 네 나이 또래 친구들을 지금 아니면 언제 또 만나겠니? 공부도 다 때가 있는 거야. 돈 받고 값진 경험 했다 생각하고 이제 어디 가지 말고 가족끼리 뭉쳐서 살자."

"알았어. 나 피곤하니까 먼저 잘게."

그렇게 파랑이는 토, 일 내내 잠만 잤다. 그리고 월요일에 학교에 갔다. 초록이도 늘상 그렇듯 새벽에 일어나 학교에 갔는데 표정은 이전과 다르게 밝아 보였다. 정오를 넘기고 얼마 되지 않아 파랑이가 현관문을 열고 들어왔다. 그는 자기 방으로 들어가 바로 책상 앞에 앉았다. 저번처럼 컴퓨터 게임을 하나 했더니 웬일인지 공부하는 모습에 보라는 놀라서 입을 막았고 나도 그의 방 안으로 들어가지 않았다.

다시 하루가 지났다. 아침나절 집사들을 학교에 보낸 보라는 소파에 앉아 느긋하게 커피를 마시고 있었다. 그때 휴대폰 벨이 울렸다. 그녀는 스피커 버튼을 눌렀다. 낯선 여자의 목소리가 휴대폰 너머로 흘러나왔다.

"······언니, 저예요. 신지수."

"신지수 씨? 웬일로 문자에 전화까지 했어요? 병원에서 퇴원했나요?"

"네····· 언니한테 할 말이 있는데 지금 가도 될까요?"

"무슨 말이죠?"

"서영우 씨에 관한 얘기예요."

"남편 얘기요?····· 알았어요. 기다릴 테니까 오세요."

전화를 끊자마자 보라는 바로 일어나 집 청소를 하더니 집에 있을 때 하지 않았던 화장을 하고 다른 옷으로 갈아입었다. 얼마 지나지 않아 현관 너머로 벨 소리가 들렸다. 소파 위에 있던 나는 벨소리에 벌떡 일어나 얼른 소파 아래로 내려갔다.

보라가 문을 열자 검은 바지에 검은 티셔츠를 입은 여자가 새초롬한 표정으로 들어와 보라에게 허리 숙여 인사했다.

"어서 와요. 식탁으로 가서 얘기하죠."

그들이 식탁에 앉으며 분주한 틈을 타 나도 조용히 식탁 밑으로 들어가 엎드려 누웠다. 보라를 따라다니는 건 어느새 습관이 되어 버렸다. 식탁엔 커피와 다과가 놓여있었다.

"병원에서는 그렇게 차갑게 소리치더니 여긴 웬일이에요?"

"그날은 죄송했습니다. 서영우 씨가 죽고 병원에 누워 있으면서 많은 생각을 했어요. 그런데 진실을 밝히지 않으면 죽은 내 남편이나 서영우 씨 모두 저승으로 편히 가지 못할 것 같아서 이렇게 오게 되었어요.”

“대체 무슨 일인데요?”

“다 말씀 드릴게요.”

팽팽한 기 싸움을 하듯 그들은 한동안 말이 없었다. 잠시 후 낯선 여자는 가방에서 무언가를 꺼냈다. 휴대폰이었다. 그녀는 휴대폰을 켜고 녹음된 것을 들려주었다.

드러난 비밀

문을 열자 깍듯하게 인사하며 현관에 들어서는 신지수의 모습에 내심 당황했다.

‘이 여자 뭐지? 왜 안 하던 행동을 하지?’

아무렇지 않은 듯 그녀를 부엌 식탁으로 안내했다. 커피와 다과를 건넸지만 그녀는 물 한 모금을 마신 후 얘기를 꺼냈다.

“서영우 씨와 춘천으로 향하던 날 차 안에서 했던 말들을 녹음했어요. 이걸 들으면 서영우 씨가 왜 죽으려 했는지 알게 될 거예요. 녹음은 제가 습관적으로 한 행동이어서 이렇게 마지막 유품으로 남게 되었네요.”

신지수가 휴대폰을 열어 재생 버튼을 누르자 남편 목소리가 흘러 나왔다. 순간 눈물이 핑 돌면서 벅차오르는 감정을 주체할 수 없었다.

"그만! 그만해요. 이제 와서 그 사람 목소리는 왜 들려주려는 거죠? 듣고 싶지 않아요."

그녀가 당황해하며 휴대폰 녹음을 급히 껐다. 이어 다급한 표정으로 말했다.

"언니, 제발 제 말 좀 들어 주세요. 중요한 얘기에요. 서영우 씨가 저와 딸에게 잘해 준 건 다 이유가 있었어요. 저희는 언니가 생각하는 그런 관계가 아니에요."

"저희? 대체 너희들이 생각하는 그 관계는 뭔지 어디 한번 말해 봐요."

"언니, 놀라지 말고 들어주세요. 사실……영우 씨와 저는 이복 남매예요."

"뭐라고요? 영우 씨 동생은 지우잖아요. 서지우! 지수 씨는 신지수고요."

"언니, 제 성은 엄마 성을 따서 신이 된 거예요."

"네? 그럼 혹시……지수 씨 엄마가…….."

"맞아요. 신혜숙이에요."

"네?"

너무 놀라 의자를 잡고 넘어지려 하자 신지수가 급히 일어나 내 팔을 잡아 주었다.

"어떻게, 어떻게 그럴 수가 있죠? 그럼 A호텔 사장이 말한 그 여자분이 지수 씨 엄마였던 거예요? 그리고 그 몹쓸 남자는 바로 내

고양이와 여자

시아버지였던 거네요. 그런 일이……."

"언니, 진작 말했어야 했는데 영우 오빠가 절대 얘기하지 말라고 해서 지금까지 말하지 못했어요. 오빠는 아빠를 보면 혐오감이 든다고 했어요. 지금도 언니 얼굴을 볼 면목이 없는데 그 사실마저 알게 되면 자신이 살 수가 없다고 했어요."

시아버지의 이중적인 모습을 떠올리니 어이없고 용서할 수가 없었다. 살아있다면 머리채를 잡아 몽땅 뽑아버리고 싶을 정도로 배신감이 몰려왔다. 가정에선 그렇게 군림하며 누구 하나 찍 소리도 못 하게 하더니 뻔뻔히 혼외 자식을 낳고도 지금까지 모른 척하고 살았다니 기가 막혀 말이 나오지 않았다.

신지수는 계속 말을 이어갔다.

"오빠가 언니랑 결혼하고 얼마 되지 않아 저희 엄마가 위암 선고를 받았어요. 엄마는 그때까지 한 번도 아빠 얘기를 자세히 하지 않았는데 병에 걸리신 후 아빠와 A호텔 사장과 있었던 얘기를 들려주셨어요. 엄마는 자신이 평생 사랑했던 사람은 A호텔 사장이라고 했어요. 그리고 마지막으로 꼭 한 번 보고 싶다고 했죠. 그래서 제가 그곳에 모셔다 드렸어요."

"시아버지는 한 번도 지수 씨와 엄마를 찾아보지 않았던 거예요?"

"네, 엄마는 첫사랑이었던 호텔 사장님과 집안 반대로 헤어진 후 만신창이가 되어 살다가 얼마 후 마음 잡고 식당 일을 시작하셨어요. 신발 공장 옆에서 일을 하셨는데 그곳에서 1년을 일하다 공장을 오가던 아빠를 만났고 그는 온갖 달콤한 말로 엄마를 자기 여자로 만든 후 저를 임신하게 했어요. 그때 아빠가 결혼한 상태였다는 것은 저를 임신하고서야 알게 되었대요."

"아이 가진 걸 시아버지한테 얘기했나요?"

"네, 하지만 아빠는 당장 애를 떼라고 소리치고 나간 후 한 번도 나타나지 않았대요. 엄마는 자존심 강한 분이셨고 그런 모습에 모멸과 환멸을 느끼셨대요. 그 후 식당을 그만둔 엄마는 외할머니가 사셨던 충북 보은으로 가서 저를 낳아 키우셨어요. 그리고 한 번도 아빠를 찾지 않았어요. 그런데 엄마는 돌아가시기 전에 오빠를 한 번 찾아가 보라고 내게 말했어요. 그래서 전 서울로 오게 된 거였죠. 오빠를 처음 만나 사정 얘기를 했을 때 너무 놀라 입을 다물지 못했던 모습이 지금도 생생해요. 내 얘기를 다 들은 오빠는 아버지의 만행을 참을 수 없다며 분노하고 힘들어했어요. 그 후 오빠는 속상할 때마다 상돈 씨를 불러 셋이서 술을 마셨고 상돈 씨와는 그렇게 정이 들어 결혼한 거였어요."

"무슨 드라마도 아니고 아직도 믿기지 않아요. 그런데 남편이 죽던 날 두 사람은 왜 춘천까지 가서 변을 당했던 거죠?"

신지수는 그녀의 삶에 대한 얘기를 덧붙이며 긴 얘기를 했다.

"상돈 씨가 병으로 죽은 후 오빠는 저와 딸을 위해 상돈 씨의 빈자리를 채우려고 노력했어요. 그런 오빠를 보면서 저도 뭔가를 하고 싶었어요. 그때 여행사 사정이 어려운 걸 알았고 고민하다 엄마의 첫사랑이었던 A호텔 사장을 찾아가 도움을 청한 거였죠."

"그이를 위해 그곳에 간 거였다고요?"

"네, 오빠에게 미안해서 보답이라도 하고 싶었어요. 오빠는 서울에서 제가 살아갈 수 있게 도와준 유일한 사람이었으니 제겐 당연한 거였죠. 그런데 오빠는 그 사실을 알고 무척 화를 냈어요. 왜 거기에 갔냐고요. 그 사람이 아빠도 아닌데 왜 거기 가서 수모를 당하냐고요. 자신이 해줄 수 있는 게 없어 미안하다고 소리 지르고 눈물도 흘렸어요."

신지수가 녹음기를 다시 켰다. 나는 더 이상 말을 할 수가 없어서 그녀가 하는 대로 내버려 두었다. 녹음된 건 사고가 나던 날 차 안에서 나눈 그들의 대화였다.

"지수야, 너 왜 그랬어? 어? 왜 그랬냐고!"

"그럼 어떡해요. 회사는 살려야 하잖아요!"

"네 자존심 다 내려놓고 회사 살리면 무슨 소용인데! 내 입장이 어떻게 되냐고. 내가 그걸 원할 것 같아? 네가 그러니까 내가 더 괴로워져. 아내나 자식한테도 미안해서 미칠 지경이라고!"

"오빠, 자책하지 말아요. 아빠 일은 어른들 사이에 있었던 일이지 오빠 책임이 아니잖아요."

"아니! 아무리 힘들어도 정당하게 사는 사람들도 많아. 한 치의 인정이나 책임감, 동정심도 없었던 아빠를 생각하면 치가 떨려. 그런 사람 돈으로 공부하고 시키는 거 다 하고 살았다니 견딜 수가 없어."

"아빠보다 더한 일을 하고도 눈 하나 깜빡 안 하는 남자들도 허다해요. 제발 나를 봐서라도 자책하지 말아요."

"그러는 게 아니었어. 아버지가 그러는 게 아니었어. 시간을 되돌릴 수만 있다면 너나 내 친구, 그리고 아내에게 떳떳한 사람으로 살고 싶어."

"오빠가 힘을 내야 회사도 일으키고 가정도 지킬 수 있어요. 그리고 나와 내 딸 희정이도 아빠를 대신할 삼촌이 필요해요."

"아니, 너무 늦었어. 미안하다. 지수야!"

"어? 조심해요. 오빠! 아아악!"

'끼이익 콰쾅 쿵!'

녹음된 내용이 무엇을 말하는지 종잡을 수 없었다. 그가 뭐 때문에 자책하고 괴로워했는지 난 대체 그에게 어떤 존재였기에 이런 사실을 전혀 눈치채지 못했는지 왈칵 눈물이 솟아올랐다.

"궁금한 게 있어요."

"네 언니, 말씀하세요."

"사고였어요? 아님 남편이 일부러 그런 거였나요?"

"흐흑 흑흑흑……언니, 춘천병원에서 의사가 옆 좌석을 보호하려고 오빠 오른팔이 너덜너덜하게 부러졌다고 했죠? 말 그대로예요. 빗길에 차가 미끄러지면서 사고가 났는데 옆 좌석에 있던 나를 최대한 보호한 거였어요.……그런데 정말 차가 미끄러진 것인지 의도한 것인지는 저도 잘 모르겠어요. 으흐흑"

고양이와 여자

"그럼 다시 물을게요. 그날 남편은 왜 춘천에 가려고 했죠? 비가 많이 내려서 앞도 볼 수도 없던 날이었잖아요."

갑자기 그녀가 꺼억 꺼억 소리 내며 울기 시작했다. 그러더니 듬성듬성 말을 이어갔다.

"언니, 춘천 호텔에 가려던 게 아니었어요. 흐흑, 제 남편 묘지가 춘천에 있었는데 그날따라 오빠는 남편이 비 맞으면 추울 거라면서 가야 한다고 재촉했어요. 묘지기에게 각별히 부탁해야 한다고요. 마치 뭐에 홀린 사람처럼 말도 안 되는 소리를 횡설수설 늘어놓았어요. 나는 그런 건 날씨 좋은 날 가도 되니까 다음에 가자고 했어요. 하지만 그는 그날 꼭 가야 한다면서 내 팔을 잡고 억지로 차에 태웠어요."

"상돈 씨 묘가 춘천에 있었다고요? 그런데 남편 내비게이션의 최종 목적지는 춘천 A호텔이었어요. 그건 뭐죠?"

"남편 묘지는 호텔에서 멀지 않은 곳에 있었어요. 그런데 오빠는 호텔 사장에게 먼저 갈 거라면서 전화를 했어요."

"왜요?"

"저도 잘 모르겠어요. 그날 전 혼자 A호텔에 가려고 했어요. 호텔 사장님과 만나서 고마움도 전하고 엄마 얘기도 하면서 돈은 꼭 갚을 거라고 말하려던 참이었어요. 그런데 오빠는 가는 내내 '아버지란 놈이!'라는 말만 되풀이했어요. 그리곤 아무 말이 없었죠. 춘천에 접어들면서 무료해진 나는 휴대폰을 뒤적였어요. 그때 보험회사 다닐 때 했던 습관도 있고 기분도 이상해서 휴대폰 녹음을 눌렀어요. 그러자 그는 기다렸다는 듯이 입을 열었고 전 얼떨결에 녹음 기능을 끄지 않고 휴대폰을 가방에 넣었던 거죠. 교통사고 때 가방은 부서진 의자 안쪽에 있어서 훼손되지 않았던 거였어요."

헛웃음이 나왔다. 남편이 자책하며 사고를 낸 건지 아님 사고였는지 알 수 없었지만 '허허, 허허허' 하면서 헛웃음이 이어졌다. '병신 같은 놈'이라는 말이 나도 모르게 터져 나왔다. 고개 숙인 그녀를 보면서 불쌍한 두 모녀의 사연에 가슴 한편이 쓰리면서도 남겨진 우리 애들을 생각하니 무의미한 헛웃음이 공허한 자리를 마냥 맴돌았다.

신지수를 보니 할 말이 더 있는 사람처럼 입술을 질근거리며 쉽게 말을 꺼내지 못했다. 긴장감을 떨치려 내가 다시 물었다.

"지수 씨 병원에 있는 동안 딸은 어떻게 했어요?"

"교통사고가 난 후 경찰에서 어린이집 선생님께 얘기해서 한동안 그곳에서 보살펴 줬어요. 나중에 따로 돈은 지불했고요."

"지수 씨 쪽으로 남은 가족은 없나요?"

"네, 제가 고등학교 때 조부모님 모두 돌아가셨어요."

"……혹시, 더 할 말 있나요?"

"아, 아니요. 언니한테 꼭 하고 싶은 말이 있는데 그건 다음에 할게요."

그날 그 얘기를 듣지 않은 게 지금 생각하면 다행이었다.

고양이와 여자

2
그림자밟기

잔재

신지수가 나가고 얼마 되지 않아 현관문이 열리며 오늘은 맑음 정도의 얼굴을 한 유진이가 기분 좋게 웃으며 들어왔다.

"학교 가니까 좋지? 오늘 시험 어땠어?"

"그냥 꼴등만 안 하면 다행이지 뭐."

가방을 내려놓으며 그가 말했다.

"그래도 영어는 잘 봤어. 내가 호주 가려고 골프장에서도 틈틈이 영어 공부는 했거든"

"우리 아들이 고생하더니 철이 많이 들었구나. 밥 먹어야지?"

"근데 누구 왔었어?"

부엌을 힐끔 보던 그는 식탁에 놓인 컵과 과일 접시를 보고 말했다.

"어, 아빠 회사 직원이 일 때문에 잠깐 왔다 갔어."

"그래? 난 내일 시험공부 준비해야 하니까 밥은 조금 이따 먹을게."

"그래."

유진이가 책상 앞에 앉아 공부하는 걸 보니 대견하고 뿌듯했다. 중2에 접어들면서 학생 신분으로 엇나간 일들을 벌일 땐 가슴 조이며 조마조마한 하루를 견뎌야 했다. 그나마 다행이었던 건 누구를 때리거나 괴롭히지는 않았다. 단지 큰 키에 눈빛이 강해서 폭력 서클로 데려가려는 선배들이 늘 주위를 맴돌았는데 저항하고 맞은 적은 있어도 그곳에 들어가진 않았다.

하지만 문제는 지나칠 정도로 자유분방한 생활이었다. 수업이 끝나면 새로운 경험을 찾아 여기저기 쏘다니고 저녁 무렵엔 PC방을 전전했다. PC방에서 시간제한으로 나오면 새벽까지 자전거를 타고 한강을 돌다 새벽이 되면 지쳐서 돌아오곤 했다. 몰래 술과 담배를 일삼던 그의 삶에서 공부와 규칙적인 생활은 배제된 것처럼 보였다. 학생 신분에 어긋난 일들이 생기거나 학교생활을 못 하게 될까 봐 난 매일 전전긍긍했다.

결혼 초에도 난 늘 불안했다. 시아버지는 다 큰 자식의 자유를 사사건건 억압하려 했다. 시간에 대한 자유, 경제적 자유를 빼앗았다. 남편은 그런 시아버지에게 인형처럼 질질 끌려다녔다. 그리고 난 그를 대신하여 시아버지와 사소한 말다툼을 벌여야 했다. 10년 전 그날도 시아버지 일로 남편과 싸우고 친정에 달려가 하소연하

고양이와 여자

며 울 때 친정 엄마는 이런 말을 했다.

"그래도 남편이 속 썩이는 건 자식이 속 썩이는 것보다 나은 거야. 자식이 속 썩이면 그게 얼마나 미치는 일인 줄 아니?"

그때는 애들이 어려서 자식이 속 썩이는 일은 없을 줄로만 알았다.

'이렇게 말 잘 듣고 예쁜 애들이 저렇게 말 안 듣고 우유부단한 남편과 같을까?'

라고 생각했다.

그런데 유진이가 사춘기에 접어들면서 또래 애들과 달리 일탈된 생활을 할 때 말할 수 없는 두려움이 몰려왔다. 남편이 속을 썩이면 그저 참아 내거나 그도 아니면 그냥 무시하면 됐는데 자식은 그럴 수가 없었다. 어른으로 가는 과정에서 순간의 일탈로 삶이 어긋날까 봐 줄타기하는 사람처럼 긴장된 생활의 연속이었다.

첫 애를 임신하고 열 달이 지나 애를 낳으러 가던 날 시어머니에게 물었다.

"어머니, 얼마나 아파야 애를 낳는 거예요?"

"하늘이 노래져야 애를 낳는 거야!"

"네? 하늘이 노래져요? 아니 그게 아니라 얼마만큼 아파야 애를 낳는 거냐고요!"

"아 글쎄, 하늘이 노래져야 한다니까!"

그때는 시어머니의 배움이 짧아서 그 아픔을 말로 표현하지 못하는 거라 생각했다. 그런데 애를 낳는 고통을 느끼며 그 뜻이 무엇인지 알게 되었다. 그 고통은 파란 하늘이 노랗게 보일 정도로 모든 것이 바뀌는 절정의 순간이었고 죽을 수도 있는 사건이었다. 내 옆에서 노산의 여자가 애를 낳다가 자궁 수축이 안 돼서 피가 낭자하던 모습이 지금도 생생하다. 그런데 유진이가 학교에 안 가고 친구들과 어울려 담배를 물던 순간의 고통은 하늘이 노래지는 고통과 같았다. 자식은 그렇게 연결돼 있었다.

유진이가 방에 들어가고 식탁에서 신지수와 마주했던 흔적들을 치우며 골똘한 생각에 빠졌다.

'세 사람도 모자라 이제 시아버지까지 얽힌 일들이 양파 까듯이 나오는 거야? 이제 뭘 어떻게 해야지?'

신지수는 얘기 끝에 남편이 사업할 때 상돈 씨가 오천만 원을 보태주었다고 했다. 그리고 그 돈은 매달 3백씩 2년간 그녀가 여행사에서 일하며 월급으로 대체했고 이후엔 회사 사정에 따라 돈을 받았다고 했다. 결국 빚으로 남을 뻔했던 회사 자금은 신지수가 A호텔 사장에게 그녀 어머니를 사랑한 죄로 무상으로 받은 거였다는 생각에 이르자 그 돈을 시아버지가 해 줬어야 했는데 그러지 못한 것에 대한 인간적 경멸이 몰려왔다.

하지만 더 참을 수 없던 건 남편이 수년간 말하지 않았던 일들을 그가 죽은 후에야 알게 되면서 빈 껍데기로 남은 내 자신에 대한 비참함이었다. 잡다한 생각을 떨치려 설거지에 집중했다. 그런데 설거지를 하는 동안 한 가지 생각이 끊임없이 맴돌았다.

'그녀는 한 가지 더 말할 게 있다고 했는데 그게 뭘까?'

고양이와 여자

그녀가 한 말을 다시 떠올려 보았다.

"언니, 염치없지만 저도 정신적으로 많이 고통 받았어요. 이제 전 엄마도 아빠도 없고 남편에 오빠까지 모두 죽었어요. 언니는 상돈 씨와 제가 어떻게 살았는지 상상도 못 할 거예요. 언니가 저를 외면하면 저와 딸은 이제 살아가는 게 너무나 힘들 것 같아요."

무릎 꿇음

일주일간 나현미 씨와 만나 여행사 홈페이지를 새로 단장하느라 왔다 갔다 했고 거래처를 다니며 분주하게 보냈다. 오늘은 약속이 없어 집에 있다가 애들이 오면 외식을 하려고 했다. 그런데 유진이는 시험 끝나는 마지막 날이고 금요일이라 애들이랑 놀다가 늦게 올 거라고 연락해 왔다. 그래서 유빈이하고만 나가려고 기다리는데 밖에서 현관문 열리는 소리가 들렸다. 그를 맞으러 현관으로 나가니 뒤따라 들어오는 낯익은 얼굴에 너무 놀라 입이 쩍 벌어졌다.
"미라 어머니, 연락도 없이 여긴 어쩐 일이세요? 미라도 왔구나!"
"유빈 엄마, 연락도 없이 온 거 미안해요. 하지만 이제 방학이니 애들 문제를 마무리 지어야 할 것 같아 학교에서 차 대고 기다리다가 태워서 같이 왔어요."

두 사람을 소파에 앉히고 음료수를 가져와 테이블 위에 놓았다. 유빈이는 건성건성 인사만 하고 자기 방으로 들어갔다. 음료수를 마시던 미라 엄마가 뜸 들이지 않고 입을 열었다.

"유빈 엄마, 대체 그 일 일어난 지가 언젠데 아직까지 사과 한마디 없는 거예요? 나도 미라 시험 끝날 때까지 얘를 달래느라 얼마나 힘들었는지 아세요? 오죽하면 내가 여기까지 찾아왔겠어요! 유빈이 그렇게 안 봤는데 정말 실망이에요."

"죄송합니다. 제가 경황이 없어서 신경 쓰지 못했어요. 전 유빈이가 사과하고 해결한 줄 알았는데 정말 죄송해요."

옆에 있던 미라가 끼어들었다.

"아줌마, 제가 전에 전화해서 유빈이가 나한테 나가 죽으라고 했다는 말 기억하세요? 어떻게 그런 말을 하고도 사과 한 마디 없을 수가 있죠? 제가 그런 말 듣고 정말 죽으려고 하다가 몇 번이나 이를 악물고 참았는지 알기나 하세요?"

"미안하다. 미라야. 여기까지 왔는데 아줌마가 어떻게 해 줬으면 좋겠니?"

난 어쩔 줄 몰라 하며 미라 기분을 맞추려고 애를 썼다.

"누가 아줌마한테 뭐 해 달래요? 유빈이가 나와서 무릎 꿇고 사과하면 되잖아요!"

"그게……."

잠시 정적이 흐르자 유빈이가 문을 박차고 나와 핏대를 올리며 소리쳤다.

"야, 고미라! 네가 먼저 나한테 죽을 거라고 협박했잖아! 죽는다고 소리 지르고 하도 열을 내니까 그럼 나가 죽으라고 맞장구쳐준 거였지 내가 먼저 죽으라고 했어? 그리고 네가 학교에서 나랑 사귄다고 동네방네 떠들고 다녔잖아! 그것뿐이니? 다른 여자애들이 내 근처에 얼씬도 못 하게 욕하고 머리채 잡고 해서 내가 얼마나 난처했는지 알아? 남자애들도 나만 보면 히득히득 웃는데 정말 미치는 줄 알았다고!"

유빈이가 눈을 부릅뜨고 소리치자 고미라도 지지 않고 흰 눈동자를 드러내며 소리 질렀다.

"야! 우리가 봉사도 같이 하고 나름 많이 만났는데 나랑 한 번 사귄다고 해주면 어디가 덧나냐? 애들 앞에서 날 그렇게 망신 줘야 속이 시원했냐고!"

"뭐? 이게!"

"유빈아, 그만해! 미라야, 아줌마가 대신 사과할게. 화 풀어."

그때 유빈이가 나를 보고 눈을 부라리며 소리쳤다.

"엄마가 왜 사과해요? 내가 뭘 잘못했다고 그러는 거예요! 미라 네가 말해 봐. 내가 그렇게 죽을 만큼 큰 죄를 지은 거야?"

"그래, 죽을 죄 지었다. 그러니까 꿇으라고!"

"이게 정말!"

"됐어. 너희들 그만해! 아줌마가 무릎 꿇을 테니 다들 그만해."

나는 애들 사이에 끼어들어 그들을 제지하고 흥분을 가라앉혔다. 그리고 미라와 미라 엄마 앞에서 무릎 꿇고 미라 손을 잡았다.

미라 엄마는 내 눈을 마주치지 않고 허공만 바라보았다.

"미라야, 아줌마가 대신 사과할게. 미라 엄마, 제가 애를 잘 못 키워서 이렇게 바락바락 대들고 화를 내네요. 죄송해요. 마음 풀고 원만하게 해결하면 안 될까요? 이제 애들 대학도 가야 하고 수시도 넣어야 하는데 오점 남기면 안 되잖아요. 용서해 주세요. 네?"

미라 엄마가 고개를 돌려 나를 쳐다보며 말했다.

"아니, 유빈 엄마, 유빈이가 저렇게 나오는데 어떻게 원만하게 해결하나요? 계속 그러면 교육청에 신고할 수밖에 없어요!"

"그러지 마시고 여기서 푸세요. 저희 애들이 아들만 둘이라 여자 애들의 섬세한 감정을 잘 몰라서 그래요. 정말 죄송합니다."

그때 유빈이가 나를 밀치더니 털썩 무릎 꿇고 고개를 숙였다. 순식간에 일어난 일이라 모두 놀라 그를 쳐다봤다.

"아줌마, 죄송합니다. 미라야, 미안해. 내가 잘못했어. 네가 그렇게 속상한지 정말 몰랐어. 나만 생각했던 것 같아. 아줌마, 제가 미라랑 친했던 것 아시죠? 그때 저 예뻐하셨잖아요. 용서해 주세요."

"유빈아……."

갑작스러운 유빈이의 행동에 나는 떠밀려 반쯤 엎어진 몸을 일으켜 세우며 그를 보았다. 그는 울면서 말했다.

"아줌마, 우리 아버지 돌아가신 지 얼마 안 돼서 아직 슬픔도 가시지 않았어요. 그리고 가출했다 돌아온 동생 때문에 엄마가 그간 얼마나 힘들었는지 몰라요. 다 용서하고 이해해 주세요. 미라야, 내가 사과할 테니 너도 화 풀어."

고양이와 여자

유빈이가 손등으로 눈물을 훔치자 미라가 흠칫 놀라며 입술에 손을 대고 말을 하지 않았다. 눈도 껌뻑이지 않던 미라가 그를 일으켜 세우며 말했다.

"됐어. 그만해. 난 네가 사과만 하면 상담실에도 안 가고 그냥 넘어가려고 했어. 야자 때도 기회를 주려고 너에게 톡해서 만나자고 했던 거야. 그런데 네가 다 무시하고 톡도 안 받고 바득바득 소리만 지르니까 나도 오기가 났던 거야. 그래서 끝까지 화해 안 하고 여기까지 오게 됐어. 네가 끝까지 사과하지 않았으면 나도 어떻게 나왔을지 몰라. 하지만 이제 됐어. 사과 받아줄게. 남자가 울긴 왜 우니?"

남자의 울음이 여자의 마음을 녹인 것일까? 미라는 유빈이를 다독였다. 옆에 있던 미라 엄마도 거들며 말했다.

"유빈 엄마, 사내자식이 왜 이렇게 눈물이 많아요? 저도 말만 그랬지 일 더 크게 벌이고 싶지 않아 여기까지 온 거예요. 미라도 고집이 워낙 세서 잘한 것 하나 없어요. 사과할게요."

얼마 후 그들이 돌아가고 유빈이에게 물었다.

"유빈아, 어떻게 무릎 꿇고 사과할 생각을 했어? 평소에 너라면 상상하기 어려운 일인데?"

"엄마가 고개 숙이고 쩔쩔매는 꼴을 어떻게 봐요? 가족이 중요하지 자존심이 중요한 건 아니잖아요. 사실……저번처럼 엄마가 베란다에서 떨어질까 봐 겁이 났어요."

가족회의

7월 끝자락의 태양은 낮엔 여름의 절정을 향해 치달으며 뜨겁게 달아오르더니 저녁 무렵에야 선득선득해졌다. 토요일 저녁에 보라는 초록이 파랑이와 거실에 둘러앉아 치킨을 시켜 먹었다. 늦잠을 잔 파랑이와 일찍 학원에 갔다 온 초록이는 며칠 전부터 보라가 가족 모임을 해야 한다는 당부를 잊지 않고 저녁나절에 모였다. 내가 파랑이 옆으로 가자 그는 나를 자기 발 옆에 눕히고 한 손으로 나를 쓰다듬었다. 보라가 먼저 말을 꺼냈다.

"이제 다들 방학도 했고 엄마도 아빠 대신해서 돈도 벌어야 하니 앞으로 어떻게 살아갈지 얘기 좀 하자. 너희들, 아빠 돌아가셔서 허전하지는 않니?"

그들은 아무 말도 하지 않았다. 보라가 말했다.

"엄마가 아직 오래 살지는 않았지만 아빠가 그렇게 되고 보니 인생이 참 짧고 허무하다는 생각이 들어. 이렇게 짧은 인생이 될 줄 알았다면 돈 땜에 싸우면서 울고불고하진 않았을 거야. 아빠한테 더 잘해 줄걸 하는 아쉬움이 남아 있단다."

보라는 신지수가 집에 왔던 일은 말하지 않았다. 그때 옆에 있던 초록이가 말했다.

"전 아빠가 저희와 많이 놀아주지 않고 일만 하는 것에 늘 불만이었어요. 하지만 언젠가 술에 취한 아빠가 저희를 불러놓고 아빠보다 잘 살아야 한다고 당부하고 북돋워 줄 땐 조금 뭉클했어요.

고양이와 여자

뭔지 모르지만 아빠가 이해되고 표현하지 않아도 아빠의 사랑을 느낄 수 있었어요. 그런데 지금은 그런 아빠가 없으니 학교에서도 주눅 들고 많이 허전해요."

"너희한테 정말 미안하다."

"엄마가 왜 미안해요? 어쩔 수 없는 사고였잖아요."

초록이 말에 눈물을 훔치던 보라가 말했다.

"그래, 사고지. 사고였어. 사고는 어쩔 수 없는 거야. 그러니까 너희들도 주눅 들지 말고 정정당당하게 살아. 엄마는 너희들 믿는다. 너희도 엄마 믿을 수 있지?"

"당연한 걸 왜 물어요."

"어? 형, 많이 든든해졌는데?"

파랑이가 초록이 어깨를 툭 치자 되받아친 초록이가 금세 웃으며 장난을 쳤다. 그때 보라가 끼어들며 다시 말했다.

"엄마가 이제 다시 일 시작하면 예전만큼 너희들한테 신경 쓰지 못할 텐데 괜찮을까?"

"저희 걱정 말고 엄마는 일에만 집중하세요. 집안일이나 공부는 저희가 알아서 할게요."

"유진이는 뭐 할 말 없어?"

보라와 초록이가 얘기할 동안 발밑에 있던 내게 연신 장난치던 파랑이가 손을 거두며 말했다.

"엄마, ……나 어제 장민혁 형 만났어."

"장민혁?"

"응, 그 형 얼마 전에 할머니가 돌아가셔서 고아원에 갈지도 몰라. 주위에 친척이 하나도 없대. 외할머니 지갑 억지로 빼앗아 나가려다 못 나가게 제지하던 그 형 할머니가 쓰러져서 급히 119에 실려 갔는데 뇌출혈로 돌아가셨대."

"어머, 너무 안됐다."

파랑이가 조금 더 긴장된 표정으로 말했다.

"나 사실 아빠 돌아가시고 혼자 많이 울었고 더 잘할 걸 후회도 많이 했어. 그리고 이번에 그 형 보면서 이제 나도 제대로 살아야 할 것 같다는 생각이 들어. 앞으로 엄마나 형한테도 잘 할게. 대신 내 소원 하나만 들어줘."

"소원?"

"응, 내가 그동안 알바하고 번 돈에 조금만 더 보태줘. 호주에 갔다 올게."

"꼭 가야 하니?"

"어, 형, 가고 싶어."

"유진아, 엄마가 새롭게 하는 일이 잘될지 안될지 아무도 몰라. 아니 확률은 반반이니까 망할 수도 있어. 한 푼이라도 아껴야 하는 상황이야. 하지만 네 생각이 확고하다면 엄마가 알아보고 돈도 보태줄게. 네 나이 때는 경험이 재산이니까. 대신 호주에 있는 친구만 믿지 말고 네가 방학 어학연수 겸 가서 공부하고 시간 날 때 만나는 게 좋을 것 같아."

"알았어. 그렇게. 대신 빨리 알아봐 줘."

고양이와 여자

그들은 다 식은 치킨을 끝까지 먹고 흩어졌다. 그 다음 주 목요일에 파랑이는 떠났고 그 후 한 달 넘게 그를 볼 수 없었다. 노랑이가 없는 자리를 파랑이와 초록이가 채워줘서 북슬북슬 좋았는데 다시 파랑이가 보이지 않으니 허전했다. 스승이자 안내자였던 루루 할머니도 이제는 내 곁에 없었다. 나는 홀로 내 자신을 다스리고 스스로 성장해야 했다. 어릴 적 융과 이유가 해주었던 말이 텅 빈 집을 지키는 내 머릿속에 내내 맴돌았다.

'뮤야, 죽어서 이승을 떠날 때 영혼은 홀로 빠져나간단다. 어둑한 곳에 비추는 한 줄기 빛을 따라 그 길을 가야 하는 것이지. 이 세상도 마찬가지야. 뮤를 대신할 수 있는 존재는 어디에도 없어. 오로지 너 혼자 가야 하는 길이야. 하지만 가족이 있다면 힘들거나 외로울 때 힘이 돼 줄 수 있을 거다. 너도 새로운 가족을 만나야 할 텐데……나중에 엄마, 아빠가 먼저 죽더라도 너무 슬퍼하지 마라. 영혼이 돼서도 항상 너를 지켜줄게. 사랑한다. 뮤!'

3

변화

2년 후

"햄 치즈 포테이토 1개랑 딥 치즈 베이컨 토스트 1개 주세요."

"네, 잔돈 여기 있습니다."

새벽에 문을 연 조이 토스트 가게 앞에는 오전 7시 30분이 되면서 줄을 서며 대기하는 사람들이 하나둘 이어지기 시작했다. 나현미 씨와 나는 나란히 놓인 두 개의 불판 앞에서 열판에 상기된 얼굴로 능숙하게 토스트를 구워 냈다. 출근 시간이 가까워오면서 온수역 근처는 사람들의 발걸음으로 분주했다. 가게 옆 귀퉁이에선 삼삼오오 몰려선 사람들이 토스트로 허기진 배를 달랬고 손에 들고 뛰거나 몇 개씩 봉투에 넣어가는 사람도 보였다.

오전 9시 30분이 지나며 손님이 뜸해지자 커피머신을 작동시켜 원두커피를 내린 후 현미 씨에게 건넸다. 현미 씨는 커피가 담긴 일회용 컵을 건네받으며 말했다.

고양이와 여자

"이제야 한숨 돌리네요. 개학도 하고 바람도 선선해지니까 사람들이 더 늘었어요."

"그러네. 참! 은수 학교 잘 갔는지 전화해 봐."

"네…… 지수 씨? 희정이하고 은수 학교에 잘 갔고? 그래, 이따 12시까지 나와요."

"둘 다 학교 잘 갔대? 아침은 먹였고?"

"네, 아침 먹여 잘 보냈대요. 커피 드세요."

커피를 한 모금 마시며 지난날을 떠올렸다.

"현미 씨, 우리 토스트 가게 차린 것 잘한 거겠지? 여행사는 아무리 경험이 많아도 우리 둘이 하는 건 무리였던 것 같아. 그때 방향 틀지 않고 계속 밀어붙였으면 어땠을까?"

"글쎄요, 지금도 그렇고 직원도 충분하지 않아서 아무래도 어려웠을 것 같아요. 이 일 하면서 지수 씨랑 교대로 일하니까 애들도 보살필 수 있어서 좋아요. 고마워요. 언니."

"내가 뭘, 이렇게라도 셋이 인연이 돼서 먹고 살 수 있는 것만으로도 고마운 일이지. 다른 생각하지 말고 은수나 잘 키워."

"네…… 어서 오세요!"

그녀는 의자에서 일어나 활기찬 목소리로 손님을 맞았다.

2년 전 남편이 떠나고 많은 변화가 일어났다. 여행사를 차리고 싶었지만 친정 오빠와 엄마가 심하게 반대했고 나 역시 현실적 안목에서 생각해 보니 무리였다. 결국 나현미 씨와 계약했던 사무실

은 주인이 돈을 더 올리는 바람에 계약을 해지하고 수수료까지 내
면서 접어야 했다. 이후 새로운 일을 구상하며 한 달을 보냈지만
마땅한 일을 찾을 수 없어 전전긍긍하던 어느 날이었다.

유빈이에게 전해 줄 게 있어 학교에 갔다 교문 밖을 나오며 간식
을 사러 토스트 집에 들렀다. 가게에 들어서니 나보다 대여섯 살
정도 많아 보이는 여자가 점심시간에 밖으로 나온 애들에게 토스
트를 구워주고 있었다. 그녀는 능숙하고 빠른 손놀림으로 몇 장의
토스트를 가뿐히 구워냈다. 삼삼오오 가게 안으로 들어온 학생들
은 음료수를 곁들인 토스트를 먹으며 도란도란 이야기꽃을 피웠고
직접 사 가는 애들도 있었다. 가게 앞을 지나가던 사람들도 수시로
주문을 했다. 나도 간식을 사려던 참이어서 천 원 하는 커피를 마
시고 있다가 조금 한가해진 틈을 타 그녀에게 말을 걸었다.

"이 일 하신 지 오래 되셨어요?"

그녀는 꽁꽁 싸맨 보자기를 펼치듯 이야기를 풀어냈다.

"일을 시작한 지 벌써 십 년이 다 돼 가네요. 토스트 구워서 하나
있는 아들 대학 보내고 이제 군대 갔다 와서 취업 준비 중이에요.
이 일이 아들과 절 살렸어요. 남편이 지병으로 누워있다 3년 전에
세상을 떠났거든요."

"그러시군요. 사실 저도 사정이 안 좋아서 이 일 저 일 알아보고
있는데 경험도 없고 손재주도 없어서 일자리 찾는 게 너무 어렵네
요. 저 같은 사람도 토스트 굽는 일 할 수 있을까요?"

"아유, 밥할 줄 알면 다 하죠. 가장 노릇 하려면 이 일이 깔끔하

고양이와 여자

고 좋아요."

무심코 들렸던 토스트 가게에서 미소 띠며 일하는 그녀를 보면서 나도 할 수 있을 것 같다는 의욕이 솟구치는 걸 느꼈다. 매일 머리 굴리면서 일본어 강의 자리를 찾아 아등바등해도 돈이 되는 정규직을 찾는 건 낙타가 바늘구멍을 찾는 것처럼 어려운 일이었다. 쇼핑몰을 할까? 어린이집을 해야 하나? 장사라도 할까? 수도 없이 생각했다. 하지만 사업이나 장사를 혼자 하려니 엄두가 나질 않았다. 누군가에게 의지하는 내면의 버릇이 밑바닥에서 꿈틀대며 독립적인 일을 찾는 걸 늘 방해했다.

그런데 토스트 굽는 일은 할 수 있을 것 같았다. 문득 나현미 씨가 떠올라 가게를 나오자마자 바로 전화했다. 그녀에게 안부를 묻자 아직 일자리를 찾지 못해 걱정이라며 푸념을 쏟아냈다. 이 틈을 타서 난 토스트 장사를 제안했다. 내 얘기를 듣고 난 후 그녀는 생각해 보겠다며 전화를 끊었는데 하루가 지나지 않아 해 보겠다며 연락을 해 왔다. 그렇게 가맹점을 알아보는데 어느 날 신지수에게 전화가 왔다.

"언니, 흐흑!"

"왜? 무슨 일이야?"

"언니, 제 딸이 좀 다쳤어요. 흐흑……."

"아니 왜? 어디를 다쳤는데?"

"아침에 딸을 어린이집에 맡기고 저녁 알바 끝나고 데리러 갔는데 혼자 남아있던 딸이 나를 보더니 좋아서 뛰어오다 그만 다리를 접질러 부러졌어요. 흐흑……. 하소연할 사람이 없어서 이렇게 전화했어요."

생각지도 않았던 그녀의 전화에 동정심이 일며 마음이 동요됐다. 배다른 동생이지만 시누이이기도 하고 같은 여자로서, 엄마로서 생각하면 안타까운 일이었다. 그녀의 남편이 죽고 하나 남은 오빠마저 죽어서 얼마나 허탈하고 힘들지 늘 머릿속에 맴돌기만 할 뿐 쉽게 전화하지 못해서 마음이 늘 무거웠다. 그런데 마침 전화가 왔으니 그날은 그녀의 하소연을 듣고 충분히 공감해 주었다.

토요일 늦은 오후에 할 말이 있다며 현미 씨와 지수 씨를 같은 자리에 불러 모았다. 딸과 함께 나온 그들은 처음엔 어색해했지만 딸을 키우는 공통점 때문인지 쉽게 말을 트며 분위기를 전환했다. 난 한쪽 테이블에 아이들을 모아 따로 간식을 시켜주고는 옆에 있는 그녀들에게 이야기를 꺼냈다.

"내가 '조이'토스트를 하려는데 두 사람이 월급 받으면서 오전 오후 번갈아 일하는 거 어떨까?"

"네? 좋아요. 뭐라도 시켜만 주세요."

신지수가 내 손을 잡고 말했다.

"돈 되는 일이면 뭐든 해야죠."

이미 얘기를 들은 나현미 씨도 거들었다.

"두 사람이 근처에 살면서 한 사람은 나와서 일하고 다른 한 사람은 애들 둘 데리고 밥 먹여서 유치원이나 학교 보내면 좋을 것 같아. 스케줄은 두 사람이 계획해서 짜면 되고. 난 아침에 우리 애들

고양이와 여자

학교 보내고 조금 늦게 나오는 대신 저녁 마무리는 내가 하고 갈게. 두 사람은 나보다 일찍 들어가면 돼."

"네, 좋아요. 그렇잖아도 저희 집 전세 만료일이 거의 다 되었고 희정이는 아직 7살이니까 제가 나현미 씨 근처로 전셋집을 알아볼게요."

"아, 그러면 되겠네."

일은 그렇게 시작되었다. 처음엔 두 사람이 티격태격하며 서먹한 분위기를 만들고 일 분담으로 애도 먹었다. 그럴 때마다 나는 회식 자리를 만들어 조정하고 협의점을 찾아갔고 그녀들은 딸을 키우는 엄마로서 견뎌냈다. 남편 없는 여자 셋은 현실을 인식하고 살아가는 일을 게을리하지 않았고 가게는 정신없이 돌아가면서 어느덧 2년이 지났다.

로미오와 순덕이 그리고 옆집고양이 진구

파랑이는 2년 전 가을바람이 서늘하게 불던 9월 초 호주에서 돌아왔다. 커다란 가방을 끌고 집으로 들어서던 파랑이의 모습을 아직도 잊을 수가 없다. 검게 탄 얼굴에 갈색으로 물들인 머리카락은 목덜미까지 길게 자라나 있었고 눈빛은 예전과 달라 보였다. 집을 나가기 전 침울했던 눈빛은 온데간데없어지고 그의 눈가엔 웃음이 번졌으며 행동엔 자신감이 묻어 있었다. 현관문을 들어서며 그는 집사들에게 가볍게 인사한 후 나에게 눈길을 주었다.

"노니, 안 보는 사이에 많이 컸네. 너 참 멋있어졌구나! 이 회색 빛 털 좀 봐. 근사한데!"

"야아옹!"

그가 나를 번쩍 들어 올리고 꼭 껴안는 통에 숨이 막혀 소리를 내니 이내 내려놓았다. 세 집사의 얼굴은 웃음이 가득했다. 가정이 천국이라면 이런 모습일 거라고 생각했다. 그들은 파랑이를 소파에 앉히며 안부를 물었다.

"거기서 어떻게 지냈니?"

"오전엔 학교에서 공부하고 오후엔 친구가 일하는 목공소에서 일했어. 돌아오기 일주일 전에는 학교 수업이 종료돼서 영화도 보고 돌고래 쇼 구경도 가고 바닷가에서 서핑도 하면서 놀다 왔어. 근사했어."

"좋았겠네. 이제 어떻게 할 거야?"

"다시 학교 다니면서 공부해야지."

2년 전 파랑이의 모습을 떠올리니 흐뭇했다. 지금 그는 고등학생이 되었고 초록이는 고3 입시 준비로 정신없는 하루를 보내고 있었다. 달라진 건 파랑이와 초록이가 새벽에 일어나 각자 일찌감치 학교에 가면 그들이 나가자마자 보라가 짐을 가득 챙겨 밖으로 나간다는 것이다. 집에 있는 나는 분리되어 놓인 사료와 물을 적당히 배분해 그들이 올 때까지 먹는다. 보라는 아침에 우유를 따라주고 나가며 이런 말을 했다.

"노니, 우리 딸! 엄마 나갔다 올 동안 집 잘 지키고 있어. 심심하면 밖에 나갔다 와도 돼. 알지?"

그녀가 눈을 찡긋하면 나는 '야옹'이라고 소리 내며 그녀를 배웅했다. 그녀는 나를 부를 때 '딸'이라 하였고 그녀를 칭할 때 '엄마'라고 하였다. 나는 그 단어들이 좋았다. 이제 눈으로 말하는 사인도 익숙해졌고 혼자 있어도 불안하거나 심심하지도 않았다. 세 집사들의 모습도 안정되고 좋아 보였다.

루루 할머니가 죽은 후 난 '야옹' 소리도 내지 못하고 어두컴컴한 집 안에 몸을 웅크리고 몇 달을 보냈다. 집사들이 없는 낮 동안 내가 어떤 생활을 했는지 그들은 알지 못했다. 나는 집사들에게 마음의 상처를 보이고 싶지 않아 저녁에 그들이 집으로 들어오면 평상시처럼 그들 곁에 있거나 아무 일 없는 듯 돌아다녔다.

그러던 어느 날 정오에 그날도 집안 한쪽에 처박혀 몸을 웅크리고 있는데 친구들 울음소리가 계속해서 들렸다. 끊이지 않는 소리에 예민해진 귀를 진정시킬 겸 천천히 바깥으로 나가보았다. 아파트 쪽문으로 가서 위를 바라보니 산 입구로 이어진 돌계단 위쪽에서 로미오와 순덕이가 소리 내어 울고 있는 게 보였다. 그들은 나를 발견하고 허둥지둥 내려왔다.

"노니, 하도 안 보여서 걱정했어. 얼굴 좀 보려고 매일 이 시간에 널 불렀는데 이제야 보는구나! 지금까지 왜 안 보였니?"

"루루 할머니가 죽었어. 우울해서 견딜 수가 없어."

"그런 일이 있었구나! 노니야, 그래도 힘내자. 오늘은 우리와 갈 데가 있으니까 어서 올라와."

난 힘든 몸을 이끌고 그들을 따라갔다. 그들은 산책로의 끝자락으로 나를 데리고 올라갔다. 바위에 올라서서 아래를 내려다보았다. 산 밑 논두렁에는 황금빛으로 출렁이던 벼들은 온데간데없어지고 아무렇게나 버려진 논이 바닥을 드러내고 있었다. 재개발로 묶어둔 곳이라 쓸쓸하게 버려졌지만 맞닿은 하늘만은 넓게 펼쳐져 있었다. 높은 곳에 서서 먼 곳을 바라보니 어두웠던 마음이 환해지고 머릿속이 맑아졌다. 그들과 함께 산을 돌아다니며 자연 속에서 활기를 찾았고 엄마, 아빠와 지냈던 산에서 다시 생기를 얻을 수 있었다. 우울함으로 하루하루 죽어가던 마음이 치유되는 것 같았다.

새벽에 보라가 나간 후 오늘은 모처럼 아파트 뒤쪽으로 일찌감치 나가 로미오와 순덕이를 만났다. 그들은 들고양이 티가 제법 묻어 있었다. 그들과 함께 다시 산에 오르니 2년 전 일들이 주마등처럼 스쳐 지나갔다. 며칠 전까지는 간간이 산 아래에서만 놀았는데 그날은 산꼭대기까지 올라갔다. 2년 전에 보았던 그곳에 다시 올라가 아래를 내려다보니 산 밑의 풍경은 그사이 많이 변해 있었다. 논과 밭이었던 땅에는 새 아파트들이 즐비하게 들어서 있었고 양쪽으로 마주선 아파트 사이로 도로가 뚫려 차들이 지나다니고 있었다. 산 밑은 온통 아파트 천지였다. 어릴 적 엄마, 아빠와 보았던 산 아래

고양이와 여자

의 풍경은 이제 어디에도 존재하지 않았다. 갑자기 추억이 사라진 것 같아 울적했다. 그때 로미오가 말했다.

"노니, 너무 슬퍼하지 마. 추억은 머리와 가슴에 그대로 남아 있는 거야."

그 말이 위로가 되었다. 눈물을 거두고 그들과 함께 다니며 꽃과 나무, 흙과 바위 냄새를 맡으니 어두웠던 마음이 환한 등불을 켠 듯 밝아졌다.

산에서 내려와 다시 아파트 난간을 타고 올라가 10층 베란다 안쪽으로 가볍게 착지했다. 천천히 안으로 발을 옮기니 벽에 붙은 야광색 시계 소리가 두 번 울려 퍼졌다. 나는 바구니 옆 그릇에 남은 우유를 핥아 먹고 옆에 있는 물과 사료를 먹었다. 그때 루루 할머니네 집 쪽에서 수컷 고양이 울음소리가 들렸다.

"냐아옹, 크아아옹!(안녕, 회색빛깔 아가씨!)"

"크우웅 야아아옹?(누구?)"

고개를 돌리니 힘 있고 매끈한 다리를 쭉 뻗은 채 내려다보고 있는 청년 고양이가 콧수염을 위로 올리며 웃고 있었다. 그의 몸은 노란색 털로 뒤덮여 금빛 물결을 이루었고 다리만 장화를 신은 듯 하얀색으로 덮여 있었다.

"거긴 루루 할머니 집인데 네가 왜 거기서 나와?"

"루루 할머니? 아, 전에 있던 고양이 할머니인가 보구나! 가끔 집사가 루루 얘기를 하곤 했지. 난 새로 입양된 고양이 진구야. 넌 이름이 뭐니?"

"새로 입양됐다고? 난 노니야."

그는 갑자기 베란다 난간에서 뛰어내려 내 얼굴 앞으로 얼굴을 들이밀었다.

"깜짝이야. 놀랐잖아!"

그는 얼굴을 더 가까이 들이대며 말했다.

"노니? 고양이 친구가 옆에 살다니 진짜 행운인데? 잘 지내자."

그때 옆집에서 문 여는 소리가 나자 그는 귀를 쫑긋했다.

"그럼 내일 또 만나. 안녕!"

그는 가뿐히 점프해서 옆집으로 돌아갔다. 루루 할머니가 있던 자리에서 그녀처럼 금빛으로 출렁이는 털을 가진 새로운 고양이 친구를 보니 가슴이 울렁거려 한참 동안 난간을 쳐다보았다. 파란 하늘에 흰 띠를 두른 구름이 둥둥 떠 있었다. 구름처럼 둥둥 떠 있는 마음을 안고 바구니로 들어가 잠을 청했다. 산을 오르며 피곤했던지 어둠이 내려앉을 때까지 깊은 잠에 빠져들었다.

숨겨진 유서

평일에는 8시까지 장사를 했지만 토요일에는 저녁 5시쯤 일을 마무리하고 집으로 들어왔다. 온수역 근처에 공장 단지가 들어서면서 평일 장사로도 수익을 낼 수 있었기에 무리하지 않았다. 신앙

생활 하는 것을 원칙으로 내세운 가맹주의 원칙에 따라 일요일은 강제 쉼을 당했지만 편하고 좋았다.

토스트 장사를 시작하고 일 년 정도는 재정이 빠듯했다. 그런데 근처에 공장이 들어서면서 줄 서서 기다릴 정도로 사람이 많아지더니 재료비나 월세를 제하고 두 사람 월급과 우리 가정의 생활비를 충당할 수 있을 정도로 수익을 낼 수 있었다.

그런데 얼마 전 나현미 씨가 독립의사를 비췄다. 모아둔 돈도 있고 친정 엄마가 하던 일을 그만두고 도와주신다고 해서 딸 학교 근처에서 자기도 토스트 가게를 차리고 싶다고 했다. 아쉬웠지만 그녀를 마냥 잡고 있을 수 없어 북돋워 주었다.

"현미 씨는 부지런하고 손재주도 있으니 창업하면 잘될 거야."

"언니, 너무 고마웠고 죄송해요."

"죄송하긴! 오히려 내가 더 고맙지. 얼른 알아봐."

그날부터 나현미 씨는 간간이 가게를 빠지는 일이 있었지만 준비할 게 많아 그러려니 하며 배려했다. 그런데 신지수는 끝까지 내 옆에 있겠다고 했다. 나현미 씨가 그만두면 지수 씨와 내가 할 일이 더 많아지겠지만 나현미 씨의 몫까지 일해서 돈도 더 가져가겠다고 하니 나름 고마워서 웃음으로 답했다.

토요일 저녁에 애들이랑 외식하고 들어와 샤워를 하고 모처럼 노니와 시간을 보냈다.

"노니, 가져와!"

빨갛고 파란 천으로 된 공을 굴리니 반짝반짝 빛을 내며 굴러갔다. 노니가 뛰어가 공을 물어왔다. 그 공은 유진이가 특별히 노니를 위해 호주에서 사 온 거라 그런지 노니가 늘 부비고 좋아하는 장난감이 되었다. 몇 번 반복하다 그만두고 이제 자러 가자고 하니 말을 알아들었는지 노니도 바구니로 들어갔다. 나도 불을 끄고 안방으로 향했다.

안방으로 들어와 나현미 씨에게 주려고 사 놓은 목걸이를 포장하려고 보관된 장식장 서랍을 열었는데 서랍 옆에 놓여있는 남편 휴대폰에 시선이 갔다. 동영상을 본 이후 여태껏 보지 않았던 휴대폰이었는데 오늘은 왠지 다시 열어보고 싶다는 생각이 강하게 들면서 충전기를 찾았다. 충전하는 동안 곧 창업할 현미 씨를 생각하며 목걸이를 포장했다. 선물은 현미 씨와 지수 씨 것까지 두 개를 샀다. 30, 40대 여자들이 좋아할 것을 생각하다 14k 줄에 중간 정도 크기의 진주가 달린 목걸이를 샀다. 그녀들을 생각하니 포장하는 내내 미소가 지어졌다.

포장을 마치고 충전이 완료된 휴대폰을 켰다. 침대 헤드에 등을 기대고 앉아 천천히 사진첩을 열어보니 남편 모습이 곳곳에서 웃고 있었다. 애들과 함께 등산 갔던 사진이나 강원도 계곡에서 찍은 사진들, 스키 타러 갔던 사진들이 연도별로 잘 배열되어 있었다. 맨 위로 올리니 대학 때 남편과 함께 찍었던 사진들이 나타났다. 그가 사주었던 옷과 액세서리, 가방 등이 내 몸에 걸쳐져 있는 걸 보니 그때의 일들이 선명하게 되살아나는 것 같았다. 기분 나쁜 동영상은 모두 삭제한 상태여서 이제 그의 휴대폰에는 온전히 우리

고양이와 여자

가족과 노니만 들어 있었다.

사진을 접으니 안 보았던 파일이 눈에 들어왔다. 열 개 남짓한 파일 중 마지막 것을 열어보니 '유서'라고 쓰인 파일이 눈에 들어왔다. 순간 가슴이 빠르게 요동치기 시작했다.

'이런 게 있었나?'

떨리는 손으로 파일을 터치했다. 내용을 읽는 동안 남편의 어리석은 결단에 말문이 막혔다. 몽둥이로 머리를 맞은 것처럼 머릿속이 찌릿해지면서 전기가 통하는 것처럼 아찔했다. 기가 막혀 울어야 할지 웃어야 할지 갈피를 잡을 수 없었다. 어느새 난 꺽꺽거리며 울고 있었다. 어이없는 헛웃음을 반복해서 토해냈다. 우는 동안에도 머릿속에선 애들한테 얘기해야 할지 말아야 할지 신지수에게는 어떤 말을 해야 할지 많은 생각들이 중첩됐다. 충격에서 벗어나기가 어려웠다. 밤새도록 떨리는 가슴을 부여잡고 잠을 뒤척였다.

다음 날은 일요일이었고 난 침대에 누운 채 밖으로 나오지 않았다. 한 번씩 문을 빠끔히 열어본 아이들은 분위기를 보고 각자 알아서 밥을 먹었다. 그날 오후에야 간신히 몸을 일으켰지만 여전히 생각은 정리되지 않았다.

유서

수현아, 유빈아, 유진아!

당신이 이 글을 읽고 있다면 이미 난 세상에 없을 거야.

이런 선택을 하게 되어 너무 미안하다. 하지만 탈출구를 찾지 못했어.

여보, 지금부터 내가 하는 말에 충격 받지 않길 바라.

이제껏 당신과 애들한테 잘 해 준 것도 없는데 이렇게 큰 비밀을 알려야 하는 내 마음이 너무 무거워. 이런 결정을 할 수 밖에 없었던 나를 용서해 줘.

신지수와 내 친구 상돈이는 내가 이어준 부부였고 신지수는 아버지에게 숨겨진 배다른 동생이었어. 처음 지수를 만난 건 유빈이가 여덟 살 쯤 되던 해였을 거야. 표정 없는 얼굴로 나를 찾아와서는 다짜고짜 내가 자신의 배다른 오빠라고 했을 때 얼마나 당황했는지 몰라. 지수의 엄마 신혜숙과 아버지와의 관계, 그리고 그 사이 얽혀있는 A호텔 사장 얘기를 다 듣고 가슴이 먹먹해서 눈물이 날 지경이었어. 남자로서 책임을 다하지 않고 상처를 준 모녀에게 난 아버지가 치르지 못한 죄책감을 짊어져야 했어. 이후 아버지한테 말하

232   고양이와 여자

지 않고 지수를 챙겨주게 됐고 상돈이와 셋이서 자주 만나다보니 그들은 결혼까지 하게 된 거야.

그런데 수현아,
내가 이렇게 미쳐가게 된 건 돈 때문만이 아니야. 인간에 대한 환멸이 몰려와서 견딜 수가 없어. 당신도 알다시피 상돈이는 내 둘도 없는 친구였잖아. 그런데 지수와 결혼한 이후 가족력으로 당뇨가 왔고 신장까지 나빠져 몸이 붓고 예민해지기 시작했어. 그때부터 그놈은 지수를 손찌검하기 시작했어. 애가 태어나고 고생하는 지수에게 소리치고 꺼지라며 그녀의 손길을 거부했고 난 매일 울면서 하소연하는 지수를 다독일 수밖에 없었어.
그런데 그놈이 죽은 거야. 그토록 증오했던 아버지도 죽고 그럼 난 이제 홀가분해져야 하잖아? 그런데 아니었어. 지수는 자존심을 바닥에 내려놓으며 나를 위해 A호텔 사장에게 돈까지 받아 왔지만 난 오히려 병이 더 심해졌어. 당신은 모르겠지만 난 몇 년 전부터 우울증과 공황장애를 앓고 있었어. 그래서 당신에게 자주 화내고 소리 질렀어. 그런 내 모습을 보이고 싶지 않아 출장 간다는 핑계로 집밖으로 나가서 혼자 있곤 했지.

수현아,

조금은 날 이해해줄 수 있을까? 당신과 아이들을 위해 떳떳
하고 당당하게 서고 싶어 내 스스로 나를 가두며 극복할 수
있을 거라는 무모한 생각을 한 거야. 그러다 병이 깊어졌고
이제는 더 이상 버티기 힘들구나.

여보.
당신을 많이 사랑해. 나보다 2살 어린 당신을 동생을 통해
처음 봤을 때부터 지금까지 난 당신만 생각하며 살았어. 한
때 젊은 호기로 일본 출장 중에 만난 일본 여자 때문에 내
팔이 부러질 정도로 당신이 때린 적이 있지? 그 일도 다시
용서를 빌게.

사업도 살리지 못하고 당신 오빠나 친정 식구들, 우리 가족
모두에게 상처만 줘서 너무 미안해. 내가 방패막이 됐어야
했는데 그러질 못했어. 당신에게 지은 죄가 너무 커서 하루
하루 견디기가 어렵고 공황장애도 점점 심해져만 가고 있어.

죽음밖에는 답이 없다는 결론에 이르렀어. 아이들을 생각
하니 벌써 눈물이 나온다. 겉으로는 무뚝뚝해 보여도 난 그

고양이와 여자

누구보다 아이들을 사랑한다.

수현아,
내가 간 후 돈 걱정은 하지 않아도 될 거야. 일가친척 없이 외아들이었던 상돈이가 죽기 전에 잠깐 예전의 순수했던 그로 돌아온 적이 있었는데 부모님이 남겨주신 땅을 헐값으로 내게 양도했어. 이유는 여러 가지가 있겠지. 증서는 파일에 넣어 놓을게. K은행 금고에 가면 공증한 증서를 찾을 수 있을 거야. 당신 이름으로 찾을 수 있게 해 놨어. 비번은 당신이 좋아하던 숫자 1004야.

여보.
내 인생에서 난 두 가지 선택을 하면 안 되었어. 하나는 당신한테 모든 걸 솔직하게 말하지 않은 거였고 다른 하나는 지금 이 글을 쓰고 난 후에 생길 일이야. 나 때문에 당신과 애들이 많이 힘들었고 아버지로 인해서 나도 많이 고통 받았어. 이복동생 지수가 힘들게 살다 결혼했건만 다시 친구에게 시달리고 힘들어하는 것을 보면서 죄책감에 견딜 수가 없었어.

하지만 그 무엇보다 참기 힘든 건 당신이 알게 될 일이 죽음보다 두려워. 내가 먼저 가서 하늘에서 당신을 기다릴게. 당신은 천천히 와. 당신의 넓은 맘으로 지수와 그의 딸, 그리고 남겨진 가족 모두를 살펴주길 바란다면 너무 큰 욕심이겠지. 이제 내 생각은 잊고 모두 건강하게 잘 살길 하늘에서 기도할게.

모두 사랑한다.

2015년 6월 6일 서영우

4

새 길

하늘 길 수목장

남편의 유서를 본 지 한 달이 다 되도록 마음을 잡지 못하고 무기력하게 지냈다. 그런데 어제 꿈속에서 남편을 보았다.

"수현아!"

그가 자작나무 아래에서 손짓하며 애타게 나를 부르는데 땅바닥에 발이 달라붙어 떨어지지 않았다. 멀리서 그 모습을 본 나는 그에게 가려고 뛰었다. 그런데 아무리 뛰어도 거리가 좁혀지지 않아 훌쩍이며 깨어났다. 다음날 개운하지 않은 머리로 벌떡 일어나 무거운 몸을 움직여 나갈 채비를 했다.

아파트 밖으로 나오니 경비실 옆에 서 있는 시계탑 바늘이 10시를 가리키고 있었다. 토요일이라 서둘러 차를 몰았다. 1시간 정도 운전해 목적지에 주차한 후 차 문을 열고 나오니 차가운 공기가 얼굴을 스치며 시리도록 상쾌했다. 10월 말의 하늘은 그림처럼 파랗게 박혀 있었다. 벽제에 위치한 하늘 길 수목장에 남편 뼛가루를 묻은 건 평소 그가 바라왔던 일이었다.

숲을 좋아했던 그는 결혼하자마자 인제에 있는 자작나무 숲을 보러 가자고 했다. 난 들뜬 마음으로 그를 따라나섰다. 22년 전 가을 하늘도 지금처럼 파랗고 상쾌했다. 입구에서 걷기 시작해 3.5km를 오르니 하얀 자작나무 숲이 펼쳐졌다. 비밀스럽게 간직된 그곳은 신비롭고 아름다운 자태를 숨기고 있었다. 곱고 하얀 피부로 온몸을 감싸며 하늘을 향해 힘차게 내뻗은 자작나무가 적당한 간격을 두고 빽빽이 흩어져 있었다.

"어쩜 너무 예쁘다! 겨울나라에 온 것 같아!"

"하하, 당신 여기 안 왔으면 어쩔 뻔했어? 휴, 공기 참 좋다. 여긴 내가 인제에서 군 복무할 때 자주 왔던 곳이야. 휴가 때 이곳에 먼저 들렀다 집으로 가곤 했지. 군 생활로 힘들었을 때 날 많이 위로해 주었는데 나도 죽으면 이런 자작나무가 되고 싶어."

"여보! 지금 몇 살인데 죽는 얘기야? 나중에 늙어 죽으면 수목장 해 줄 테니 걱정 마. 하하."

농담처럼 했던 말이 현실이 될 줄은 몰랐다. 이후 십여 번은 더 그곳을 찾았다. 갈 때마다 그는 20대 군 생활의 향수를 느꼈고 애처럼 좋아했다. 4년 전 겨울, 우리 가족은 이곳에 와서 가족사진을 찍었다. 매일 아이들과 내 사진만 찍어주던 남편은 그날따라 옆에 있던 남자에게 사진기를 건네며 부탁했다.

고양이와 여자

"저희 가족사진 좀 찍어 주시겠어요?"

"아, 예. 그러죠. 찍습니다. 하나, 둘, 셋!"

하얀 자작나무와 흰 눈을 배경으로 찍은 사진은 그와의 마지막 가족사진이 되어 지금도 거실에 걸려있다. 자작나무 숲에서 환하게 웃고 있던 남편과 아이들 그리고 나는 누구보다 행복해 보인다.

하늘 길 수목장에서 그가 묻힌 자작나무는 맨 꼭대기에 있어서 잘 닦여진 길을 따라 가쁜 숨을 몰아쉬며 올라갔다. 정상에 다다르니 넓게 펼쳐진 하늘이 온몸을 드러내며 산 위에 맞닿아 있었다. 그 아래로 여기저기 흩어지고 갈라진 산길이 다시 하늘 끝으로 이어지며 지도를 만들어 냈다. 차가운 바람은 우울하고 답답한 마음을 날려 보내며 머릿속을 맑게 했다.

좁은 길을 따라 500m쯤 걸으니 그가 묻힌 자작나무가 보였다. 그 앞에 도착해 자리를 깔고 가지고 온 소주를 나무에 조금 부었다. 갑자기 눈시울이 붉어지며 울음이 터져 나왔다.

"여보, 이제 난 어떡해? 당신 어머니나 동생들, 그리고 희정이한테 내가 뭘 어떻게 해 줘야 하는 거냐고! 왜 그런 무모한 짓을 했어? 그게 말이 돼? 그냥 나한테 솔직히 얘기하고 답을 찾아갔으면 좋았잖아. 당신이 동정심 많고 여린 건 알지만 그건 아니야. 당신은 가족을 지켜야 했어. 그렇게 죽을 순 없었다고! 흐흑……."

소리 없던 울음은 울분으로 터져 나와 애꿎은 가슴만 쳐 댔다. 꼭대기에는 아무도 없었기에 마음껏 울 수 있었다. 한참을 울다 지처 멍하니 앉아 있으니 누군가 내 어깨를 잡았다. 놀라 뒤를 돌아보니 신지수가 삐딱하게 어깨를 내리고 서 있었다. 얼마나 있었던 걸까? 그녀도 손수건을 눈가에 묻히고 있었다.

"아침에 언니 만나려고 집에 전화했더니 유진이가 이곳에 갔다고 해서 뒤따라 왔어요."

한 달 전 남편 유서를 보고 며칠 후 카페에서 신지수를 만났다. 유서를 본 그녀는 말을 잇지 못했다. 그녀는 빗길에서 차가 미끄러졌다고 믿고 싶어 했다. 혹여라도 오빠가 그런 결정을 했을까 봐 말조차 꺼내는 걸 주저했다고 했다. 자기 때문에 일어난 일이라며 눈물을 흘리던 그녀는 감정이 복받치며 카페를 뛰쳐나갔다. 그 후 한 달간 연락이 없더니 오늘 이곳에 나타난 것이다.

그녀는 내 옆에 앉아 자작나무를 보며 중얼거렸다.

"제가 희정이 낳고 얼마나 힘들게 살았는지 언니는 상상도 못 할 거예요."

"오빠가 남긴 유서를 보고 상돈 씨가 지수 씨에게 몹쓸 짓을 했다는 걸 알게 됐어. 그땐 얼마나 놀랐는지 몰라. 결혼할 때 상돈 씨가 지수 씨에게 잘해 줬던 모습이 아직도 눈에 선해. 대체 언제부터 그랬던 거야?"

그녀는 쓴웃음 지으며 표정 없는 얼굴로 담담히 얘기를 풀어냈다.

"애 낳기 전까진 그랬죠. 하지만 남편은 내가 딸 희정이를 낳자 갑자기 변했어요. 매일 술에 절어 살며 소리 지르고 화내고 때려 부수면서 스스로 힘들어했어요. 대체 왜 그러냐며 대들고 싸우기도 했는데 소용없었고 싸우다 맞아서 기절한 적도 있었어요."

"설마……. 대체 상돈 씨가 왜 그랬던 건데? 축복받아야 할 애가 무슨 죄라고?"

난 놀라 입이 다물어지지 않았다. 하지만 그녀는 초연한 사람처럼 말했다.

"지금 생각하니 그이가 왜 그렇게 괴로워했는지 이해가 돼요. 자격지심이었던 것 같아요. 맨정신으로 애를 보면 현실을 인정해야 하니까 매일 술을 마셨어요. 사실 그이는 나와 결혼한 것을 부끄러워했어요. 오빠랑 셋이 만날 땐 나에 대한 동정심과 애처로움을 사랑이라고 여겼대요. 그런데 결혼해서 살다 보니 왜 자신이 멀쩡한 여자들 놔두고 친구 아버지가 버린 여자의 딸과 결혼했는지 후회된다고 했어요. 그것도 가장 친한 친구의 이복동생이라서 오히려 더 비참하다고 했죠. 제 엄마가 어떻게 살았을지 안 봐도 불 보듯 하다며 그 뿌리가 의심된다는 말도 거침없이 내뱉곤 했어요. 그렇게 지병이 있던 남편은 화내고 술 마시는 날이 많아지면서 당뇨와 간질환이 심해지고 합병증까지 생겨 죽은 거였죠."

"세상에, 그런 일이……. 남자들이란 하나같이 왜 그렇게 편협한지……. 우리가 어쩌다 이렇게 됐을까? 어디서부터 매듭을 풀어야 모두 다 죽지 않는 길을 선택할 수 있었을까?"

"모두 다 제 잘못이에요. 내가 오빠를 찾아오지만 않았어도 오빠랑 그이가 더 오래 살 수 있었을 텐데……흑흑, 상돈 씨나 영우 씨 모두에게 내가 큰 죄인이에요. 내가 나쁜 년이에요."

"아니야. 지수 씨도 어쩔 수 없었잖아. 정말 나쁜 건 내 시아버지지. 이제 와서 누구의 잘잘못을 따지는 게 무슨 의미가 있겠어? 생각해보면 나도 영우 씨한테 돈 못 벌고 빚만 진다고 화내고 몰아붙였으니 내가 나쁜 년이었고 지금은 다 후회 돼."

갑자기 그녀가 울음을 멈추고 돌아서더니 내 손을 잡고 말했다.

"언니, 이제 난 희정이가 있어서 매일 죽지 않고 살 수 있어요. 언니도 유빈이 유진이 보고 사는 거잖아요. 그러니까 언니는 나와 내 딸을 외면하지 말아 주세요. 안 그러면 전 혼자 버틸 수가 없어요. 흑흑……."

신지수가 한 달 동안 어떻게 지냈는지 모른다. 유서를 본 나도 충격이 너무 커서 그녀의 심정이 어떤지 알고 싶지 않았고 묻지도 않았다. 그만큼 나도 너무 쉽게 삶을 마감한 남편에 대한 배신감이 커서 남을 생각할 겨를이 없었다. 그런데 그녀는 지금 내게 찾아와 자신의 결혼 생활에 대한 치부를 말하고 있었다. 생각지도 못한 일이라 어이없는 표정으로 듣고 있던 나는 그녀의 눈을 쳐다보며 말했다.

"그럼 한 가지만 물을게. 지수 씨는 오빠를 만난 것과 상돈 씨와 결혼해서 희정이 낳은 것 후회 안 해?"

그녀는 고개 숙이며 입을 열지 않았다. 어색한 침묵을 깨고 그녀가 천천히 말했다.

"상돈 씨랑 살면서 많이 힘들었어요. 사실…… 남편이 죽은 후 오빠가 남편의 폭행 사실을 알고 얼마나 힘들어했는지 몰라요. 친구가 그럴 줄 몰랐다며 많이 우울해했어요. 그러던 중 공황장애가 심해지면서 정신과를 자주 찾았고 우울증 약 없이 버티기 힘든 상황까지 가게 된 거였죠."

"……."

공황장애였다는 건 유서를 통해 이미 알고 있었지만 지속적으로 힘들었다는 사실을 난 모르고 그녀는 알고 있었다니 씁쓸했다. 그녀가 불쑥 내 손을 잡으며 말했다.

"언니, 전 지금이 좋아요. 오빠와 상돈 씨를 만난 것 다 후회하지 않아요. 하지만 여기서 한 발자국만 더 나가면 전 낭떠러지예요. 절 밀치지 마세요. 제발!"

"……."

난 고개 숙인 채 아무 말도 못 하는 그녀의 손을 두 손으로 부여잡으며 말했다.

"지수 씨, 많이 힘들었지?"

"언니!"

그녀가 와락 달려들며 내 품에서 울음을 토해냈다. 내 눈에서도 눈물이 흘러나왔다. 그녀는 응어리졌던 돌덩이를 다 끄집어내듯 엉엉 소리 내어 울었다. 정오의 햇살이 느린 여운을 남기며 기울어지고 있었다. 자작나무가 크게 흔들리며 선선한 바람을 여운처럼 남겼다. 나는 감정을 추스르고 그녀에게 말했다.

"마지막으로 하나만 더 얘기하자. 지수 씨는 우리 애들이랑 희정이가 사촌지간이라는 사실을 알리길 원해 아님 평생 모르고 살길 바라?"

"……저는 더 이상 일이 커지지 않았으면 해요. 그냥 모르고 갔으면 좋겠어요."

"그래. 그게 편하다면 그렇게 하자. 그런데 상돈 씨랑 살면서 좋았던 기억은 없었어?"

"아뇨, 있었죠. 희정이가 아기였을 때 꼬물꼬물 손가락을 움직일 때면 살아있는 인형 같다며 신기해하고 딸이 아플 때 전화하면 회사 일도 마다하고 달려와 병원에도 가주곤 했어요. 희정이도 아빠를 많이 따랐어요. 작은 입술로 아빠라고 할 때 좋아서 어쩔 줄 몰라 하던 그이 모습이 아직도 사진처럼 남아 있어요."

난 그녀를 쳐다보며 다시 한 번 말했다.

"이제 이 사실은 우리 둘만의 비밀로 가져가자. 어차피 어머님이랑 시누이가 안다고 해서 지수 씨한테 좋을 건 없을 거야. 추석이랑 설에는 희정이랑 같이 우리 집에 와. 우리 애들이랑 같이 밥 먹고 얼굴 보면서 지내자. 다 잊고 새로 시작하는 거야!"

"고마워요. 언니! 정말 고마워요……."

그 후 나는 내 아이들과 지수 딸의 교육을 위해 남편이 남긴 땅을 팔았고 지수 씨와 희정이가 먹고 살 수 있게 여분의 돈도 주었다. 그녀는 여유가 생기자 어린이집 보육교사 교육을 받았고 희정이가 다니는 학교 옆 어린이집에 보조교사로 취직했다. 나는 경기

권에 있는 노인 복지 센터의 '노인들을 위한 즐거운 일본어 교실'에서 일주일에 세 번 강의를 하게 되었다.

"자작나무는 불에 잘 타서 신방을 태우는 촛불의 재료가 되죠. 해리 포터에 나오는 마법 빗자루 파이어 볼트는 자작나무로 만들어졌다고 해요. 자작나무 꽃말이 뭔지 아세요? '당신을 기다립니다.'예요."

남편 뼛가루를 묻은 후 수목장 관리자가 했던 말이 새삼 떠올랐다.

〈번외 6〉 노니의 위로

한 달 전 유서를 본 후 가게에 나가지 못했다. 일주일간 계속 문을 닫으니 나현미 씨가 독립해서 나간다고 연락해 왔고 따로 만난 신지수는 내 얘길 듣고 놀라 뛰쳐나간 후 연락이 닿지 않았다. 나도 몸을 추스를 시간이 필요했기에 웃돈을 얹어 가게를 내놓고 빠르게 인계했다.

10월 중순에 가게를 정리한 후 한동안 집안에만 처박혀 있었다. 언젠가 약에 취해 베란다에서 떨어질 뻔했던 날처럼 온몸은 만신창이가 되어갔다. 아이들은 내 눈치를 보며 조용히 움직였고 노니는 낮이나 밤이나 내 옆을 지켰다. 노니는 내게 큰 위로가 되었다. 노니에게 마음속 응어리진 것을 풀었고 침대에서 소리치며 울다 잠드는 날에는 그가 '야옹'거리며 함께 울어줬다.

그렇게 하루하루가 지나는 동안 난 점차 회복되어 갔다. 베란다로 향했던 때처럼 마음이 무겁거나 우울하지 않았다. 내 안에 닫힌 문을 열려고 무던히 애를 썼다. 남편의 죽음에 대한 배신감과 허탈함이 밀려올 때면 몸부림치며 괴로웠지만 노니와 함께하며 분노는 점차 용서와 화해로 변해갔다. 몸을 추스른 지 얼마 안 되어 남편 꿈을 꾸었고 다음 날 하늘 길 수목장으로 갈 수 있었다.

푸른빛의 징조

파랑이가 호주에서 돌아온 후 집안 분위기는 따뜻하고 훈훈했다. 가끔 집사들이 집을 비울 때면 옆집고양이 진구와도 놀 수 있어 심심하지 않았다. 그런데 최근 보라의 표정이 복잡해 보였다. 어제 노랑이가 있는 수목장에 다녀온 그녀는 무엇에 짓눌린 것처럼 무겁고 창백한 얼굴로 들어섰다. 며칠 동안 그녀는 낮에는 잠에 취해 있었고 밤에는 어두운 소파로 나와 석상처럼 앉아 있었다. 보라를 만난 지 어느덧 3년이 되었고 가족이 된 지도 벌써 2년 9개월이 되었다.

　　　　　　　　　　　　　　　　고양이와 여자

"너 혼자 된 고양이구나! 불쌍해라. 너무 웅크리지 말고 살아!"

내가 수풀더미에서 잔뜩 몸을 웅크린 채 울었던 날은 융과 이유가 죽은 지 고작 하루가 지난 때였다. 산 위를 걷던 그녀는 수풀더미에 있는 나를 발견하고 눈을 떼지 않았다. 그리고 나를 향해 뭐라고 말했다. 하지만 난 뒤돌아보지 않은 채 인간들의 눈에 띄지 않는 곳으로 발길을 옮겼다. 산비탈을 내려가다 문득 뒤돌아보니 바위에 앉아 멍한 눈으로 하늘을 쳐다보는 그녀가 보였다. 자세히 보니 그녀 역시 소리 없는 눈물을 훔치고 있었다.

'*냐아아아옹! 냔냐옹!*'(나보다 더 처량하면서 무슨!)'

나는 혼잣말을 하곤 다시 몸을 돌려 보금자리를 찾아갔다. 그녀와 내가 처음 만났던 날 우린 둘 다 웅크린 존재였다. 그 후 가족이 되면서 많은 날들을 울고 웃었다. 그녀는 착하고 순한 인간이었고 있는 그대로의 나를 인정해 주었다. 내가 아프거나 풀이 죽어 있으면 안아주었고 먹여주며 기운을 북돋워 주었다. 들고양이 시절 융은 할머니 인에 관한 전설을 이야기해 주면서 이렇게 말하곤 했다.

"뮤야, 어둠이 물러나고 푸른빛이 비추면 너의 영감이 사라질 때가 있을 거야. 하지만 네가 인간의 생각이나 기를 더 이상 느끼지 못하는 날이 오더라도 너무 슬퍼하지 마라. 그건 네가 비로소 그들과 가족이 되었다는 증표이기 때문이지."

어둠 속에 웅크린 그녀를 보면서 할머니 인에 관한 전설을 말해 주었던 융의 마지막 말이 불현듯 떠올랐다. 바구니에 누워 눈을 감지 않고 밤을 지새우는 그녀를 오랫동안 바라보았다.

일주일이 지나고 다시 금요일이 되었다. 언제 일어났는지 보라는 해가 들도록 커튼을 활짝 열어젖혔다. 11월 중순을 넘어서 말일로 향해 가는 늦가을의 찬바람은 서늘했다. 그녀는 아침부터 분주하게 몸을 움직였는데 왠지 초조하면서도 긴장돼 보였다. 아침에 파랑이와 초록이를 학교에 보내고 똥 마려운 강아지마냥 이리저리 왔다 갔다 하더니 두 손을 맞잡고 기도한 후 다시 일어나 물을 마시고 컴퓨터 앞에 앉아 이리 저리 마우스를 움직였다.

그때 눈부시게 파란빛이 거실로 들어왔다. 순간 '찌르르'하면서 내 머리가 하얘지더니 몸이 휘청거렸다. 정신을 차리고 다시 눈에 힘을 줬다. 그녀는 아직도 컴퓨터 앞에 앉아 있었다. 컴퓨터 화면을 뚫어지게 보던 그녀는 다시 일어나 안절부절못하다 소파에 앉아 두 손을 모으고 기도한 후 다시 일어나 컴퓨터 앞에 앉았다. 자꾸 시계를 보았다.

시간이 멈춘 듯 고요함과 긴장감이 나돌던 몇 분이 지나자 '앗싸!' 하고 소리치며 그녀가 의자에서 벌떡 일어났다. 주먹을 쥐고 왔다 갔다 하면서 실성한 사람처럼 웃었다. 그러더니 갑자기 나를 번쩍 들어 올리며 와락 껴안았다.

"흑, 허허 하하……됐어. 노니야, 됐어!"

그와 동시에 그녀의 휴대폰이 울렸다. 그녀는 울먹이며 말했다.

"그래, 유빈아, 합격했어! 축하한다. 정말 수고했다. 이따 집에서 보자."

고3이 될 때까지 매일 지는 새벽별을 보며 학교에 갔다 뜨는 새벽별을 보고 집으로 돌아온 초록이는 수시로 원하는 대학에 합격했다고 휴대폰 너머로 소리쳤다.

그날 저녁 보라의 시어머니와 시누이가 왔다. 그들은 예전처럼 터질 것 같이 찌그러진 얼굴이 아니라 잔뜩 풀죽은 얼굴로 들어와 보라의 손을 잡고 울먹였다.

"유빈 어미야, 내가 전에는 정말 미안했다. 그때는 나도 정신이 나갔던 것 같아. 네가 우리 두 모녀를 살 수 있게 해 줘서 정말 고맙다. 그리고 유빈이 합격 축하한다. 수고했다."

"어머니, 저도 잘한 것 없어요. 이제 어머니도 죽은 사람은 잊고 노래 교실도 다니며 좋은 날 보내세요. 제가 돈 대 드릴게요."

한참 동안 울먹이던 그들이 돌아간 후 얼마 되지 않아 보라의 친정엄마와 오빠, 그녀의 여동생이 들어 왔다. 그들은 초록이와 파랑이가 학교에서 올 때까지 기다리다 그들이 들어오자 함께 많은 얘기를 나누었다.

"수현아, 수고했다. 남편 그렇게 되고 얼마나 힘들었니? 이 불쌍한 것!"

"엄마, 좋은 날에 왜 우세요. 이제 다 잊고 애들이랑 잘 살 일만 남았으니 웃으세요. 웃어."

보라의 오빠가 그녀의 엄마를 보며 말했다.

"유빈아, 축하한다. 언니 수고했어."

보라의 여동생이 말하자 파랑이도 덩달아 입을 열었다.

"형, 진짜 축하해! 너무 부럽다."

"자식, 너도 잘될 거야. 모두 감사해요."

"하하하 하하하……."

이날 보라의 집을 찾아온 인간들은 푸른빛이 비추는 것처럼 들 뜨고 행복해 보였다. 이들의 웃음 가득한 모습을 바라보는데 다시 '찡'하며 전자파 같은 것이 머리를 스쳤다. 갑자기 융의 말이 떠오 르며 불안감이 몰려왔다. 보라와 영의 기운으로 연결되어 그녀의 감정과 생각을 느낄 수 있었는데 이제 그것이 사라지고 오직 동물 적 본능으로만 살아가야 한다니 왠지 모를 슬픔이 몰려왔다. 얼마 남지 않았다는 생각이 들자 가슴이 뭉클해지며 애잔한 눈빛으로 그들을 바라보았다. 눈물이 고였다. 그들을 오랫동안 눈과 뇌에 저 장하고 싶었다.

노니의 변환

11월 마지막 주 토요일 아침에 커다란 승합차를 렌트한 보라는 초록이와 파랑이에게 짐을 싣게 했다.

"정말 오랜만에 가는 여행이지? 너희들 인제에 있는 자작나무 숲 에 가고 싶다고 매일 조르더니 드디어 오늘 가네! 이따가 숙소에

고양이와 여자

짐 풀고 갔다 와서 저녁엔 고기도 구워먹자."

"노니는요?"

파랑이가 말했다.

"가족인데 당연히 데려가야지. 유진이 넌 노니 이동식 집이랑 물, 간식, 배변 도구 잘 챙겨."

"알았어요."

분주했던 짐 챙기기는 오전 9시쯤 끝났다. 그때 벨소리가 들렸다. 문을 열고 들어온 사람은 전에 왔던 낯선 여자였고 옆에는 9살쯤 돼 보이는 여자아이가 서 있었다.

"어서 와. 지수 씨, 우리 희정이도 왔네?"

"안녕하세요?"

여자아이가 인사하자 초록이와 파랑이도 낯선 여자에게 인사를 했다. 어색해하는 그들에게 보라가 말했다.

"얘들아, 지수 아줌마랑 희정이도 같이 갈 거야. 아빠가 상돈 아저씨랑 형제처럼 지냈던 것 너희도 알지? 아저씨가 우리 가족이 편히 지낼 수 있게 여러모로 많이 도와주셨어. 그래서 아빠도 아저씨 대신 희정이를 동생처럼 대해 달라고 당부하셨으니까 이제 우리는 한 가족이나 다름없단다. 모두 잘 지내자. 할 수 있지?"

"당연하죠. 저희는 여동생도 생기고 좋은 걸요? 희정아, 너 어느 초등학교 다니니?"

초록이가 몸을 숙여 물었다.

"새길 초등학교요."

"말도 잘하네. 아이 귀여워."

옆에 있던 파랑이가 머리를 쓰다듬자 긴 머리에 머리핀을 꽂은 아이가 예쁘게 웃었다. 고개를 돌려 주위를 둘러보던 아이는 나와 눈이 마주쳤다.

"어머! 예쁜 고양이네!"

아이는 뛰어와 나를 만졌다.

"희정이 이제 고양이 언니 됐네? '노니'하고 불러봐."

옆에 있던 보라가 말했다.

"노니? 너무 예뻐! 말랑말랑 인형 같아. 노니야, 이제 내가 언니 해 줄게."

아이가 나를 안고 얼굴을 비비며 좋아했다. 포동포동한 손마디가 닿을 때마다 몸이 간질간질했다. 나도 잠시 아이 곁에서 놀아 주었다.

"자, 이제 나가자!"

보라의 말이 떨어지자 모두 밖으로 나왔다. 파랑이는 나를 안았고 초록이는 내 집을 들고 나갔다. 초겨울로 접어든 파란 하늘은 구름 한 점 없이 맑았고 공기는 상쾌했다. 차를 타고 가면서 환기하느라 창문을 열 때마다 차가운 바람이 코끝에 닿으며 머릿속이 깨끗하게 청소되는 것 같았다. 휴게소에 들러 점심을 먹고 1시쯤 숙소에 도착했다.

넓게 펼쳐진 잔디가 있는 2층 풀 빌라엔 하늘을 바라볼 수 있는 옥상 위로 테라스가 잘 마련돼 있었다. 간단히 짐을 푼 집사들은

고양이와 여자

곧바로 자작나무 숲으로 향했다. 2시까지 입산 가능한 시간이어서 서둘러 차를 몰았다. 보라가 큰 차를 새로 마련해서 자리는 넉넉했다. 그녀는 내가 들고양이라 산을 그리워할 거라며 꼭 데려가야 한다고 했다. 파랑이와 초록이가 번갈아 가면서 나를 안거나 캐리어를 들었다. 입구에서 1시간 정도 올라가니 자작나무 숲이 나타났다. 그들은 끝없이 펼쳐진 경이로운 풍경에 매료되어 연신 감탄을 터뜨렸다. 보라는 나를 캐리어에서 꺼내 안고 한참 동안 하늘을 바라보다 다시 나를 쳐다보며 말했다.

"노니야, 엄마가 힘들 때 함께해 줘서 고마워. 산에서 살 때 혼자 많이 힘들었지? 이제 외롭지 않게 평생 같이 살자. 널 만나지 않았다면 엄마는 이 세상 사람이 아니었을지도 몰라. 저 하늘을 좀 봐! 멋지지? 땅에서 살다 죽으면 영혼이 되어 저렇게 멋진 하늘로 가는 거야. 엄마 구해줘서 고마워. 이제 우리 더 행복하게 살자. 사랑한다. 노니!"

그녀가 행복한 표정으로 얼굴을 비비는데 하늘에서 푸른빛의 광채가 번뜩였다. 처음보다 강한 빛이었다. 그와 동시에 그녀의 목소리가 점점 희미하게 들렸다. 얼굴 표정은 그대로이고 모든 것이 그대로인데 뭔가 다른 기운이 느껴졌다. 나는 마지막 힘을 다해 그녀에게 말했다.

'**냐아아옹 냔냐옹!**(저도 당신과 함께해서 행복했어요. 사랑해요. 엄마!)'

광채가 사라지며 나는 감았던 눈을 떴다. 하늘을 향해 소금을 뿌린 것 같은 하얀 자작나무 사이에 서서 연신 감탄을 내뿜는 인간들의 모습이 눈에 들어왔다. 난 아무 생각이 없었다. 눈을 껌뻑이며 하늘을 쳐다보았고 인간들을 보았다. 그들의 말은 웅얼웅얼 들리고 감정은 표정으로만 느껴지며 전해오지 않았다. 자연은 자연이었고 인간은 인간이었고 나는 고양이었다.

〈번외 7〉 고요한 하늘에 여운을 남기고 떨어지는 유성

밤에 고기를 구워먹고 모두 옥상에 올라가 까만 하늘에 박혀있는 별들을 바라보았다. 파라솔에 의자가 많아서 모두 앉기에 넉넉했다. 유빈이와 유진이는 희정이 손을 잡고 까만 하늘에 박혀있는 별들을 세고 있었다. 나는 노니를 안고 테라스에 앉아 지수와 대화했다.

"지수 씨, 나오니까 좋지?"

"겨울이 되기 전 마지막 가을을 보내는 기분이에요. 너무 좋아요."

나는 지수 씨 손 위에 내 손을 포개어 잡은 후 품 안에 있는 노니를 보았다. 머리와 몸을 쓰다듬어 주니 살포시 눈을 감고 내 손길을 만끽하는 노니의 모습이 그 어느 때보다 편안해 보였다. 까만 하늘과 별 아래 서 있는 유빈이와 유진이 그리고 희정이와 지수를 번갈아 보았다. 산과 나무들이 커다랗고 파란 하늘 웅덩이를 둘러싸며 손을 맞잡고 서서 잔잔한 바람에 몸을 흔들며 춤을 추는 것 같았다.

고양이와 여자

별이 총총히 박힌 하늘에서 기다란 유성이 떨어졌다.

"앗, 유성이다!"

아이들이 떨어지는 유성을 보고 소리치며 달려갔다. 노니를 안은 나와 지수도 일어나 옥상 끝으로 향해 잔걸음질쳐 갔다. 유성은 기다랗고 하얀 흔적을 남기며 떨어졌다. 고요한 하늘에 옅게 퍼진 그림자가 하얀색 수채화를 풀어놓은 듯 여운처럼 남아 있었다. 밤하늘을 가로지르는 뿌연 빛의 은하수가 흩뿌리는 눈발이 되어 우리 머리 위로 천천히 내려오고 있었다.

〈끝〉

삶의 늪에 빠져
허우적거려 본 적이 있는가?
아니 있었는가?

　이 소설에서 고양이는 여자의 또 다른 '자아'이다. 외롭고 상처
받은 여자가 다시 외롭고 상처받은 고양이를 만나 서로를 관찰하
면서 그들은 각자의 상처를 치유하며 홀로 서는 법을 깨닫는다. 고
양이 노니와 여자는 우주 속에 있는 작은 나의 존재를 발견하고 그
존재를 통해 다시 큰 나를 발견하는 장치이다. 살아가면서 시련을
겪었을 때 우리는 넓은 우주 속에 작은 점인 나의 존재를 확대하여
슬픔을 극대화하지 말아야 하며 소중한 나의 존재를 하찮게 내버
려 두어서도 안 된다. 삶의 늪에 빠져 허우적거리고 있는가? 고양
이 노니와 여자의 삶을 통해 늪에서 빠져나올 수 있는 해답을 발견
할 수 있을 것이다.

우리의 삶은 요지경,
그러나 언제나 희망이 함께 있다

권선복
도서출판 행복에너지 대표이사

모든 가정에는 나름의 비밀과 아픔이 있습니다. 겉으로 보기에는 다들 잘 사는 것처럼 보이나 한 번도 불화나 갈등 없이 지내온 가정이 과연 있을까요? 세상은 넓고 사람들이 사는 양상은 다양하기에 저마다 가지고 있는 문제점도 다를 수밖에 없습니다. 하지만 또 그렇기에 우리는 서로를 공감하고 이해할 수 있는 것인지도 모릅니다.

여기, 평범한 한 가정을 지켜보는 고양이가 있습니다.

남편의 사업은 위태롭고 자식들은 마음을 열지 않습니다. 가족을 건사하기 위해 노력하는 주부인 '보라'는 혼자 힘으로 모든 갈등을 이겨내야 합니다.

급작스럽게 남편이 사망하면서 닥쳐 온 재난은 너무나 순식간이라 얼떨떨할 뿐입니다. 아이들은 엇나가고 있는데 지탱할 곳이 없습니다.

그런 상황이지만, 그녀는 상처받은 고양이 노니처럼 꿋꿋이 앞으로 나아가야만 합니다.

소설은 평범한 가정 내의 갈등과 재난을 현실감 있게 그리면서 주인공 보라와 그녀의 고양이 노니의 시선을 따라 혼란의 소용돌이를 헤쳐나가는 모습을 주목하고 있습니다. 고양이 노니가 아픔을 안고 성숙해져 가듯이 주부인 보라 역시 맞닥뜨린 재난을 이겨내고 주변 사람들을 용서하고 보듬으면서 서서히 치유되어 갑니다.

고양이와 같은 미물이든, 만물의 영장이라는 사람이든, 마주한 아픔과 갈등, 상처 앞에선 모두 동등한 존재가 아닐 수 없습니다.

서로의 손길이 그립고, 옆을 지탱해 줄 수 있는 다른 이들이 필요한 것처럼, 세상은 가끔 정말 이겨나가기 힘든 곳이기도 하지만, 그럼에도 불구하고 희망이 서려 있는 곳이라 할 수 있겠습니다. 그리하여 마침내 상처를 치유하고 갈등이 누그러졌을 때, 더 이상 서로를 '색깔'로 보지 않고 '자연은 자연이었고 인간은 인간이었고 고양이는 고양이'인 것처럼 있는 그대로 인정할 수 있게 되는 것이 아닐까요.

춥지만 따스히 서로를 안아 줄 수 있는 여유를 가져다주는 본 서를 통해 삶과 인간의 상처에 대하여 많은 것을 통찰할 수 있었습니다. 본서가 독자 여러분에게도 자그마한 울림을 줄 수 있기를 바랍니다. 우리 곁의 존재들이 서로를 상처 입히기도 하지만, 또 그 상처를 치유해 줄 수 있음을 믿고 싶습니다.

차가운 바람이 부는 가을을 맞아 따뜻한 위로가 되는 책 한 권을 세상에 내놓게 되어 기쁩니다. 모두 축복이 함께하시길 빕니다.

'행복에너지'의 해피 대한민국 프로젝트!

〈모교 책 보내기 운동〉

대한민국의 뿌리, 대한민국의 미래 **청소년·청년**들에게 **책**을 보내주세요.

많은 학교의 도서관이 가난해지고 있습니다. 그만큼 많은 학생들의 마음 또한 가난해지고 있습니다. 학교 도서관에는 색이 바래고 찢어진 책들이 나뒹굽니다. 더럽고 먼지만 앉은 책을 과연 누가 읽고 싶어 할까요?

게임과 스마트폰에 중독된 초·중고생들. 입시의 문턱 앞에서 문제집에만 매달리는 고등학생들. 험난한 취업 준비에 책 읽을 시간조차 없는 대학생들. 아무런 꿈도 없이 정해진 길을 따라서만 가는 젊은이들이 과연 대한민국을 이끌 수 있을까요?

한 권의 책은 한 사람의 인생을 바꾸는 힘을 가지고 있습니다. 한 사람의 인생이 바뀌면 한 나라의 국운이 바뀝니다. **저희 행복에너지에서는 베스트셀러와 각종 기관에서 우수도서로 선정된 도서를 중심으로 〈모교 책 보내기 운동〉을 펼치고 있습니다.** 대한민국의 미래, 젊은이들에게 좋은 책을 보내주십시오. 독자 여러분의 자랑스러운 모교에 보내진 한 권의 책은 더 크게 성장할 대한민국의 발판이 될 것입니다.

도서출판 행복에너지를 성원해주시는 독자 여러분의 많은 관심과 참여 부탁드리겠습니다.

도서출판 **행복에너지** 임직원 일동

문의전화 010-3267-6277